LUMINAIRE

光启

守 望 思 想　 逐 光 启 航

倪文尖语文课

倪文尖 著

上海人民出版社　光启书局

目　录

下编　字里行间

选文序目

堪用一生回味的文学瞬间

——序《倪文尖语文课》

吴晓东

作为与文尖兄相识多年的老友，我对他的这本书已经期待很久了。

这一年来，倪文尖惊爆 B 站，也被友人罗岗一半戏谑、一半认真地封了个"倪大红"的雅号。文尖则幽默地称自己是把论文写在 B 站上，从而找到了写作发表的另一种形态。而本书也适时问世，与圈粉无数的视频课互相背书，都是他践行文学研究理念和实现文学教育理想的最好方式，甚至可以说，这本《倪文尖语文课》所凝聚的几十年的默默耕耘，一朝化为 B 站上的华美乐章。而读者若想弄清楚"大红"老师何以独步 B 站，进而深入了解他关于文学阅读和语文教育的理念和方法，不妨与我一同翻开这本书。

一

倪文尖是少有的在文学研究和语文教育这两个领域都下过真功夫的学者，而且还是一个少有的理想主义者，而这本《倪文尖语文课》也最鲜明地反映了这一理想主义者的双重理想。文尖在文本细读方面一向最有心得，建构一种"阅读的诗学"一直是他念兹在兹的学术理想；而给学生们上好课，最大限度地尽一个师范大学教师的天职和本分，则始终是他自觉持守的生命理想。

这本书也印证了我多年来的一个感受：倪文尖的文本细读功夫和经典阐释能力在现当代文学研究界少有人能出其右，而"阅读的诗学"的建构自然是以文本细读和阐释的具体实践为前提。文尖长期致力于文学经典解读与教学，注重文本细读的方法论自觉，在此基础上，建构一个以文本为中心，兼及阅读方法论和历史解释框架的"阅读的诗学"，既是学术野心和使命，也堪称顺流而下水到渠成。

前几年文尖曾发我一个题为《文学文本的细读方法》的提纲，按他的写作习惯，估计目前还没有正式成文，我不妨独家披露一部分。在他给出的关于"什么是阅读"的诸种定义中，我看重的是如下几条：

1. 阅读是内隐的心理活动、认知行为；

2. 阅读几乎等于学习，阅读是发现，是发明，乃至近乎创造性；

3. 阅读有不同的目标、取向、层级、维度；

4. 阅读的文本取向是作者取向、读者取向等各种阅读和研究活动的基础；

5. 文本取向的阅读，其基本宗旨是，在篇章层面实现对文本贯通性的理解，也就是，把阅读感受（文学文本很可能是最复杂的）合理化，"说出一句完整的话来"——而这句话又得罩住全篇，此所谓"读通"文本。

上述关于"阅读"的界定，既结合了认知心理学的内容，又立足文学性，将"文本整一性"的把握作为大方向，将"读通"文本视为指归，表明了文尖对阅读理论有自己全面深入的思考，"阅读的诗学"，其雏形就大约蕴涵其中。文尖也独异地发明了很多"倪氏"诗学概念和理论范畴，比如"阅读的文本取向"，"说出一句完整的话来"，"读通"文本与"读透"文本，"读入"文本与"读出"文本，"细读"之外，还要"重（读去声）读"，"内容＝形式"的消极修辞观，以及"形式化地解读文本，就是在研究创造性"，等等，不一而足。当然文尖对这些概念和范畴也有自己特别的说明，比如何谓"形式化地解读文本"？就是把文本内容的解读问题落实在文本形式的探寻乃至发明之中，而这里的形式既包括语言表达字词句层面的微观修辞，如核心意象、细节、肌理、语调等，也包括更为内隐的篇章层面的宏观修辞，如叙述方式、文本结构、文类体式及其变异，等等。这一系列具有方法论意义的范畴，既深入，又浅出，也有可操作性，尤其适于课堂教学，这样就在创立诗学范畴的同时，也瞄着课堂教学，堪称是探索出了一条把学术创造与教学实践尽量有效结合的途径。

有了这些"倪氏术语",也就意味着倪文尖解读文本时形成了自己独特的理论视野。别人也讲文本细读,但有的人读文本是为了其他目的,是为了更大的理念或宏阔的论题,只是借助文本来举例。但文尖是真正意义上的以文本为中心和归宿,倾力于把文本读通、读透,从头到尾,从肌理到结构,从行文脉络到作家立场,从内部形式到外部语境……彻底地理清楚。这就是他主张的"以文本为本",也构成了"倪氏"的"文本中心主义"。而"文本中心说""文本整一性"是其荦荦大者,是其"阅读的诗学"的核心视野。

每部文学作品其实都有土耳其作家帕慕克在《天真的和感伤的小说家》一书中所谓的一个"中心"。优秀的作家都是既呈现又隐藏这个中心,而把探究这个中心的任务留给读者,尤其是会心的读者。当然不同的专业读者可以从文本中读出不同的中心,一部作品可能也不仅仅只有一个中心,而且对中心的体认也随着时代在变化。但是能否在阅读过程中捕捉到这个中心?如何抵达文本意义世界的核心?如何建构整体性视角?怎样探知到文本的核心秘密?是否真正触碰到了文本的灵魂?阅读的诗学尤其须涵容对作家心灵以及文本灵魂的体悟,也在这个意义上,阅读的方法不仅仅是一种技艺和技术,而关涉的是如何体贴人心,沟通心灵,抵达灵魂。

而倪文尖追求的一个诗学目标,就是阅读中的同情与共情效应,或者说在阅读过程中如何被文本"打动":

> 无论是重读还是初次阅读,我相信,只要用心地读

了，你都会被打动，而且多半会发自内心地赞叹：《合欢树》真是篇情真意切、言近旨远的好文章。有了这个基础，我就可以提出我关心的问题了：你、我以及大家，为什么会有如此共通的阅读感受？

我当年读史铁生，最感动的是《合欢树》，至今依然能回忆起自己被触动的心情。但是何以被打动？读了文尖的分析，才有了一种通透的快感。他充分尊重了普通读者的共感机制和同理心，进而把阅读心理学加入审美体验过程中，对理解何为文学的情感力量也具有一种启示意义。

文尖所谓的"以文本为本"，既是文本诗学，也是历史诗学，尤其表现在对文本的语境化阅读的思考。在《文学文本的细读方法》这份提纲中，有一则讨论的是"语境"议题："文本的语境没有界限，但是，文本自身构成其第一语境。"本书中的《人同此心，心同此理——细读〈合欢树〉》一文也从理解"语篇"的角度表达了同样的想法：

　　人类学家马林诺夫斯基曾经指出，语篇的理解离不开语境，语篇内的上下文语境之外，语篇发生的环境即所谓"情景语境"（context of situation）及其背后更大的"文化语境"（context of culture）都是至关重要的。语境并不设限，理解从而可以是无限的，一千个读者有一千个哈姆雷特。

语境因此既是文本自身的内化情境，由上下文构成，同时也至大无外，勾连着"情景语境"及"文化语境"。在 2021 年《文学评论》上发表的文章《文本、语境与社会史视野》中，文尖借助《哦，香雪》及其解读的再解读，把历史视野带入了文本语境中：

比如铁凝的小说《哦，香雪》，在 1982 年的历史情境中诞生时，"塑料铅笔盒"对于香雪的吸引力及其象征性，在作家和她所期待的读者心目中，都是毋庸多言的；而这也决定了当时对这篇小说的基本理解。时过境迁，"塑料铅笔盒"象征的"现代化"意味，对于后来的读者来说不再不证自明，甚至在其光环脱落后，"塑料铅笔盒"还面临与凤娇们的"发卡"如何区隔、与父亲制作的"小木盒"孰轻孰重等方面的质疑；这样的重读，既以对 1980 年代社会史图景的总体把握为基础，又因文本关键点的驱动而实现了史料的"二度激活"；而事实上，这"二度激活"的"社会史视野"，因其深深地嵌入在文本之中，所以才具有了更强的生产性。也因此，我们才能欣喜地看到，对以上重读的重读也已经正在发生：《哦，香雪》里有个重要的名词，"公社"，对于今天的读者来说，这是比"塑料铅笔盒"及其象征更难吃透的，因为这背后，有

香雪们更深厚的生活世界和情感世界，而在小说文本里，
"公社"既推动了主人公踏上"火车"去拿鸡蛋换铅笔盒
的英雄主义行为，又同样决定了英雄主角最后的回归，尤
其是作家对这回归的最高级赞美。总之，在这样的视野
里，《哦，香雪》既讲出了一个"现代"主体诞生的启蒙
故事，又讲（好？还是没好？）了一个"社会主义新人"
在新时期凯旋的故事……

　　请问，这样的视野，是"社会史视野"还是"以文本
为本"？显然我的建议是，不妨反问一句：这种二者必居
其一的选择，是从哪儿来？

我之所以大段引用上面的文字，是因为其中凝聚的是倪文尖磨
砺多年的文本细读功力，尤其善于从小说的核心意象和关键情节中
洞察文本的秘密，进而把文本语境与历史语境相叠合，最终映射出
文本的整体性和历史性。从他对《哦，香雪》的反复阅读中可以见
出，历史语境（或者具体地说是"社会史视野"）与文本语境是内
在统一于一个文本的整体性框架中的，既是历史情境的文本化，也
是文本解读的历史化，正像他在同一篇文章中所说："'社会史视
野'不是外在的，更不是外来的，而其实是，'以文本为本'必然
内生的需求、也必然发生的行动。"也启发读者把嵌入文本中的历
史理解为一种历史的"行动"，由此文本内的历史就具有了未来性
的视野，也才经得起一再被重读，而真正的经典正是在"重读的重

读"中才能体现其历史性和未来性。

二

　　这本书的下编"字里行间"部分，是关于文学经典作品的旁批，也是倪文尖对其阅读诗学的具体实践和检验。旁批，包括注解、评点和启发性提问等，在他这里由此也构成了文学阅读门径的书面化呈现，或许还是其最重要的方式。他曾经有个夫子自道："要把旁批提升为重要的体式，起码是对我的重读来说——有时甚至比论文还要直观。"之所以比论文直观，是因为旁批要以具体而简明的批评语言直击文本的关节与枢纽，既是细读的基础，也是细读的归宿，更是细读的本身。文尖所精心编著的《新课标语文学本》，则是以教科书般的热忱对旁批方法的更饱满实践与体现，也对细读的功力有着非同一般的要求。我曾被他拉着参与了《学本》几个单元的编选和旁批工作，一度有上了贼船之感，但也只能暗暗叫苦，发现这种编撰方式，按他的说法，的确比在核心期刊发表文章更难，因为这实在来不得多少虚的。而一旦认真做起来，便又发觉旁批式解读，确实是实践文本细读理念的极佳方案。

　　细读和精读的核心之一就是落实到对文本字里行间的体会，而又在此基础上进行总体概括和提升。文学研究的初学者往往容易在文本解读过程中陷入过度阐释的陷阱，而在文尖看来，"过度阐释都是没有经过认真的细读，尤其没有经过对自己细读的反思"。细读和评点的关键就是在关键的语句、细节这些"文本关键点"上做文章，继而深入肌理和结构内部，揭示文学文本的深层奥秘。倪文尖通过对文本症候性的捕捉，往往洞察到的是文本没有说出来的部分，以及隐藏在深处的秘密。譬如他对《哦，香雪》持续多年的重读，无论是当年对"塑料铅笔盒"，还是近年对"公社"的洞见，揭示的都恰是一个时代的历史性症候。文学细节之中蕴涵着可以照亮一个时代的灯盏。但是这种细节之灯有时是隐藏在文本故事的外壳背面的，仅从文本的缝隙中隐隐透露出些微光亮，需要通过有洞察力的细读去捕获。"字里行间"的细读与旁批，就是在解"缝隙"、读症候，从而才能洞幽烛微，觉察到"隐藏在文本深处"的真精神或无意识。

这种庖丁式的技艺早在文尖分析《围城》的文章《女人"围"的城与围女人的"城"——从小说到电视剧》中，就已经显露端倪。如果说从钱锺书上帝般高高在上的姿态中，体会到《围城》"清晰地生成了文本的男性中心性质"，是普通读者就可以觉识的小说命题，而文尖在文本中既捕捉到对男权的一种"颠覆性阅读"（不管这种对男权的颠覆是否是钱锺书的自觉）的"缝隙"，同时更洞察到"'男权'意识形态太强大了，它不仅使自觉探究两性关系的小说成为一个女性'不在场'的文本，而且能在一个女性导演的'复制'品（指黄蜀琴导演的电视剧版《围城》——笔者按）中仍然'固若金汤'，甚至更鲜明地曝光"，则同时撬动的是，即使在女性作者（导演）那里依然不自觉的意识形态缝隙。

更重要的是，写文章你尽可以避开文本中读不通的关节，但做旁批就无法绕过文本的难点和紧要处。文尖恰恰习惯于与文本的这些"关键点"正面对决，因此，很多文本的命门才能被他独到地揣摩出来，进而成为通达他所谓"细读""重读"的康庄大道。按照文尖的另一粉丝——我的博士生刘东的评价："倪老师带有一种'神挡杀神''佛挡杀佛'的气魄。研究者要直面文本，遇到政治我们要谈政治，遇到人情我们要谈人情，最后要把一个东西抓到手里。"这个被"抓到手里"的东西就是文尖喜欢说的"文本肌理""文本整一性"。只有通过与文本正面对决，才能最终抵达这种整体性、文学性。文尖最让我佩服的正是这种直面文本、正面突击的气魄。

文尖与文本的正面对决有时也难免颇费周折，要付出许多艰辛，甚至也会殃及他的诸多友人。晚近一次"池鱼之殃"，来自他对读通《荷塘月色》的执着。从去年秋天长达半个月时间里文尖发送给我的堪称海量的微信聊天截图来看，他的诸多朋友都被他"摧残"过。文尖在 B 站讲课发现了"煤屑路"的互文，进而为社会政治方面的读解给出了文本依据和史实线索之后，又再度反思、重新追问一些看似常识的问题：《荷塘月色》开头的"颇不安静"在全文中起怎样的结构性作用？朱自清写到后面，这种"不宁静"是否得到了缓解？《荷塘月色》的写景抒情之间是否有割裂感？这些问题在文学界及语文界看似老早就搞清楚了，但经文尖一刨根究底，似乎都重新变得无解。而他对文学经典的新一轮解读，也就这样重新开始，最终结晶为本书下编中对《荷塘月色》的精彩旁批。但我怀疑他还未必会就此罢休。

文尖这轮重读的结论之一，是朱自清写了一篇形式大于内容的美文，而以往普遍对《荷塘月色》开头的"颇不宁静"过于看重，甚至包括他本人都曾去探究这"不宁静"的缘由，并进而有了"社会政治""家庭"及"爱欲"等假说，这些其实都是对文本内涵过度阐释的结果。文尖则倾向于认为"颇不宁静"是作者写作的一个缘由和引子，难以诠释出微言大义。至少朱自清为何"颇不宁静"，文本中并没有提供任何解答的依据。文尖利用微信广泛征求各路友人的看法，确也逼出了些相当有创意的新解，譬如台湾东海大学的赵刚先生就贡献了一个在我看来颇感意外的解读（可惜目前大概只能尘封在文尖的手机微信里），也因为他以前没有读过这篇散文，对《荷塘月色》的阅读体验里就有种人生初见的新鲜感。我本人对文尖的颠覆性重读一度力挺，但拜读了赵刚的新解之后，朱自清的"颇不宁静"就使我无法彻底"宁静"了，又开始认为这种"不宁静"中依然蕴涵着关联文本的某种整体性。而《荷塘月色》固有的抒情性因此也可能并非无所皈依，同样要归咎于作者乃至文本内的整体性心境。

文尖的执着，由此也激发我进一步思考对经典阅读而言具有本体论意义的一些问题。比如：经典的重释是无止境的吗？新的阐释框架能否覆盖既往的模式？整体性视野是从每篇文本中都可以获得的吗？对经典的"超保护"原则是否也带来神话和迷信？我也相信这些问题都会涵容在文尖"阅读的诗学"的未来视野之中。

三

关于《荷塘月色》的发生在微信往复之中的经典重读现场，我更愿意看成是倪文尖人格感召力的一个秀场。

文尖在朋友中有极好的口碑，大家都认为他有一种特别的人格魅力，是那种容易让人肝胆相照，轻而易举就献出真心的朋友。在习惯保持交往距离的当今世代，这种人格渐趋稀少，或许近于唐德刚称他的老师胡适身上才有的那种"磁性人格"。也因如此，文尖的周围有一批过硬的朋友，我所了解的同代人中，就有罗岗、毛尖、张炼红、雷启立、孙晓忠、王为松、董丽敏、薛毅、倪伟、叶诚生等友人。文尖对学生一辈更是倾囊而出，也赢得了众多学子的爱戴。另一方面，他也是非分明，疾恶如仇，用一位友人的说法，"能为青白眼"，对他看得上的人总是倾盖如故，相待以诚，始终如一。倾夜长谈的情景发生在他与许多友人身上，你也可以从中大体联想到他在课堂上沉浸式的倾情讲授的样子。

文尖的课堂教学功夫也的确少有人匹敌。我有幸见习过他的文学课，也聆听和主持过他的讲座，那种激情澎湃，循循善诱，晓之以理，动之以情，设身处地，以身试法（这里当然是指"方法"）……都让我望尘莫及，也因此欣羡不已。他与我的上课方式不同，是没有讲稿的，因此，总是有即兴发挥，有令他感觉精彩的桥段，课后回味起来也是眉飞色舞。但也有代价，每次即使讲与往年同样的内容也要重新认真准备，也因此在备课上牺牲了大量精力和时间。偶尔带来的负面效果是，前一年课堂上曾经异彩纷呈的桥段，因为此一次的发挥不力，或新一轮听众反应的不够及时，也就难掩些许沮丧。我想说的是，他对上课极其重视。而这本书中最出彩的内容，大都是上课的产物。因此，毛尖曾为本书贡献过"倪文尖上课"的书名。当然现在，"倪文尖语文课"这名字也是恰如其分的，只要你像文尖一样看重"语文"，把"语文"理解得比天还大。

文尖曾经在微信朋友圈里引述过蔡翔先生的一段话以示激赏：

> 文学研究，在其根本的意义上，仍是怎样面对文学文本，史料文献的征集，说到底，也是为了更好地打开文本，而不是本末倒置。因此，当我们强调学科向外部开放，向问题性学术开放，实际上，也正是努力让文本处于一种永远开放的状态，而文本的开放，才可能引申出无数值得讨论的话题。坦率说，由于大学的出现，经典的含义已经不再仅仅是"百读不厌"，更有可能的，或许是"百说不厌"了。解读的重要性，在今天已经成为文学研究的题中之义。

文尖对这"百说不厌"应该有同气相求之感，他上课的激情也多半来自于此。而他在课堂上践行"阅读的诗学"的原则之一，就是"让文本处于一种永远开放的状态","阅读的诗学"也正是一种开放的诗学，动态的诗学。文尖喜欢用"动态性还原"来描述其文本解读，既是还原，又是一个动态的和开放的过程。也正因为这种动态的和开放的理解，他对"阅读的诗学"的方法论和内含的限度都非常自觉。文学是感受性的，含混的，非确定的，阅读实践就须遵循这种文本的非确定性，但作为一名教师，却又无法以含混的语言去面对学生，在课堂上总须要讲出个子丑寅卯。如何提炼那些可以讲授的，同时又不以条分缕析肢解文学文本的丰富性和整体性？文尖力图让学生们意识到解读的限度，同时在最低也是最高的限度上授之以渔，倾其所有地把自己所领悟到的方法传授给学生，还有什么比这毫无保留的倾囊相授更能体现一个教师的职业伦理？

上升到了职业伦理的高度，或许有些高蹈，尽管文尖对学生的责任心以及对上课的重视的确是有口皆碑的。而他在课堂上的倾情讲授和激情澎湃当然不仅仅是出自对职业伦理的自觉，我想他首先获得的当是一种自我实现的愉悦感。他是把教学作为一门艺术来体认的，在一次访谈中，文尖认为："真实课堂更有互动，更有魅力。"因此"不惜花费几倍时间，不断变着法子进行各种类比和提问，乃至通过自己的表演，激发学生的求知欲和创造力，为的是，学生自己领悟出答案来"。而当学生"顺着倪文尖搭的梯子成功说出了"他心目中期待的答案，也是他最有存在感的时刻：

"那一刻真痛快极了！"倪文尖珍视这些瞬间，如同他告诉学生的那样:"仔细想想,这些都没什么大不了,又不能靠它评教授,但是,这些瞬间又够一生来回味。"

可以说,倪文尖从自己的文学阅读和课堂教学中体味到的是那些循规蹈矩按部就班的专家教授们所无法体验的生命瞬间,那些激发了学生们文学感悟和哲理思考的瞬间,那些在 B 站得到更多的观众和粉丝认同和激赏的时刻,那些对文尖而言的无限高光时刻。的确,这些文学瞬间值得付出一生,也足够以一生的时光去回味。

2022 年 6 月 24 日于京北上地以东

上编

文学课堂

"对于苦人的凉薄"

——《孔乙己》与鲁迅小说的"原点"

同学们大家好，我在现当代文学教研室教书，专业是中国现代文学。但是新世纪以来，一晃二十年了，我觉得语文教育这个事好像更有意思，也更有挑战。所以也有点不务正业，这些年对语文这个话题，尤其是在语文和现代文学的结合点上，好像还多少有点心得。非常高兴有机会来跟大家一起学习。无论是讲语文名篇，还是讲现代文学，鲁迅都必须是开篇，这事没商量。为什么？从鲁迅和中国现代文学的关系来讲，他就是一个坐标原点。如果是中国地图，鲁迅是哪儿？是天安门广场。如果是上海地图，鲁迅是人民广场，这就是所谓坐标的原点。也就是说，鲁迅是我们看待中国现代文学、看取其他作家的一个标准和尺度。如果要说鲁迅和中国的语文教育，鲁迅就是经典中的经典。有一个词叫 yuán 典，这个"yuán"，汉语很有意思的，既可以写成原初的"原"、原来的"原"，也可以写成元旦的"元"。他就是这样一个经典中的经典，原典。鲁迅就是我们学习中国语文、学习中国文学的一个根基性的、奠基性的存在。

现在都很喜欢强调中国的传统，一说传统就会想到孔子，想到唐诗宋词，这些当然是传统、经典的古代文学，古典是传统。在我看来，"现代"其实也已经构成了中国人一个非常重要的传统。鲁迅就是我们的现代传统的一个核心，这是毋庸置疑的。那么在今天，作为当代传统、现代传统的核心，当然也就会聚讼纷纭，会有很多的议论。包括每年的开学之初，媒体上就会炒作，就会传说鲁迅的选文的变化。很多人都在说，现在鲁迅的文章在教材里是多了还是少了，诸如此类。这背后的道理是什么？我觉得，是在不同时代、不同立场就会有不同的鲁迅形象。我做了一点功课，要告诉大家，事实上鲁迅的文章在现在的语文教科书里面不少，有 12 篇之多。现在中国的中小学语文教科书用的是"部编本"或者叫"统编版"，初中有这么 7 篇，大家一听就很熟悉：《从百草园到三味书屋》《阿长与山海经》《藤野先生》《社戏》《故乡》，还有《中国人失掉了自信力吗》《孔乙己》；高中有这么 5 篇：《拿来主义》《祝福》《记念刘和珍君》《为了忘却的记念》《阿 Q 正传》。不少了。

我刚刚说了，要讲现代的语文名篇，鲁迅是当仁不让的，但是选哪一篇先讲呢？我这个人是有点选择焦虑症的，但最后还是选定今天要讲的《孔乙己》这一篇，而且我越想还觉得越有道理。

为什么是《孔乙己》呢？首先是来自作者鲁迅自身的理由。当然，这个理由准确地说还是靠别人的回忆得来的。鲁迅的弟子孙伏园回忆说：鲁迅最喜欢的小说就是《孔乙己》，而且鲁迅还亲自把《孔乙己》翻译成了日文。孙伏园也讲出了关于《孔乙己》的两个非常经典的鲁迅自己的解读。一个是说，《孔乙己》描写了"一般社会对于苦人的凉薄"。我不知道诸位在中学的时候，老师有没有说过这个话，叫"凉薄"。这个词是鲁迅式的用词。第二个，是鲁迅觉得《孔乙己》写得"从容不迫"。现在中学教育里讲"学生中心"，我们也讲"读者中心"，所以选择《孔乙己》更重要的理由，其实是来自普通读者，来自诸位，青少年读者。因为我觉得，相对来说《孔乙己》还是比较平易近人的一篇。实话实说，我们都是过来人，在初中的时候，真的要把鲁迅读懂，其实很难的。但是就像前面讲的，鲁迅已经是我们的传统，我们在今天如何做中国人，说起鲁迅你一点反应也没有，这是不行的。所以假懂也好，我们先学了，成为积淀，留待以后回想，留待重读，比如今天。

我下面要说的，诸位可能会在脑海里浮现出一些关于《孔乙己》的回忆来。"多乎哉？不多也！"，然后"茴字的四种写法"，"窃书能算偷吗？"，还有结尾"大约孔乙己的确死了"。

估计每个人记的东西不一样，但这些肯定会有。当然了，如果你读得更认真，你的老师当时讲得精彩，可能你还会记得我要说的这两句话："孔乙己是站着喝酒而穿长衫的唯一的人"，"孔乙己是这样的使人快活，可是没有他，别人也便这么过"。以上我说的是这个小说文本里的，再比如课堂上的，看看我说得准不准，像肖像描写，"一部乱蓬蓬的花白的胡子"；还有动作描写，"排出九文大钱"。现在我们搞"课改"，说不定还请你表演过怎么来"排"，可能老师还带着大家思考"排"，为什么这么写好？还要比较、推敲。可能初中还可以，到了高中还这么玩，有时候可能你们对语文就会有点觉得"我们都玩过了"。再比如说，《孔乙己》是悲剧还是喜剧？再比如说，诸位应该还记得，过去讲《孔乙己》的主题是什么？鲁迅说的是"对于苦人的凉薄"，但我们讲得更多的是批判科举制。当然还有，一讲你们都熟的那句"哀其不幸，怒其不争"，这些话。

当然，现在是 2021 年了，我还得考虑这样一种可能性，也许诸位读中学的时候，你们的老师已经不满足于一讲《孔乙己》就讲小说、讲性格、讲主题，这样一些传统的了。人物、情节、环境，这些叫小说的中学语文的"三件套"，再加上一个主题，叫"四件套"。也许你们的老师已经开始追求深刻和潮流了，包括讲小说也开始讲所谓叙述的问题。比如《孔乙己》，可能老师讲过叙述人称的选择，有没有？我估计会有。如果是这样，我首先要告诉大家，这个出处在哪里，源头在哪里。源头在于北京大学教授、我的老师钱理群老师。他有一篇很著名的文章，叫《〈孔乙己〉"叙述者"的选择》。或者还有更早的文章，钱老师的弟子吴晓东的《鲁迅小说的第一人称叙事视角》，这些都是八九十年代的文章了。

那么我今天要讲的，可以说是接着前人的。我为什么会选择《孔乙己》来讲？或者说，如果只能推荐一篇小说让你先来看鲁迅的话，我为什么会选择《孔乙己》？前面已经讲了蛮多的理由了，现在要说一个我的理由。在我看来，《孔乙己》小说叙述者的选择里面，或者《孔乙己》这篇小说里，有鲁迅小说的原点。我前面讲了鲁迅是中国现代文学的原点，可能这个观点也还得进一步地推敲，但我还是说，我认为《孔乙己》是鲁迅小说的原点。当然，为了防止误解，也为了纠偏，在方法上我还是要先做一个提醒。我们读小说，只读人物、故事和主题，不怎么关注怎么讲故事，怎么写人物，肯定不行。但是如果在座的老师，已经教会你读小说，关注叙述，关注叙述者，关注叙述角度，我觉得还是要提醒你，千万不要有进化论的想法，不要认为我已经会关注叙述和叙述者了，那种老的传统的就被替代掉了。不是的，我要说一句，我觉得读出叙述者有时候其实要比读好人物容易得多，当然这句话可以反过来讲，很多时候我们读小说，尤其是写实主义小说、现实主义小说，那些伟大的经典的小说，要把人物读好，恰恰是更困难的。

那么《孔乙己》的这一次重读里，在这个人物以及鲁迅的刻画里面，我觉得有几个点是我这一次不读的话，实话说我是不会想得起来的，也跟大家先交流一下。比如肖像描写，我认为写得好的是什么。是后面说他脸上"黑而且瘦，已经不成样子"。这六个字绝了。"已经不成样子"，这个叫以无写有，大家体会体会。再比如，如果要说动作描写，我觉得可以讲前面那个"排出九文大钱"，但是非得把后面的"摸出四文大钱"拿来讲。更重要的，在这个小说快结束的地方，有"原来他便用这手走来的"，"坐着用这手慢慢走去了"，这个细节动作的描写。再往大一点来讲，我觉得《孔乙己》整个作品里面，非常重要的就是它的对比。整个小说里的对比，诸位应该有印象，我前面读了一句一开始写的"穿长衫的"和"短衣帮"，有对比。其次，都是读书人，明写的主要人物是孔乙己，还暗写了一个丁举人，孔乙己和丁举人之间也有对比。再比如说，孔乙己和酒店周围的人——包括酒店老板，也包括那一些看客。还有孔乙己自己在小说中刚出现的时候和后面的对比。还有一个可能容易忽略的，就是小说里的"我"，那个小伙计在小说中的前后对比。请注意，这个"我"在小说里面是二十多年后，小说一开始写了，这是二十多年前的事了，所以这里面又有一个是小伙计的"我"和二十多年之后的"我"。你看这里面有好多的对比。说到这儿，就讲到我要说的一个核心了，就是为什么会选择小伙计"我"来作为叙述者？或者，我为什么说《孔乙己》是鲁迅小说的原点？是因为这篇小说里面有一个鲁迅小说的母题，也有人说是鲁迅小说的一个叙述的模式，我甚至都觉得你也可以说是"套路"。以后我还会说，不要轻易地认为"套路"一定是贬义词，可能接下来我在某种意义上就是要讲这个问题。好，简单地说，《孔乙己》这篇小说是鲁迅采用了一个非常重要的叙述模式——"看与被看"的第一篇小说。

大家想一想，"看与被看"，很简单，不复杂。在这个小说里面，孔乙己是一个被看的人对不对？他被什么人看？被酒店里的看客们在看。看客们在鲁迅这里，是有两种人的，有酒店的掌柜和酒客，也还包括了小说里的小伙计。但是诸位又发现——这个蛮有意思的——中国有一个成语叫"螳螂捕蝉，黄雀在后"，我刚刚已经说了，看客们在看孔乙己——请注意——这个小说里面小伙计又在看着看客们在看孔乙己，是不是？好，还有一个比较容易忽略的，就是作为成年后的、二十年后的"我"，在写小说的时候事实上又在看着当年的"我"在看客们在看孔乙己。明白这样一个序列吗？所以我说，讨论为什么会选择小伙计来作为叙述者，这个的出处是钱理群老师和吴晓东老师他们。事实上还要更早，叶圣陶先生——中国语文教育的开创性的人物——他老早也说了。结合前面这些人的看法，我做这样几个概括：第一，《孔乙己》事实上是一个回忆性的叙述，有一个所谓"这是二十多年前的事"，最后结尾说"我到现在终于没有见"，这样一个叙事。它同时还是一个限制性的叙事，又是一个童年视角的叙事。大家应该有感觉，这个童年的叙事有什么好处？就是小伙计那时候还是一个孩子，他对周边的复杂的东西也不怎么了解，他对这个事情的背后、对复杂性的了解程度和理解力有限。所以鲁迅就可以做到所谓"举重若轻"，用他自己的话来讲叫"从容不迫"。还有，他是小伙计，他就守在咸亨酒店，注意小说里有一个非常重要的情节，就是孔乙己偷书。但是如果我们仔细读小说，你会发现孔乙己偷书是通过转述得知的。那么转述是不是一定可靠呢？这个和亲眼所见肯定是不一样的。通过选择这个叙述者，在艺术上删繁就简。但是说了这一些之后，我还要回到我的核心——希望今天能够讲得清楚的——就是小伙计在所谓"螳螂捕蝉，黄雀在后"这样一个"看与被看"的链条里的位置。

我再重复一下，大家稍微要想一想，这个是成年后的"我"，从叙述学的角度说有一个比较高深的术语，叫作"隐含作者"。二十年后的"我"在看当年的小伙计"我"，然后又在看酒店的看客们，最后是再看孔乙己。这样一个小伙计在"看与被看"的链条里的位置，在我看来，和鲁迅在"幻灯片事件"里的位置，有惊人的同构之处。这个话我来做一些展开。凡是中国人都应该知道，鲁迅弃医从文，也知道鲁迅为什么弃医从文，是因为"幻灯片事件"，是因为鲁迅有一个所谓身体和心灵的对比。鲁迅为什么会想做医生，是为了救治像他父亲那样生病的人。可是诸位不一定知道，"幻灯片事件"在鲁迅的作品里被讲述了两次。可能你们知道第二次。为什么？我刚刚说了，《藤野先生》是进入了中学语文教科书的。我做学生的时候，《〈呐喊〉自序》也进入了。"幻灯片事件"鲁迅讲了两次，第一次是 1922 年写《〈呐喊〉自序》的时候，这一段比较重要，我念得快一点。

> 其时正当日俄战争的时候，关于战事的画片自然也就比较的多了，我在这一个讲堂中，便须常常随喜我那同学们的拍手和喝采，有一回，我竟在画片上忽然会见我久违的中国人了。

这是一个叙述。还有一个是在 1926 年的，在《藤野先生》里，它和我刚刚讲的《〈呐喊〉自序》里的叙述有一个不大一样，它前面有一个铺垫。我不知道诸位还记得吧？鲁迅在仙台读书，有一个事件对于他个人来说比较重要，就是他考试其实成绩也不怎么样，也就考了个及格多一点，但是就算考成这样，日本同学还认为可能老师给他作弊，这个事情对鲁迅的刺激很大。在这样一个背景下，《藤野先生》里面鲁迅就叙述，我觉得这一句话比较重要，"但偏有中国人夹在里边，给俄国人做侦探，被日本军捕获，要枪毙了，围着看的也是一群中国人；"——分号，下面一句话尤其重要，不知道诸位还有印象吗，叫——"在讲堂里的还有一个我。"

好，重要的是什么？"在讲堂里的还有一个我"。大家要体会幻灯片事件里面有一个比较复杂的"看与被看"，我往简单的地方讲。一个是讲幻灯片里面，幻灯片里面有什么？有被杀头的人，有周围一些看客对不对？然后是这个幻灯片被看。诸位想一想，脑子里稍微要有点画面感。就在鲁迅读书的时候，在日本、在仙台，他在教室里、在讲堂里看着这个幻灯片，很重要的是什么？很重要的是教室这个空间有两类人，一个是日本同学，一个是鲁迅。所以需要特别强调的是什么？是日本同学和鲁迅之间有一个非常多重的、复杂的"看与被看"关系。往简单的地方讲，日本同学是在像看幻灯片里的中国人那样看着鲁迅，是不是这样？他们觉得，鲁迅和幻灯片里的，无论是被杀头的还是那些看客一样，都是中国人，所以日本人是这样在看着鲁迅。但是请注意，鲁迅事后把它给叙述出来，或者说鲁迅对此有感觉，它又证明了什么？证明了鲁迅在看日本同学。或者说鲁迅深刻地意识到，无论他是一个和幻灯片里的中国人多么不一样的、有自己思想的、有反思能力的、有启蒙能力的知识分子也好，是什么都好，他都必须面对一个他充分意识到的事实——他在日本同学眼里，和幻灯片里的中国人是一样的，他是他们中的一员。所以鲁迅的伟大，就在于他是和幻灯片里的中国人——用现在的词——是共情共感的。所以鲁迅说他不是启蒙的英雄，他也是中国人的一员。我要说的是"日本同学—鲁迅—看客—被砍头的人"，看到没有？当然我简化了一个"鲁迅在看日本同学"。在这样两个序列里面，在这样两个我称之为"看与被看"的链条里面，大家想一想，小伙计的位置和鲁迅的位置，是不是有惊人的同构之处？在看着那些看客也罢，在看孔乙己也罢，看被砍头的人也罢，同时他又在被二十年之后的"我"或者叫作隐含作者看着。

　　我们读者读小说最初往往是被他的叙述者所带着走的。或者说得简单一点，你一开始也会觉得孔乙己确实挺好玩的，是一个挺可笑的人，对不对？但是读这个小说，那就是我前面强调的，如果要说动作描写的话，写得好的是什么？是最后"原来他便用这手走来的"，"坐着用这手慢慢走去了"。我不知道诸位有没有画面感？如果有画面感，你作为一个有良知的读者，是不是会反思你原来在读小说之初觉得孔乙己很可笑？我的意思是什么？这也就是钱老师讲的，这个小伙计"我"，在这个小说里也有一个变化——这就是好的小说的魅力——他最初是会认同小说里的主要人物，认同叙述者，最后总是被隐含作者吸引——如果我们要简化一点，他就是鲁迅的一个分身——最后我要说的是"原来他便用这手走来的"，"坐着用这手慢慢的走去了"，你们有没有读到鲁迅的影子？读出鲁迅的声音？简单地说，鲁迅说他写的这一篇《孔乙己》主题是什么，是"一般社会对于苦人的凉薄"，就在这体现了，这个"凉薄"就是孔乙己这样一个失败了的人。他当然是一个追求成功的人，所以去搞科举，但是他成功路上没走通，丁举人就走通了，他没走通，所以他沦为苦人。而且作为一个知识分子，这个沦落就使得他非常尴尬，他既不愿意和短衣帮搞在一起，但是又没办法和穿长衫的搞在一起。这个是鲁迅的深刻之处。鲁迅笔下有两种人写得最好，一个是农民，还有一个就是知识分子。

回到我要讲的一个核心，就是小伙计的位置和鲁迅在"幻灯片事件"——这个作为鲁迅文学起点的事件——中的那个位置，有惊人的同构之处。其实意思也不复杂，鲁迅写的小说，大家要记一个时间点，第一篇是《狂人日记》，诸位知道，那是1918年4月。然后是1918年冬天，他写了第二篇小说，就是我们今天讲的《孔乙己》。我觉得，他在1918年的时候找到了一种讲他最深刻生命体验的故事的方式。就是鲁迅想起来要写《孔乙己》，他在选择怎么来写、怎么来讲的时候，他就无意识地必须要这么来讲、这么来写，他才觉得对、觉得舒服，他才觉得这个故事可以讲出来。而这个就是我说的，鲁迅找到了一种讲他最重要的生命体验的故事的方式。我们为什么会说鲁迅的小说有叙述模式、有母题，甚至刚刚开玩笑说有套路，也就是因为一个伟大的作家总是在不断地写他最最深刻的生命体验。

时间过得很快，最后我想搞两个彩蛋。诸位有没有想过，如果没有《孔乙己》这样一篇虚构的小说，世界上有没有咸亨酒店？我告诉大家，有一些材料表明，包括周作人的回忆提到，当年绍兴的确有一个开得时间很短的咸亨酒店。好吧，我再把这个问题提得更加精准一点，咸亨酒店还会那么有名吗？我想这个问题的回答是没有吧。没有虚构的小说《孔乙己》，你就不一定知道咸亨酒店。好玩的事来了，我现在问你，或者你去路上问一个人，问现在的孩子有没有咸亨酒店，他马上回答"有"，说在绍兴哪里，在上海哪里。所以我们一般地会认为生活先于文学，对不对？文学是生活的第二性的东西，但是你会发现，我讲的这个例子，是不是让你感觉到文学和我们生活的关系，或者说文学在生活中的位置，比我们想的还是要更加复杂一点、更有意思一点？

第二个，其实我是想跟大家推荐一篇文章，我今天讲的是我说的一个说法，如果只推荐一篇鲁迅的小说，我先推荐《孔乙己》，因为《孔乙己》是鲁迅"小说"的原点。那么鲁迅"文学"的原点在哪里？很多人都会说"幻灯片事件"，会有很多的研究，包括诸位如果水准高的，还知道竹内好等一堆人物，我就不提了。我推荐一篇张承志老师的绝妙文章，叫《鲁迅路口》。我认为他把鲁迅文学起点这个问题，讲得从未这样清楚过。好，时间很快，最后还给大家布置作业，真是不好意思。谢谢。

父慈子孝还是父子矛盾

——《背影》的秘密

同学们大家好。我们今天讲朱自清的《背影》。朱自清1898年出生，1948年去世。大家都知道，他是著名作家、学者，很多年来也是语文教科书的最爱。我统计了一下，现在"统编本"里面朱自清有三篇作品——初中七年级上的《春》，八年级上的《背影》，还有高中必修的《荷塘月色》。尤其是这一篇《背影》，现在诸位应该很熟。为什么呢？因为它已经进入青年亚文化了，有很多段子，我还不是很熟，也是备课才知道。比如"买橘子"，然后"你就在此地，不要走动"，这些都很有名了。中国人如果要找一个接头暗号的话，可能是"你就在这儿，我买几个橘子"（我后来才知道，这竟然是占人家便宜的）。这都已经成为"典故"了。

这篇《背影》写在1925年10月，它写的事发生在哪一年呢？发生在1917年的冬天。这个蛮重要的，我觉得是一个背景材料。那一年朱自清虚岁二十，《背影》的写作时间和《背影》里面的事发生的时间，相差了八年。这些都是和我们今天要讲的内容相关的背景，大家可以先体会一下。

关于《背影》这一篇散文的语文教科书的讲法，我概括为16

个字，可能主要是 12 个字。首先是"感情真挚"。诸位不知道有没有印象，散文写的是父亲的慈爱之情，然后是儿子的忏悔之情，"父子情深"这一点是过去在教学的时候很看重的。第二个四字词是"表达朴素"。朱自清的这篇《背影》基本上是对语言、对话、动作、心理活动和场面进行描写，主要用的是白描手法，这也是过去老师会讲得比较多的。第三个叫作"章法谨严"，也就是严谨了，这个"谨严"好像更高大上一点。也就是说，《背影》这篇文章，它的起承转合是非常清晰的。"背影"这个词在散文里出现了四次，第一次开头第一句："我与父亲不相见已二年余了，我最不能忘记的是他的背影。"有很多的研究就认为，这个叫"点题"，一上来就点题。然后中间花比较大的功夫的部分，叫作"析题"，分析的"析"。也就是"背影"的第二次出现，是在第五自然段的后面："等他的背影混入来来往往的人里，再找不着了，我便进来坐下，我的眼泪又来了。"这个是析题，是第二次。第三次大家应该有印象，在最后："我读到此处，在晶莹的泪光中，又看见那肥胖的、青布棉袍黑布马褂的背影。"这个是第三次。大家应该注意到，好像我数学很差，我说的是四次，少了一次。没少，还有一次是题目，总共四次。

你发现没有，这四次就使得这一篇《背影》在起承转合上面非常清晰，所以我又给它加了四个字，叫作"理想范文"。为什么？对于朱自清的散文，也有些人认为——当然主要指的不是《背影》——过于端正，过于四四方方，没有旁逸斜出的东西，也有人是这样批评的。当然，我们说它好也是可以的，叫简练，叫干净，叫严谨。我抛出一个观点，我认为这和朱自清写这些散文时候的身份有关。朱自清既教过大学，在之前又教过中学，所以他写这些散文的时候，就自觉地有写范文的意识——我写出来就是要给中国的中学生可以拿来作为范文学习的。当然，如果诸位脑子转得快的话会想一想，这说明朱自清好像对我们写作的期待值比较低，对不对？他觉得我要写出这样四四方方的文章才便于大家学习。所以我就说，朱自清的写作有一个非常重要的预设读者。我们写一篇文章总是会有"是写给谁看"的考虑，包括日记。日记是写给自己看，但是你发现你写日记的时候，还是会怕万一被别人看到，明白吗？所以写作肯定是有预设的。我要说朱自清的预设读者是广大的中学生。对这篇文章，过去的中学语文讲它"感情真挚""表达朴素""章法谨严"，我还加了一个，我认为可能用这四个字可以更好地解释朱自清的散文为什么是这样的，叫作"理想范文"。

接下来讲的，你如果听了觉得耳熟，那是太好了，因为我不大谦虚，我说句实话，接下来是"原版"来了。更重要的是，我今天不仅会讲你也许有点耳熟的那一套新的解读，这个所谓"新的解读"，其实在我的研究中也已经不新了，已经是二十多年前的事了。而更重要的是，请诸位在听的时候还应关注，我还要讲这个解读是怎么来的。

这个解读其实不新，是来自二十多年前，准确地说是 1997 年，钱理群老师当时在广西教育出版社主编一套书。那个时候中国的这一轮语文课改才刚刚开始，他要主编一套20世纪中国文学名作的中学生导读本。这个导读本要怎么来做呢？需要做评点、做批注，做评点批注有一个"坏处"，一个文本你要找哪些地方来点出它的好，来不得一点虚的。分配给我名下的是二十来篇散文，我这一篇看看，读不出新意来，放下，又换一篇，就这样换了不知多少轮。坦率地讲，我们做研究的人也很累的，黄子平老师在80年代有一句很著名的话，叫"创新那条狗，追得我们连撒尿的工夫也没有"。创新的压力对于我来说，就是对着二十来篇散文，总得有个三分之一或者更多，能读出我的心得来。1997年我记得应该也是十一二月的时候，冬天，我读了不下五六遍，终于有一天桌子一拍，有了！为什么有了？像我刚才说的，一个原因是创新的压力，使我有要读出新意的一种意向。

还有一个非常重要的原因，对我一向非常崇拜的父亲，我觉得他有点老了，这个感觉是在1997年出现的。当然，这个感觉可能和一件事也有关系，他做爷爷了，我也做父亲了。所以，这就是我后来关于语文、关于阅读提炼出来的概念，叫作"想象和移情"。什么意思？很简单的，就是我们阅读文学作品，有一个非常关键的起点，在阅读的过程中要把自己放进去。对《背影》的理解，是我在1997年这样的语境下读出来的。我要讲，《背影》的秘密就藏在最后一段。最后一段不长，我给大家念一念。

近几年来，父亲和我都是东奔西走，家中光景是一日不如一日。他少年出外谋生，独力支持，做了许多大事，哪知老境却如此颓唐！他触目伤怀，自然情不能自己；情郁于中，自然要发之于外，家庭琐屑便往往触他之怒。他待我渐渐不同往日。但最近两年的不见，他终于忘却我的不好，只是惦记着我，惦记着我的儿子。我北来后，他写了一信给我，信中说道："我身体平安，惟膀子疼痛厉害，举箸提笔，诸多不便。大约大去之期不远矣。"我读到此处，在晶莹的泪光中，又看见那肥胖的、青布棉袍黑布马褂的背影。唉！我不知何时再能与他相见！

读完了，大家可能对于《背影》的这一段有点陌生，但是一旦读完了，是不是就会有点感觉？我称之为"白纸黑字"，写得非常清楚，看到没有？"老境却如此颓唐"！之前说他少年时还是很厉害的，但是老境却如此颓唐。还有很重要的四个字叫"家庭琐屑"，以及"他待我渐渐不同往日"，这些和我刚才讲的感情真挚，讲父亲的慈爱之情、儿子的忏悔之情，甚至有的讲法里边把它给"提纯"了，讲得很纯情，好像不一样。可是为什么会视而不见呢？这就是我们现在喜欢说的思维定势。

这个思维定势之所以在《背影》的阅读史上会形成，是因为叶圣陶老先生。他在民国时期的著作里掐头去尾地赏析过《背影》，然后用读写结合的方法来做过解读。叶老的这样一种说法影响太大了，属于覆盖性的经典解读。所以我有一句话，我们现在读的经典，事实上它总是被经典的阐释所环绕。后来很多人读《背影》的时候，我称之为被"红烧中段"所吸引，恰恰把头尾给掐了。这个时候如果从方法的角度——我其实很喜欢讲方法——我们读一个文本，有一句非常朴素的话：就是你要读全了、要读完整了。我们还是再说最后一段。

最后一段其实更重要的，我觉得是这两个"自然"。这两个"自然"是值得仔细琢磨的。我给大家再念一遍："他触目伤怀，自然情不能自已。情郁于中，自然要发之于外。"这两个"自然"让我想起我母亲的名言："上半夜为自己想，下半夜要为别人想。"明白这句话的意思吗？就是说，我们做人，跟别人有矛盾了，肯定首先是为自己考虑，对不对？总是想别人错。到了下半夜，开始要反思了，觉得好像我也有不是，站在别人的角度换位思考。大家想一想，这两个"自然"是朱自清处于"上半夜"还是"下半夜"？应该是"下半夜"了吧。他已经开始换位思考——"自然情不能自已，情郁于中，自然要发之于外"。这是很重要的一点，他已经开始站在父亲的角度来想。但另外一方面，你明白这里面有一种不平等关系吗？在两个"自然"里面——大家体会一下——一方面是朱自清开始站在父亲的角度想，自然要怎样；但另外一方面，很显然朱自清还是在宽容、理解父亲，或者说得白一点，其实多多少少是有点居高临下的。有没有这个感觉？所以通过这一段《背影》，是可以发现他们父子有过不和，有过矛盾。

现在我再追问，大家推理一下：客观地说，你感觉父子矛盾是谁的错更多呢？为了帮助大家推理，我再说一点，你会发现——诸位这时候要想象和移情，想象你和你爸、你和你妈的关系，甚至可以想象你和你恋人的关系，我说过文学阅读的创造性动力之一，就来自这样的想象和移情——父子之间两个人闹矛盾了，最后是谁主动示好的？是朱自清他爹，对不对？再加上朱自清虽然是替父亲想，但还是站在更高的位置去"理解"了。当时我也看了一些研究和传记材料，但实话实说，那个时候绝大部分的传记和研究都和朱自清写《背影》一样——中国有句话叫"为尊者讳"——都写得语焉不详。虽然语焉不详，我还是从一些传记材料里面获得了一个信息，他们的确是有过父子不和的。

我后来看到有些中学老师也很厉害，还发现了开头的问题，这篇散文的开头，我念一下，大家体会一下。"我与父亲不相见已二年余了"，"不相见"这个表达是不是有点怪？不相见，这里面有某种主动的东西在，大家有没有体会到？结尾也是这样，叫作"最近两年的不见"，"不见"大家也请体会一下。所以我就说，朱自清既不撒谎，又不点破，表达得特别含蓄。我要告诉大家，包括在开头——大家应该都有印象，可能初中时这个书面语就是在这儿学来的——叫"祸不单行"，有印象吗？"正是祸不单行的日子。"现在，诸位愿意的话马上可以上网搜，输入"朱小坡纳妾"这五个字。朱小坡是朱自清的父亲，他本名叫朱鸿钧，但是他非常崇拜苏东坡，所以给自己取了一个"朱小坡"的名字。前面所说的"祸不单行"，事实上就是朱自清的父亲在那个时候纳了一个妾。

　　好，我按照时间顺序给大家来梳理一下。1917年"背影"事件发生之年，朱自清的父亲的这个"祸不单行"，使得他们全家断了经济来源，债台高筑。这是1917年，然后1920年朱自清北大毕业，负担大家庭。他负担大家庭，但是朱自清那时候也有小家庭，这里面大家庭和小家庭之间要负担多少，和父亲就有一点点摩擦。1921年暑假，朱自清回到他老家，在扬州八中教书，也做教务主任。朱自清他爹还是蛮厉害的，他和校长是朋友，就让校长把儿子每个月的薪水发给他，不经过朱自清的手。然后1921年，朱自清就到浙江去教书了，父子两个人就失和了。这年的冬天，朱自清把老婆、孩子也接出去了。1922年的暑假，朱自清主动回老家，他的父亲很有个性，先是不准他进门，然后不理不睬。不是散文里写"最近两年的不见"吗？我刚刚说了朱自清《背影》是1925年写的，1923年暑假朱自清又回家了一次。但是，这一次回家和父亲的关系仍然没有好转。然后1924年的时候，朱自清写了一篇小说，因为是影射文，被他爹发现了，叫《笑的历史》。他以他妻子武钟谦为原型，他爹看了就很不高兴。

　　我刚刚这样一个梳理，其实是想告诉大家，网上的，包括传记材料的这些信息，说明《背影》的背后，是有一个比较复杂的父子关系史。但是，如果回到朱自清的文本本身，大家肯定还是要问这样一个问题：关系都已经这样，朱自清为什么还要写出《背影》？而且写得如此深情款款的呢？

　　其实秘密也不复杂，或者说这个也不是秘密，也是在这最后一段。——我们读文章还是要读全了，重要的信息还是要关注。事实上，《背影》写完之后，20多年后，在1947年，朱自清也有一篇回忆文章，说他写《背影》全都是因为父亲给他来信中的话。来信中的话你发现没有？最后一段朱自清是全部引了，大家看看他说的是什么。因为有点文乎文乎的，我把它翻成现代汉语："我身体蛮好的，就是好像拿个笔、拿个筷子还诸多不便了"，"大去之期"大家知道，就是——死。明白吗？是他爹信里的这一番话让他忽然地感觉不对了。

后来，2002年，我在1997年点评的基础上写了一篇文章，叫《〈背影〉何以成为经典》，时间关系，我就给大家快速地念一念：这里，所谓"大去之期"，其实就是一个"死"。你想想，父亲与两年未见的儿子写封信，终于下决心写这个信，给关系还是僵着的儿子写了封信。别的就没有多说，就说到了自己的死，这怎能不让朱自清顿然不胜羞愧，伤怀悲叹，开始念叨起父亲的好，而反省自己的不是呢？无论父亲有怎样的错，也无论自己有多大的委屈，爹永远是爹，父亲永远是父亲，真是再也没有比自己这些年的表现之差更大的错误了。父亲还有没有时间与机会让儿子弥补过失？我想，我们都是为人之子、为人之女，这个需要想象和移情一下，应该都能够理解朱自清写这篇文章的时候心潮难平。然后我那个文章里还接着说，如果我们一旦发现了朱自清《背影》的这个秘密，就能够发现《背影》中我们原来没有发现的好。

第一是什么？在主题内容和思想上，朱自清写《背影》真切地道出了一个事实，就是父子这样最亲的关系也是会有摩擦的，这就是人生，这就是生活。父子这样的亲情也会有波折，应验了中国的一句老话叫"月有阴晴圆缺"，人都是世俗而复杂的，也都是有毛病的，所以也是可能会出错的。如果说《背影》是写人情感的散文的话，我认为它恰恰是深化了。我们现在理解了《背影》的结尾，在那种慈爱之情、忏悔之情之后，是不是会发现人间更复杂的真情。这是一方面。还有一方面是关于散文的写法，我提到了一个概念，朱自清写这篇《背影》的时候很会控制。我们看结尾，刚才念到，朱自清写这篇文章的时候其实是非常激动的，如果不会写文章的话，一开始就哇哇乱叫了，就会抒情了。但是朱自清怎么样？你们发现没有，"我与父亲不相见已二年余了，我最不能忘记的是他的背影"，好像是平淡如水的，其实这里，他是把他的情感给控制住了。我当年是这样说的，如果不能发现这个结尾，那么《背影》所抒发的感情其实还是有点过的。有一些不喜欢朱自清的人就会批评他的散文，说他的有些着力点会多少显得有点做作。但如果发现了这个豹尾，你就会发现《背影》在艺术上的讲究与到位。就是我原来所讲的，这个讲究是文章结构、情感表达、语言选择等多方面的控制。那种控制力，"既收放有度，还自然天成"，确实非常可贵。

我们稍微再琢磨一下，朱自清是在羞愧、伤悲、感恩等复杂的情绪中开始写作的，然而他非常平静地、波澜不惊地开了头，既破了题也设了疑。还有过去讲《背影》，老师讲得最多的就是那个"背影"镜头。背影镜头大家应该有印象，作者连用了两个"再三"、两个"踌躇"，然后还交代父亲是一个胖子。我在当年的文章里用了一个比方，说这就是叫铺垫和蓄势，积蓄的"蓄"，把势能给积蓄出来。大家来看看这个"背影镜头"，我们想象一下，朱自清是那样一种激动的情况，而我们读到的却是这样："我看见他戴着黑布小帽，穿着黑布大马褂、深青布棉袍，蹒跚地走到铁道边，慢慢探身下去，尚不大难。可是他穿过铁道，要爬上那边月台，就不容易了。他用两手攀着上面，两脚再向上缩，他肥胖的身子向左微倾，显出努力的样子。"朱自清这一段其实写得很有画面感，连身体是"向左微倾"他都告诉你。这样写完之后你有没有发现？非常煽情，但这个煽情又是控制得很好的。所以也难怪，作者接下来很适时地写道："这时候我看见他的背影，我的眼泪很快地流下来了。"诸位可能也会情不自禁。所以说，如果看到了这个结尾——这叫豹尾——回过头来你就会发现《背影》在艺术上是非常讲究的，要么不发，一发必中——就像洪水一样，三峡大坝先把水给蓄势了，一旦开闸门，"哗"一下，势不可挡，眼泪下来了。最后末尾，在晶莹的泪光中又看见背影。"唉，我不知何时再能与他相见。"这个起承转合，又叫作"余音袅袅"。是不是这样？

其实还有很多可以讲的，我最后再讲一个。前面讲了，朱自清的散文，包括这一篇《背影》，它是理想范文。大家还记得，有预设读者这个概念。在那样一个上下文里面，他的预设读者是谁？是广大的中学生，我们学了《背影》之后，可以学习来写作的，包括怎么来写这个场面、写动作。但是,《背影》还有一个非常重要的预设读者,甚至可以说是他的第一读者,最重要的读者,大家想一想是谁?

对了,是朱自清他父亲。

《背影》事实上是写给他爹看的,大家也可以理解了,要写给他爹看,他当然要更加为尊者讳,有些话要说得更含蓄了。我要告诉大家,后来朱自清的弟弟写过一篇回忆文章,说明《背影》写得非常成功。我给大家念一段,这是他的弟弟朱国华写的一篇文章。这篇文章发表在 1989 年,题目叫《朱自清与〈背影〉》:1928 年,"秋日的一天,我接到了开明书店寄赠的《背影》散文集。我手捧书本,不敢怠慢,一口气奔上二楼父亲卧室,让他老人家先睹为快。父亲已行动不便,挪到窗前,依靠在小椅上,戴上了老花眼镜,一字一句诵读着儿子的文章《背影》,只见他的手不住地颤抖,昏黄的眼珠好像猛然放射出光彩"。当然了,这是 1989 年的回忆,这种回忆性的文章也不能完全不打折扣地相信。但是大家应该感觉到了,1924 年的时候朱自清写篇小说,让他爹气得加深了矛盾,而这一篇《背影》,从他弟弟的叙述看来,还是化解了父子之间的矛盾了。

我还要说,朱自清父子两个人都是"高手",为什么说都是高手?传记材料表明朱自清的父亲是 1945 年过世的。朱自清是 1948 年过世的。也就是说,1925 年离 1945 年还有 20 年,他父亲其实后来还活了 20 年,但是他那封信里怎么写的?我不重复了,明白吧？都是爱面子的人，他说"大去之期"，这是一个文学化的表达。所以朱自清的这个《背影》我用一个词形容，这是朱氏父子二人的一个"隔空对话"。我觉得，诸位还是可以学一学的，在处理一些人际关系的时候。包括我前面说的"月有阴晴圆缺""人都是世俗复杂的"。

好，最后我又要布置问题了。你仔仔细细地去看朱自清所写的心理活动，然后再重视一开始我说的"这个背景很重要"。《背影》事件发生的时候，朱自清已经 20 岁——诸位，20 岁不是小孩子了——他爹跟他说——这一句我给大家念一念，这个也是网上的段子——"我买几个橘子去。你就在此地，不要走动"。我表演一下两种读法：一种"我买几个橘子去。你就在此地，不要走动"（用特别温和的语气念），这个好像是对小孩子说的，是不是？再一种我是夸张的，因为时间关系，就很明快地把最后的提示直接给大家——"你就在此地，不要走动"（用命令式的语气来念）。明白不明白？

所以《背影》里面有一个表层的东西，也有一个潜层的东西。其实，诸位想象移情一下就想出来了。你父母给你的爱，有时候很让你感动、很让你受用，但有的时候，当你不爽的时候，你就会发现这个事情的另一面，就是什么？就是控制。好吧，关于《背影》，这样一种深度解读的关键在哪里呢？——在于这个文本里的"重复"，就像两个"自然"的重复一样，朱自清的心理活动是重复的。我刚刚讲了，父亲这一面有一个表层，有一个深层。我现在不讲了，给大家思考，我喜欢留空：请大家想一想朱自清，也有一个表层，也有一个深层。

从这个意义上来讲，名篇的魅力就在于，哪怕他写得是如此的"简单"——我们在初中也可以读，对不对？我觉得在初中的时候不能讲那么深，讲得那么深之后，让孩子心理太复杂，不合适——但是我们又可以回过头来读，当我们的人生阅历多了之后，又会对文学有所发现，这就是我的老师钱谷融先生的一句名言："文学是人学。"好，今天就讲到这，谢谢大家。

《背影》何以成为经典

近些年来，中小学语文教育的改革力度不小。好多种教材同时在全国各地试用，有些教材在内容上大幅调整，不少传统名篇纷纷落选。但是，朱自清先生的《背影》"我自岿然不动"，依然是每一种教材的必选课文。为什么？是否因为《背影》是朱自清写的且早已成为经典，就不敢造次了。

我想，之所以这样问，是因为：《背影》，1500来字，看上去朴素、平淡、无奇；要是有人讲，眼下中学生的好作文，不比它差了太多，也许会有人信以为真的。——当然即使现在谁写出了《背影》的水准，也不可能成为朱自清，其作品也不会有《背影》级的礼遇。就此而言，甚至不妨说：《背影》是因为朱自清所写才如此著名，从而经典化了的。

这并不奇怪。首先，有所谓"第一个吃螃蟹的人"，也有所谓"余生也晚"。其次，这般想法其实很符合现代的文学理论，美国文论家乔纳森·卡勒就曾用"超保护的合作原则"的精深术语阐释过类似情形。[①] 简单地说，因为你对朱自清有基本的信任，对他的文

---

① 《当代学术入门·文学理论》，辽宁教育出版社1998年版，第27页。

章有超级的"保护",信得过《背影》是内涵深刻、艺术性强的经典作品;而因了这种信赖,假使读不出《背影》的"好",你会怀疑自己的水平问题;即便只是为了证明自己,你也会非常"合作"地反复读、讲出个子丑寅卯来。

所有的人都这样,《背影》怎么可能不成为经典?不过,应该考虑到《背影》是朱自清 1925 年的创作,事情要稍微复杂一些。

那时候,朱自清虽然早加入了文学研究会,办过文学刊物,尝试并发表了诗歌、小说、散文等多种文类的作品,数量也不算少;在散文写作上,还已经有了《歌声》《匆匆》《温州踪迹》等作品;特别是 1923 年,他和俞平伯同题的《桨声灯影里的秦淮河》同时出现于知名刊物《东方杂志》,"在那个时期的白话散文中,这两篇都颇动人,流传甚速",① 成了文坛的一桩佳话。然而,总体看来,那时候的朱自清毕竟还没成为后来那样著名的"品牌";恰恰是《背影》刊揭后,给"朱自清"增加了很重要的砝码。

那么,《背影》为什么做得到这一点,在当时就能脱颖而出、引人注目呢?海外现代文学研究名家李欧梵的意见是颇有启发性的。他曾在北京大学讲学道:鲁迅在著名的《我们现在怎样做父亲》一文中所说,中国的"圣人之徒""以为父对于子,有绝对的权力和威严;若是老子说话,当然无所不可,儿子有话,却在未说之前早已错了",集中表达了五四一代人对于父辈的不满。五四是个

---

① 王统照语,转引自陈孝全《朱自清传》,北京十月文艺出版社 1991 年版,第 71 页。

反传统的年代，是个"打死父亲"的年代，五四文学的父亲形象都是负面的；而《背影》不同，在中国现代文学作品里，它第一次重点刻画了一位正面的父亲形象。在"满街走着坏爸爸"的情况下，这一个"好爸爸"一下子激起了无数读者的共鸣。要而言之，《背影》生逢其时，在一个特殊的语境下获得了非凡的成功，大大提高了朱自清的声誉。

需要补充的是，《背影》至迟从1930年起，就不断地入选初级中学混合国语教科书《新学制初中国文》《开明国文讲义》以及《开明新编国文读本（甲种）》等民国时期的教科书和课外读物；并且，在1949年7月、8月间面世的《新编初中精读文选》中，"编辑例言"的"本书选材的标准"已经新添了第一条"符合新民主主义的精神"，而《背影》依然作为合适者入选了。① 很显然，教材的广泛影响与权威性，无疑为《背影》解读时的"超保护的合作原则"锦上添花。

一句话，《背影》何以成为经典？文学之外的原因是很重要的。另一方面，正像卡勒所辩证指出的，有些文本再赋予多少"超保护的合作原则"，仍然无法读出什么"文学性"，《背影》之所以成为经典，如果没有其内在的成为经典的质素作为前提，同样是不可想象的。事实上，《背影》"之所以能历久传诵而有感人至深的力量者，

---

① 《叶圣陶教育文集》第四、第五卷，人民教育出版社1994年版。

只是凭了它的老实，凭了其中所表达的真情"，① 类似的说法，我们更为耳熟能详。当年，叶圣陶先生将《背影》选入教科书，就有提示："篇中的对话，看来很平常，可是都带着情感。"如今，各式各样的教材、参考书、教辅读物讲起《背影》总是强调，此文写出了、写尽了父子情深。

这些自然是不错的，《背影》的确"表现了父亲爱护儿子的深挚情感和儿子对父亲关怀的感激之情"。② 但在我看来，《背影》的讲读史上，始终存在着一种不大应该的简单化定势：将"父子情深"平面化地理解为父子关系一贯其乐融融，将朱自清父子之间的感情一厢情愿地"提纯""净化"。

我们知道，《背影》是回忆性的散文，在《背影》文章与"背影"故事之间相隔了整整八年，而八年的时间可以有多少事情或曰"琐屑"发生！且不说有关传记材料里的朱自清与父亲的那些龃龉与不欢，③ 就是在《背影》文本里，作者也照实记录了一些，只不过把话说得简约、含蓄，需用心读才能破解罢了。——我指的是文章的最后一段。

"他少年出外谋生，独立支持，做了许多大事。哪知老境却如此颓唐！他触目伤怀，自然情不能自已。情郁于中，自然要发之于

---

① 李广田：《最完整的人格》，俞平伯等编：《最完整的人格——朱自清先生哀念集》，北京出版社 1988 年版。

② 洪宗礼主编：《语文》初中第四册，江苏教育出版社 1996 年版，第 83 页。

③ 参见《中国现代文学研究丛刊》2001 年第 1 期。

外；家庭琐屑便往往触他之怒。他待我渐渐不同往日"，暗示、交代得已经蛮清楚：父亲年事渐高之后，退化、颓唐得厉害；"家家都有一本难念的经"，朱自清他们的家庭琐屑也不少；父亲待"我"大不如从前，而"我"对父亲怎样呢？单看看父子"不相见已二年余了"，却还是父亲主动地"终于忘却我的不好，只是惦记着我，惦记着我的儿子"，"写了一信给我"，就不难想见："我"对父亲是不够宽容的。

既然如此，"我"怎么竟在那种情境中写下了《背影》这篇赞美父爱、赞美父亲的文章呢？《背影》问世 22 年后，朱自清对此的记忆还是非常清晰的，"我写《背影》，就因为文中所引的父亲的来信那句话"①——"我身体平安，惟膀子疼痛利害，举箸提笔，诸多不便，大约大去之期不远矣"。这里，所谓"大去之期"其实就是一个"死"呀！你想想，父亲有两年未曾与儿子谋面，终于给关系尚僵的儿子去了封信，别的未曾多说，就径直谈到了自己的死。这怎能不令朱自清顿时不胜羞愧、伤怀悲叹，念叨起父亲的好，而反省自己的不是：无论父亲有怎样的错，也无论自己有多大的委屈，父亲永远是父亲；真是再也没有比自己这两年的表现更大的错误了；父亲还有没有时间与机会让儿子弥补过失……只要是为人之子、为人之女，就应该理解作者这时候的心潮难平、激动不已。

而我要说，虽然很多人注意到了朱自清在 1947 年的那番回忆

---

① 转引自人民教育出版社中学语文室编著：《语文》初中第一册，人民教育出版社 2000 年版，第 10 页。

以及文末一段的重要性，但很遗憾，迄今还是未曾见有人话讲到点子上：正是在这文章的收穴之处，隐藏着《背影》之所以"好"的最大秘密，也蕴含着《背影》文学经典性的最重要潜质。对此，我们可以从两方面来体会。第一，在主题内容和思想上，朱自清虽"只是写实"，却真切地写出了父子这样的血缘关系，也会有摩擦，父子这样的亲情也会有波折；揭示了"月有阴晴圆缺"，人都世俗复杂并可能由此出错的客观现实。这样，"父子情深"的经典主题，格外增添了儿子的愧疚、忏悔之情，这在作品表现的诸多情感中也是极具分量的；而且由此，《背影》便不再像一般同类作品那么简单、浅显了，即或可能失去了"纯情"，却是结结实实地收获了家庭、人生等多个角度复合的厚重的体验。

第二，更加重要的是，如果没有发现文末的深意，《背影》所抒发的浓情就显得有些突如其来的过分，文本里的不少着力点也多少显得做作；换言之，只有发现了《背影》中轻易不露真容的"豹尾"，才能发现《背影》在艺术上的讲究与到位，其中最特别的一点，就是对于文章结构、情感表达、语言选择等多方面的控制，那种控制既强大有力，又收放有度，还自然天成，是非常难能可贵的。不妨稍许细心琢磨一下：朱自清是在羞愧、伤悲、感恩等复杂情感把自己激动得不行的情形下开始《背影》创作的，也就是说作者写《背影》其实用情极深、用力极猛；然而，朱自清没有像个生手一样一起笔就大抒其情，而是千种波澜几乎不见地这样开了头，"我与父亲不相见已二年余了，我最不能忘记的是他的背影"——仿佛很平静，既破了题，也设了疑，而一旦读懂了结尾后再重读，朱自清极力克制着的情感就很容易体会到了。更进一步而言，这个开头意味着，作者在那样的心潮澎湃下，还能自觉不自觉地考虑文章结构等技术上的问题，说明朱自清作为一个散文家已经相当成熟了。而且，这样一种成熟贯穿于《背影》文本的始终，比如，作者连用两个"再三"、两个"踌躇"以及交代"父亲是一个胖子"等充分的蓄势与铺垫；比如那著名的"背影"镜头："我看见他戴着黑布小帽，穿着黑布大马褂，深青布棉袍，蹒跚地走到铁道边，慢慢探身下去，尚不大难。可是他穿过铁道，要爬上那边月台，就不容易了。他用两手攀着上面，两脚再向上缩；他肥胖的身子向左微倾，显出努力的样子"——你有没有发现，这，确实是个不折不扣的电影特写镜头：着装的色彩十分明确，动作的方向十分清晰，画面感觉极强；而且，又实在是个太煽情的镜头，难怪作者很适时地写道，"这时我看见他的背影，我的眼泪很快地流下来了"——一个多愁善感的读者，也多半会控制不住了。——如果真是这样的话，朱自清在艺术性上的追求也就起到了效果，作为"文眼"的"戏剧动作"要么不发，一发便中，立竿见影。又比如，文章的末尾一句，"在晶莹的泪光中，又看见那肥胖的、青布棉袍黑布马褂的背影。唉！我不知何时再能与他相见！"既注意了为文的起承转合，又戛然而止、余音袅袅……

在这样的"字字珠玑"之后，是否就将《背影》的内在潜质发掘殆尽了？我看也未必，兹举一例。我们前面说到，《背影》是五四文学中最早正面刻画父亲形象的；而已经有人发现，《背影》描写的父亲形象主要有"细心""体贴""不强壮有力"等特点，这和父亲的经典形象"责任心强""坚毅""粗心""有力"差距甚远，"我们在《背影》中看到的与其是一个父亲的形象，毋宁是一个母亲的形象"。[①] 这是个有趣的发现，而怎么解读它，由此出发又可以读出些什么？更是个有意思的问题。你可以联系朱自清创作的一贯风格，联系《绿》《荷塘月色》《给亡妇》，尤其是同在1925年创作的议论性散文《女人》，从朱自清文章的女性譬喻、女性化意识等方面下功夫，也可以联系朱自清的生平经历，甚至适当运用弗洛伊德的"精神分析学"，去作为别的研究的引子。你也可以接着思考，《背影》是正面塑造父亲形象的作品，可为什么《背影》里的父亲还是更多地像个母亲形象？这和五四的社会语境、文学语境有怎样的关系？是否可以说五四时期存在强大的"集体无意识"，使得朱自清运思、下笔起来不由自主？等等等等。

　　总而言之，《背影》解读的宽度就是你生活的宽度、思考的宽度。短短一篇《背影》里有悠长的朱自清的生活史、情感史、思想史，也可以有你自己悠长的生活、情感乃至思想的历史。文学阅读甚至"文学"本身都不怕、很需要这样的投射与移情，对此，现代文学理论是早就言明了的；而且，恰恰是那些经典化的作品，因为有"超保护的合作原则"的惠顾，有无数读者的反复阅读，所以越

---

① 蒋济永：《〈背影〉里的"背影"解读》，《中国现代文学研究丛刊》2001年第1期。

读越精彩，越读越经典。换句话说，你我的参与也正是经典何以成为经典的一大原因。

倘使话讲到这地步还不无道理，那么，非要理清本文所说的哪些内容属于《背影》本来就有的，哪些又属于"超保护合作"来的，就既不可能，更没有必要了。《背影》何以成为经典？让我们不很恰当地借用一位名人的妙喻来作结吧：你吃了一个味道很好的鸡蛋，只要知道味道好极了就行，又何必追问这个蛋是怎么来的呢？

原刊于《语文学习》2002 年第 1 期

走向做决定的那一刻

——海子的《面朝大海，春暖花开》

我们讲了一篇小说，鲁迅的《孔乙己》；讲了一篇散文，朱自清的《背影》；今天讲海子的一首诗，《面朝大海，春暖花开》。当代诗人的诗歌作品，哪一首流传最广？如果去调查统计一下，我相信我们今天要讲的海子这首诗，排名肯定是靠前的。这还得感谢语文教科书，因为《面朝大海，春暖花开》在世纪之初的"课改"大潮里，被选入了"人教版"的教材。在文学作品的经典化过程中，语文教科书的影响是决定性的，它会让一代人都必须学这首诗，——因为可能是要考的呀。海子的这首诗就获得了这种待遇，也可以说是荣幸。所以后来，《面朝大海，春暖花开》被谱成了各种版本的歌曲，我都来不及找全，反正你们上网一搜就会看到很多，各种风格，摇滚的、抒情的，都有。

那为什么海子这首诗被选进教材了呢？我觉得，是因为当初把它读成了一首温暖的诗，这也是我今天要说的，关于这首诗的第一种解读。这种解读的影响还是非常大的。首先我要说，如果不是这样读，这首诗就不大可能入选教材。为什么？诸位，你们要热爱生命啊！"好死不如赖活"，这话说得比较粗糙，但我们要热爱生命，千万不要学海子！讲生命教育也已不少年头了，在这样一个背景下，这首诗在语文教科书里消失了。所以再过些年，如果问当代哪首诗流传最广，很可能就不会有这首诗了。

我记得，从过去的 MSN 到现在的微信上，网络上好多花样的签名，有不少人写的就是"面朝大海，春暖花开"；还有蛮多房地产广告，也喜欢说"诗意地栖居"，也来个"面朝大海，春暖花开"。显然，这都属于第一种解读，简单说就是，把这首诗读成了一首温暖的诗。这样一种解读，有没有道理？或者说从这首诗来看，有没有文本依据呢？在我看来，不能说没有。或者我来推测一下，大家之所以这样读，是因为"面朝大海，春暖花开"这八个字吧，在不少朋友的想象中，大概就是一个非常美的意象；还有一个非常重要的，这首诗里有个字眼反复出现，"幸福"，是不是？"幸福"反复出现，这总是会让我们情不自禁地想象和移情，甚至很可能就带着自己对幸福的理解，去理解这首诗了。

这第一种解读，我就不具体展开了。最近这些年也出现了第二种解读，而且我发现，覆盖的人群好像还越来越多了。那第二种解读是怎样的呢？是很多人发现了，不对呀，这首诗写完不到三个月，1989 年 3 月 26 日，海子在山海关卧轨了，自尽了。海子怎么可能在之前不长的时间里写出这样一首温暖的诗呢？——用我的话来讲，是根据海子之死、根据海子的生平倒过来推，《面朝大海，春暖花开》这首诗是不温暖的，可能算得上是海子的诀别诗。

这种解读也有依据。最重要的依据，或者说最厉害的依据是：

第一种解读没办法面对这首诗——总共十四行——的第十四行，"我只愿面朝大海，春暖花开"。如果你以一种很抒情的方式，以第一种理解来朗读这首诗，你就会在读到最后一句时发现——哎呀我的妈啊，怎么还有个"只"字！也是就说，在第一种理解里，"我只愿面朝大海"这个"只"字好像是突如其来的。我遇到过两件事，像假的一样，但都是真的。一是上海某大报，有一次刊印这首诗，竟然印成了"我也愿面朝大海，春暖花开"；二是我看到有一种高职的教科书——这个太不应该了——竟然也是"我也愿面朝大海，春暖花开"。这个"只"变成了"也"，用我的话说，这是要把海子气活过来的！所以这第二种解读，首先看的就是这个"只"字，然后，我还找到了诗中的另一关键处，就是开头的一句，"从明天起，做一个幸福的人"。中国人都知道《明日歌》：明日复明日，明日何其多。"明天"是一个可以不断延宕的概念。你们看，第二种解读就特别强调，要做一个幸福的人，为什么不从今天做起呢？所以在我看来，这第二种解读会说，海子的这首诗其实从一开始，就奔着那个"我只"而去了。

今天我们要讲的呢，我认为是第三种解读。这第三种解读，看起来像是前两种的调和，但我认为不是；起码最初我这么解读的原因，并不是调和，更不是为了调和而调和。

这还得先讲故事。2006 年初，因为搞语文、做我手头的这套"语文实验教材"——俗称"沪教版"，我摔了一大跤，严重骨折，卧床了半年。不说这个背景还不行，你们会觉得我太懒了吧，怎么自己不干，叫学生去干呢。我请一名研究生把《面朝大海，春暖花开》这首诗复印了给我，结果呢，因为他也写诗，这首诗他很熟，他就自己打了一份给我。大家可能不知道，这首诗的后面是有写作日期的，是 1989 年 1 月 13 日；结果，男同学嘛，粗心，他打给我的，把 13 日错成 1 日了，变成了 1989 年元旦。而这对我来说是一个"美丽的错误"，非常重要。

所以，我们读一个文本，我们和文学作品之间，有时候其实就像人和人之间，一样是有缘分的，明白吗？这是一个错误，但是我的解读，——当然了，也是有铺垫的，我要老实跟大家交代，哪怕说起来脸红，在看到他打印出来的东西前，我其实已和他们一起对付这首诗好久了，而那时，却连第二种解读的边也没摸到——但是，因为有这个读的过程铺垫，我看到 1989 年 1 月 1 日，我的灵感来了，我桌子一拍——吹牛啦，那时候卧床，没有桌子，我是床边拍了一拍，我觉得我懂了！

我懂的是什么？不知道你们现在如何，反正我小时候最怕一件事，就是学期结束或新学期开学时，老师要求写小结、写计划。我这是个类比。当我看到 1 月 1 日，1 月 1 日是元旦，元旦就是岁末年初，岁末年初的时候，人总是会多想起一些什么来的——会想想过去，想想未来，会有些惆怅，也会有一些憧憬。明白？所以，海子这首诗就写在这样一种情境下！当然了，事后一想，13 日也还是岁末年初对不对，但说实话，看 1 月 13 日和看 1 月 1 日，那感觉就是很不一样。这是事实。

我刚说了，岁末年初我们都会多想起一点什么来，但是，海子在这首诗里想的事，却要比我们平时想的大很多，是什么？又要讲故事了。2006年那时，我有一名来自马其顿的留学生，那女孩子在语言上很有天赋，她以前学过汉语，口语已经很厉害了。我对她说，请你读一首诗，估计有个词语的含义你会不懂，得去查字典。果不其然，她很快找到了这个词，你们想是哪个？对，就是诗里倒数第二句，"愿你在尘世获得幸福"里的"尘世"。这个词，后来我编教科书时给它做了一个注：佛教、道教用语，指的是人世间，现实世界。所以，在我的解读里，这首诗里最重要的一个实词，提示着解读方向的，不是"幸福"，而是"尘世"。

说了这么多，我想说的是，海子在1988—1989年的岁末年初，他想的是一件大事，这件大事用哈姆雷特的话来讲就是，"to be or not to be"？生还是死？我说过有第三种解读，我的第三种解读就是认为，海子在这首诗里是在做一个"to be"或"not to be"的决定。好，下面，我还是把这首诗快速地念一下，不是朗读，更不是朗诵：

面朝大海，春暖花开
海　子

从明天起，做一个幸福的人
喂马、劈柴，周游世界
从明天起，关心粮食和蔬菜
我有一所房子，面朝大海，春暖花开

从明天起，和每一个亲人通信

告诉他们我的幸福

那幸福的闪电告诉我的

我将告诉每一个人

给每一条河每一座山取一个温暖的名字

陌生人，我也为你祝福

愿你有一个灿烂的前程

愿你有情人终成眷属

愿你在尘世获得幸福

我只愿面朝大海，春暖花开

就这么十四行，短的文本就这点好，一读就读完了，大家都有印象，便于贴着文本细讲。我现在要问，海子进入这首诗的时候——我的左手是 to be、是生，右手是 not to be、是死——海子最初写这首诗的时候，是我的左手还是我的右手？是从 to be 进去的，还是从 not to be 进去？当然了，如果是思想复杂一点的，可能有人已经在想了：海子那时候说白了不就是——用当下流行的词，这个词特别好，我很喜欢——纠结吗？是的，海子就是在矛盾，在纠结，就像一个钟摆一样，一会儿摆到 to be，一会儿摆到 not to be，就是这样摆来摆去的，用现在的概念可能就是抑郁症，摆得太多。

第二种解读很显然，认为起点就是 not to be 了。为什么？因为一上来就是"从明天起"。但我要告诉诸位，海子这首诗，我前面已经讲了，这首诗是在一个长时段里面，截取了这一段的，明白吗？在之前、在之后、在这过程中，海子一直都是在摇摆的。而我还是要说，在这首诗里、在这首诗的内部，他是从 to be 开始的，"从明天起，做一个幸福的人"，海子开始写诗、说出这一句的时候，他是想做一个幸福的人的。当然，听我讲话肯定蛮累，因为刚刚讲完一个意思，马上就要补充。现在我就要补充了，海子当然也是在第一句里就埋下一些隐忧的，因而是从"明天"起。不过，我最终仍然想强调，这首诗的起点是"喂马，劈柴，周游世界"，是"关心粮食和蔬菜"，我甚至要说最后那句，"我有一所房子，面朝大海，春暖花开"，甚至房地产商也没错，就是一个海景房，就是一个大房子。

请注意，我认为这首诗的起点，海子的"喂马，劈柴""周游世界""粮食和蔬菜"表明，海子在诗中一度是拥抱了世俗生活的，或者说是对世俗生活有亲近而且拥抱的。说得更复杂一点，我还觉得这首诗很明显有 20 世纪 80 年代后期的影子：一方面是类似新写实主义小说，如刘震云《一地鸡毛》等，日常生活、世俗生活在诗中有体现；另一方面是，海德格尔那时在中国知识界也颇有影响了，也就是前面刚讲的，"面朝大海，春暖花开"确实和"诗意地栖居"有关联。为什么这么说？是因为"粮食和蔬菜"——如果你稍微读多一点海子就会知道，"粮食"和海子的"麦子""麦地"这些核心意象也有关联；然后是"喂马"，海子有一首诗，副标题就叫"以梦为马"，所以他的"喂马"，这匹"马"很可能和"梦"是联系在一起的，而且他还要"周游世界"。总之你要知道，请允许我再啰唆一遍，海子这首诗的起点是要"做一个幸福的人"，而且他要的幸福其实是两面都有的，既有世俗的日常生活，也还有超脱的那样一种"周游世界""以梦为马"。

这样我们就可以进入这首诗的第二节了。"从明天起，和每一个亲人通信／告诉他们我的幸福"。你看海子的那种幸福感，其实是和我们普通人一样的，用一句烂俗的话来说就是，他也要与人分享，所以他要"和每一个亲人通信／告诉他们我的幸福"，然后"那幸福的闪电告诉我的／我将告诉每一个人"，你发现了没有，对于诗中的海子来说，"亲人"已经不够用了。

前面说了文本短的好处，我可以沿着这首诗的——我有个概念叫"文本机理"，或者不用这个概念，就说是沿着这首诗的内在脉络或肌理来讲读。我们看到了啊，首先是海子自己要做一个幸福的人，然后是他要去告诉亲人，然后"那幸福的闪电告诉我的／我将告诉每一个人"，没错吧？

然后，这就到了诗歌的第三节，第三节更不对了，"人"也已经不够用了，他要"给每一条河每一座山取一个温暖的名字"！海子的气象也确实大了一点，他要给河、给山取名字，这个像《圣经》的开头对不对？上帝说要有光，于是就有了光，海子是要给山河取名字啊，他要有命名权！你看看，海子那样的一种幸福感，是很膨胀的，或者说是那种喷薄而出的——首先是亲人，然后泽被所有人，然后还要泽被千山万水。再补充一个，第二节里面还有一句"那幸福的闪电告诉我的"，这个"幸福的闪电"，我看过有诗人对这首诗的解读，让我相信这"闪电"确有其来自诗歌史的一面，但按我的解读，坦率讲他们还是过于学究了。这个"闪电"，在我讲读这首诗并教学相长了十来年后，有一次课堂上，我又灵感来袭，终于忽然明白"那幸福的闪电"是什么意思了。

这个要请大家先体会一下。我前面讲了海子的"幸福"是什么，我还说那幸福既有世俗性，也有超越性。现在我要说了，在这首诗里面，对海子而言最重要的"幸福"，是海子——像我发现了这首诗的秘密时那样，他也狠狠地拍了一下桌子："就这样定了！"也就是说，在 to be 和 not to be 的反复纠结之后，海子这时终于不纠结了。这里要请大家想象和移情一下，你们纠结过吗？纠结得人很难受是吧？而你，一旦不管三七二十一，豁出去做了一个选择的时候，是不是心里一下子就爽了、放松了？所以"那幸福的闪电告诉我的"，"那幸福"是如此的具体，换句话说，海子此时的"幸福"感来自他不再纠结啦，来自他做出了一个决定；而且还挺好，是做了一个生的决定；当然啦，从不再纠结的角度，即使是做了一个 not to be 的决定，海子也是会感觉爽的；更何况他还做了一个 to be 的决定。

好，继续看"给每一条河每一座山取一个温暖的名字"，海子的情绪是不是在接着往上走，"陌生人，我也为你祝福"，这一句来得如此自然，情绪看来也挺好。但我要告诉大家，这首诗的转折正在慢慢来临。很有意思，我数学并不好，但这时候我要用数学来讲，大家想一想"陌生人"是从哪儿来的，更准确地说是，"陌生人"这个表达从何而来？我来告诉你吧，"陌生人＝每一个人－亲人"，OK？所以我说这首诗，文本机理是如此之清晰，情绪是不断地往上走，但走着、走着就好像是走到了最高点，而与此同时，一个陡转也便降临了。

"陌生人，我也为你祝福 / 愿你有一个灿烂的前程"，这句话太朴素了、太普通了。现在谁写毕业留言时写出这样一句来，估计自己都不好意思，简直太不"文青"了。不过我要强调——顺便插播一句重要的话——其实，文学语言最重要的不是漂亮，是准确。"愿你有一个灿烂的前程"，海子觉得这个意思是对的，是准确的，这比什么都强。接下来第二个"愿"出来了："愿你有情人终成眷属"。这句话更貌似是一句套话对不对，丝毫不起眼，没什么了不起。

前面说过，我当时卧床，没办法去找更多材料。但我事后想想还是蛮有成就感的，我当时准确地推理判断出来了，海子肯定有过失败的两性交往。当海子说出"有情人终成眷属"这句话时，他是脱口而出的，但是话一出口，他就感觉"不对"了。请注意，现在有一种解读，我认为比较低级，就认为海子是因为女人而自杀。我觉得这对不起海子，讲得过分八卦了。我的解读是，这个"有情人终成眷属"既是一个世俗性的事实，但同时又有象征性。这个事实象征了，也唤醒了海子更深层的意识：我海子和世界上的芸芸众生们——他眼中的"芸芸众生"，也就是我们这些普通人——是不一样的。明白吗？芸芸众生是可以"有情人终成眷属"的，"有情人终成眷属"也就意味着"在尘世获得幸福"，而他海子没有，也不能。好，讲到这我要说，这首诗的关键转折，就在于第二人称"你"的出现。

为什么这样讲？先看这个"你"是怎么来的，来得是非常自然：陌生人，我也为"你"祝福，而"陌生人"是怎么出现的，前面已经说过了，是跟着"亲人""每一个人"来的；当"陌生人，我也为你祝福"这个"你"出现的时候，尤其是"愿你有情人终成眷属"这话说出口的时候，就触动了海子内心的隐痛——既是形而下的，又是形而上的，使他充分意识到原来埋藏在心底的是什么，是他海子无法，因而也不愿意和芸芸众生们一样。对于海子而言，to be 意味着什么？to be 意味着他海子和世界上所有的普通人是一样的，他是融入到、也消融于一个普通人的共同体里面去了，也就是说，海子和芸芸众生们在一起，不分彼此，没有你啊我啊的。大家应该还记得，我一开始就做了类比，我的左手是 to be、是生，右手是 not to be、是死。大家再想一想，第二人称"你"一旦出现，这会怎么样？在我看来是这样："你"出口的那个瞬间，就把海子内在的那个"我"给唤醒了，给呼唤出来了，这也就意味着，海子在这首诗里或许暂时忘却了的，"你"和"我"之间的区别，这时就又回来了，而且是更凸显出来了。所以，我的左手是 to be、是生，而这时就又是"你"了，因而我的右手呢，就是"我"，就是 not to be、就是死了；也因此，这最后一句也就顺理成章地出来了——"愿你在尘世获得幸福／我只愿面朝大海，春暖花开"。

我讲清楚了没有？大家看到这首诗的整个流程了吗？必要的重复永远是必要的，这是教学名言。这首诗，从 to be 开始，从要像芸芸众生那样活下去开始，然后海子为此感到无比兴奋而且幸福，于是与亲人分享、与每个人分享，包括对陌生人也要祝福，"愿你有一个灿烂的前程""愿你有情人终成眷属"，而接下来"愿你在尘世获得幸福"——这句话一旦出现，"啪"，海子就转过身去了，"我只愿面朝大海，春暖花开"。所以我说，这首诗从 to be 就这样非常符合逻辑地，甚至可以说是，出乎海子自己意料地、符合逻辑地最终走向了 not to be。

在我的解读里，这带来了两个后果。一个后果，我认为海子写完这首诗，他走向死亡的决定已经不可避免地发生了，或者说是会更加坚决了。为什么？你想想，他那段时间是一直处在生与死的纠结里，而写这首诗之初是想 to be 的，然而，却还是按其内在逻辑走向了 not to be。这是第一。第二个，是我觉得海子最后选择了 not to be 的时候，他是非常从容的，也是非常平和的。为什么？是因为海子在这首诗里面，可能是空前或许也是绝后地，拟想了芸芸众生们乐于享受的那种尘世的幸福生活，他也拟想了自己对这样一种幸福状态的享受；而因为他有了这样一种拟想，有过这样的体会之后，海子也更能够理解了，"哦，这是你们的选择，也的的确确是一个值得的选择",但是当然,"我海子还是更愿意做我自己"。这个意义上来讲,海子最后说"我只愿面朝大海,春暖花开"时,我认为他的心境就非常的平和,有一种安详,乃至圣洁。这时候我一般会加一个尾巴说:海子最后选择了卧轨这种自尽的方式,那和跳楼还真是不一样的,这说明了,他是非常坦然地愿意充分体验死亡的来临。

我今天的这样一种读法,大概也可以叫作"以文证史",因为通过这首诗的这样一种解读,我们再给海子写传的话,就可以大致地推断他在 1989 年,在海子生命的最后阶段,他内心复杂的、纠结的而又很有自己逻辑的那样一种心史。

《面朝大海,春暖花开》因为语文教科书而如此出名,相信很多朋友原本都有自己的理解。我们今天的这番重读里,我讲出来我所谓的第三种解读了吗?事实上,我要提醒诸位注意,我更在意的,我认为更有意思的,也希望大家在方法上有所收获的——是怎么触摸着文本肌理,顺着这首诗的内在脉络和流程,怎么在阅读时就像是踩在它的节拍上,——如果是这样,那么用一句夸张的话来讲,在某种意义上,也许我们就可能比海子自己还更理解《面朝大海,春暖花开》里的那个海子。好,就讲到这里,谢谢大家。

"文化断层"前的选择

——林语堂《京华烟云》的启示

中国现代文学史研究开始包容台港、海外华人作家，是学术界的新动态。注重这一大批作家作品不仅将拓宽研究的范畴，更重要的是会促进范式的变革。因此，在海峡两岸文化交流行将形成热浪的形势下，林语堂的《京华烟云》(*Moment in Peking*，又译《瞬息京华》)引起广泛注意，就是理所当然的了。

这部长篇巨制缘起于作家译介《红楼梦》的设想，因为"再三考虑而感此非其时也，且《红楼梦》与现代中国距离太远"(林如斯《关于〈京华烟云〉》，刊该书卷首)，以散文、杂文闻名的林语堂才第一次涉猎小说创作，用娴熟的英文完成了洋洋70万言。当时，抗日战争已经全面爆发，步入"不惑"之年的林语堂本人，处在一般研究公认的所谓"思想转折期"(胡风语)。

《京华烟云》作为一部历史小说，反映了中国1900年秋至1938年春的伟大变革；作为一部政治小说，表现了"过渡时代的中国"(同上)缓慢却很实在的前进历程；作为社会小说，叙述了北京姚、曾、牛三大家子三代人的生活；小说描绘了许多男女的婚恋故事，又可当作人情小说；作为风俗小说恐怕还是作家的初衷，介绍了诸如婚丧礼宴、冲喜守寡、中医中药、古玩古画、赋诗作对、拆字相面、求道成仙之类的中华民俗文化；论其艺术成就，虽深受"红楼"的启示与局限，也不乏某些弘扬创新。这样结构宏阔、内涵博大的小说往往能从许多角度去理解把握，却无论什么角度都很难理直气壮地以为非我莫属，在这意义上，我们不妨赞同林氏长女如斯所谓"此书的最大优点……是在其哲学意义"（同上）。

　　林语堂一辈的中国知识分子的全部幸运和不幸都在于，生活在中国的 20 世纪上半叶：中国狂人的自大和自信在西方的船坚炮利面前早已瓦解，从技术到管理到教育乃至政体的一系列改良亦告失败。这一代先知先觉者不得不将反思的矛头直指他们赖以生存的文化，不得不承认"文化断层"时代的降临。西学以无法阻遏之势汹涌东渐，时代赋予他们前所未有的幸运：开阔的视界和深邃的目力，也赋予他们难以超脱的不幸：理智的矛盾和情感的困惑。西学就已那么繁杂，德先生、赛先生、尼采、杜威、马克思……传统的反思也只能首先是确认传统的多元，儒家、道家、墨子、孙子、韩非子……还须再作西学与传统的掂量！选择已令这一代人几乎寸步难行，而历史又把重建中国文化的使命（这或许是我们这几代人都难以胜任的）加上他们的双肩。无怪乎这一辈先知先觉者们的言论和举动在今天看来是那么反复无常，在新文化运动高潮阶段几乎无一例外地高举"打倒孔家店""全盘西化"的旗帜，尔后又几乎无一例外地在不同时间不同程度上呈现了向传统复归的势态。其实，不论西化抑或复归都只是表象，"西化—复归"的两极摆动实质正是他们矛盾心态的最高体现。

对于作家来说，他们比哲学家、思想家们幸运的是，不必拘泥于表述的抽象性或理论的体系性，不必将原本是矛盾体统一的文化意识一分为几、忍痛割爱，而可以把全部理性、感性的矛盾困惑，把人格、个性、气质乃至潜意识毫无保留地倾注于文学文本，使后辈们比较易于逆向而上，以确立他们作为特殊文化现象的历史价值。显然，我们可以强调《京华烟云》的文化意义，因为这是作家身处"临界线"时表现自我的方式，隐含着作家的人格选择、生活道路，而且时间证明，"林语堂"算得上是中国现代知识分子群体中的一种典型现象，强调《京华烟云》的文化史价值就更为必要。

《京华烟云》小说的时间跨度将近40年之久，有事件的更替、地点的迁移，也有新人物不断出现，但却几乎没有人物性格的发展，没有作家视角的变换，表现出显著的静态性特征。按照林如斯的解释，凡此种种都归因于作品旨在表现"哲学意义"，即"全书受庄子影响，或可说庄子犹如上帝，出三句题目教林语堂去做"（同上）。这种看法不能让人完全接受，倒不在于将《京华烟云》视作哲理小说，断定它表现了道家的思想，会拔高作品的价值，而是因为随着时间的推移，《京华烟云》及其作者林语堂都成为过去的"文本"了，即便是形象化地阐明了一个哲学体系，也只有放在历史的考察中，才能更准确地揭示其真正的意义。

现代的小说叙事理论区别了作者与叙述者，这里毋庸赘述，因为我们不妨认为《京华烟云》中，唯一的叙述者就是作者林语堂本人。作者在小说中的地位是如此显赫，以至于《京华烟云》相对忽略小说的艺术品性，忽略人物形象的丰富个性及其合理变化，从而使小说人物的血肉之躯比较容易抽象成为服务于叙述者的积淀着特定文化意味的符号。

小说中，曾家大媳妇孙曼娘很值得重视，她端庄善良温驯，体现着儒家传统的妇德，叙述者的情感基调是衷心的景仰，当然，也不排斥对封建婚姻制度的谴责；曾文朴是典型的正统儒生，叙述者对他有一种温和的否定；而变质的朽儒牛思道，既不得儒又不得道，叙述者则持无情的批判态度。备受叙述者欣赏推崇的道家信徒姚思安，是京华一大富商，作品多借他的话来宣扬庄子、道家思想，但其行为却无太多道家风度，他最鲜明表现道家"归返自然"意味的逍遥云游也只是10年，而且并未详加描写，姚思安实质"思安"，最终回到了人间天堂"静宜园"安享晚年；姚家公子体仁的生活是其父青年时代的复现，放浪形骸，自然叛俗，但姚体仁受到褒扬的却是后来孝敬父母，安居乐业，向儒家道德理想的转变。

由此，我们似乎不难感觉到，与其说林语堂对中国文化的选择是推崇道家的，毋宁说林语堂在小说中巧妙地以情理态度为中介，表现了选择的困难。换言之，《京华烟云》主题构成的特征，不是某一特定哲理贯串整部长篇，而是一种思想的矛盾同时集中地体现在小说文字中。

固然，即使从文化角度看，中国现代的文学作品表现了"文化断层"时代普遍的矛盾心理，也只是其获得文学史地位的一个前提；在一定意义上，其中许多作品的成就地位更多取决于作家"走出矛盾"的思维方式和价值取向，取决于作家对时代语境以及历史中自我位置的理解与思考。鲁迅对"自身与社会传统的悲剧性对立"和"自身与这个社会传统的难以割断的联系"的深刻反思，①形成了自己是传统向中国新文化变革过程中的历史中间物的悲剧意识，因而鲁迅成为现代文学史上无以替代的大师；而很大程度上，林语堂正是在这些关节眼上缺乏鲁迅式的悲观与深刻，所以，虽和鲁迅一度合作创办"语丝"社，却必然最终分道扬镳。

鲁迅始终以世界文化的眼光观照、批判国民性，他的小说里从未出现新文化新人的形象；相反，林语堂在《京华烟云》中煞费苦心地塑造了一位富家小姐姚木兰，她不仅是70余万字的线索人物，林语堂名之"道家的女儿"，而且是作家理想人格的化身。在林语堂的理念中，作为中国新文化的典型新人，姚木兰是最获赞美的，她的行为实践是那么圆满地解决了矛盾困境，简直让林语堂在文化意识问题方面恍然大悟、茅塞顿开。这位"道家女儿"既有全社会肯定的传统美德，又受过父亲道家思想的耳濡目染，也有西洋教会学校求学的经历，具备了较好地顺应外界、处理各种自然变故和人际关系的物质、精神基础，所以，即便大半辈子承受了接连不断的天灾人祸，终于还能达到"知天命"的境界。

显而易见，木兰形象在小说众多人物中应该是最丰满的，读完

---

① 汪晖：《历史的"中间物"与鲁迅小说的精神特征》，《文学评论》1986年第5期。

小说，发现木兰的意识、行为是多样甚至对立的，也就很自然了。比如，姚木兰的爱女在"三一八"惨死于军阀枪口，她思虑女儿的早亡给她和家庭带来的不幸，当独子奔赴抗日战场后，她关心儿子的性命远过于战争的胜败，这里绝对没有庄子丧妻"鼓盆而歌"的洒脱，倒有绝对的个人主义之嫌；不过，这位姚木兰也会在小说结穴之处的大逃难中，接二连三地收养孤儿寡女，合理的解释固然可以是，童年离散的人生经历与痛苦体验的唤醒、促动，而我们也不必否认蛰伏于木兰心灵的素朴的人道主义和博爱精神。精明强干的姚木兰鼓励丈夫纳妾，又较为充分地体现了道家思想：既不妨害正妻的地位，又能促进家庭的和睦稳定，从而超然于世俗矛盾之上，何乐而不为！

"道家"似乎是个很顺手的标签，但想想一部《世说新语》就有多少共名殊相的道家，那么，林语堂的"道家"也只能是"林语堂式"的道家，看来这个标签虽好使却无用，无济于说明一个独特的林语堂。纠缠于道家与否，还不如由林语堂的生平尤其是文化教育入手。"亲情近海的基督教家庭"（林语堂《八十自叙》）中生长的炎黄子孙林语堂，从小学到大学念的都是教会学校，没有像鲁迅、周作人、郭沫若他们在"开蒙"阶段打下传统的扎实根底，就通晓了外语并开始留学生活，这在中国现代文学史上是不多见的现象。身为没有语言障碍的"双语作家"，林语堂能广泛地接触西学的实践主体——西方社会里的中产阶级，更易认同、羡慕、学习西方的生活方式和生活理想；但是，林语堂毕竟出生在中国福建的一个乡村，他的"格局"依然是悠久深厚的中国传统文化。这一切便决定了林语堂的尴尬处境，也免不了地成全了林语堂"两脚踏东西文化，一心评宇宙文章"。

中国人接受西学诚然有其无法摆脱"集体无意识"的一面，但由于中西物质生活条件、社会发展状况的对比是过于强烈了，而追慕"彼岸"又是人类的天性，因此，不能否认会有中国人比西方人更膜拜西学的另一面，这就好比东方的禅目前在西方更热门。我们想说的是，林语堂确乎是致力于"调整"才达成"平衡"的一位，他不仅知识结构上西学先入为主，而且在文化意识以及最初形成亦最根深蒂固的世界观上，也是以西方思想为主体的。同样，至少从结果来看，林语堂对西方19世纪末兴起的思潮隔膜得很，也没有选择基督教文化的那种悲剧精神和来世思想。大概就是这儿，文化积淀在林语堂身上显露了，以实用理性为重要特征的传统文化向来是种乐感文化。所以，西方的个人本位主义、原始宗教式的人道思想，尤其是享乐主义意识成为林语堂选择的重心，这是不足为怪的。我们分析姚木兰的人生态度和文化意识结构也会得到相同的结论：以自我为中心，以享乐为宗旨，在此前提下悲天悯人，博而爱之。

林语堂的这套理想模式是很内在的，甚至不为他本人所体认，但是，一种主要在西方形成的思想实际上成为林语堂精神再塑造也无法突破的先在范型。当林语堂回过头来读了读传统经典后，他发现原来中国文化是更适合他的——首要的无外乎成为林语堂口头禅的"闲适""性灵"之类。"闲适"在传统士大夫那里多半是无可奈何的别无选择，而到了林语堂则是心甘情愿求之不得的了。不仅如此，林语堂还把他误解了的"闲适"当成中国文学以至整个文化的正宗，并一直追溯到老庄。于是表面上林语堂彻底地转了个身，很虔诚地弘扬起道家哲学，实质上，这个"道家"已经谬以千里了。林语堂一生信仰多变，且擅走极端，相信"夫子自谓"只能得到一笔糊涂账，动辄命以"转折"亦不妥。从我们的"矛盾"观点想，这很正常也很容易理解：并非为了故弄玄虚的缘故，林语堂把东西方文化实在是混合得太多，连他自己都难辨东西，无所适从了。

在接受美学看来，"林语堂式"的道家未必就不是"道家"，无所谓"谬"或"误"。道家哲学既然在本体意义上难言实存，任何阐释道家原初观念的企图实质都只能是"接受"。在传统士大夫的"期待视野"中，道家作为儒的互补结构，是"独善其身"的法宝，道家通过个体的绝对宇宙化、自然化可以达成一种心态的平衡，虽然有些虚幻；而只是随着西学东渐，"林语堂式"的道家才更多地走向了感性生命的个体追求和现世享受，确实很实在，但同时也抛弃了传统知识阶层实实在在的"兼济天下"的社会责任心和历史使命感。林语堂的人生实践和思想意识体现的正是这种"文化断层"时代对传统道家的全新接受。作为发人深思的精神现象，尤其是其中的功过成败、是非曲直是很难一语道破的。

或许，在"文化断层"时代，中国知识分子面临的是一种永恒的悲剧性命运。传统向新文化的变革过程中，知识者的选择是决定性的，在落后的中国实现"新文化"，大众的觉悟又是根本性的。因此，作为先知先觉者，知识分子在思想意识上必须变超前的可能为现实；作为启蒙者和解放者，他们应该压抑行为方式同步超前的感性欲望，而保持中国传统的人格传承，并赋予新的时代内容。这种历史要求在某种意义上使知识分子的生命分裂状态成为悲剧性的，而直面这种悲剧性，勇敢地承受它，就更是悲剧性的了。

所以，鲁迅是伟大的，也是唯一的；在现代知识分子群体中，更多的人面对东西方文化现实的巨大落差，采取的是"为我所用"的立场，一种合乎"经济学""美学"原则的选择，既避免游离的痛苦，又成全现实的人生，而且西方理论的确证使得行为本身问心无愧，甚至，谁又能说中国的"新文化"期待的不正是这样觉醒独立、自由幸福的个人？但是这种选择并不符合"历史学"法则，获得了现实生活中的生存，却难以获得历史性的存在，这对于"林语堂"们也未尝不是一个悲剧，虽然他们自己可能并未意识到。

时至今日，"文化断层"时代尚未结束，然而，较战争年代远为和平安宁的环境、进一步发展了的物质的诱惑，以及过分沉重的中国知识分子史的教训，无疑是为"林语堂"们，而不是为"鲁迅"们，提供了生存的土壤。这也正被眼下的许多事实验证着……

所以，我们说，不要忘了林语堂。

这，已经不是纯粹学术的考虑了。

原刊于《读书》1988 年第 10 期，题为《不要忘了林语堂——读〈京华烟云〉》

单凭才气创造不出划时代巨著

——"18 世纪"的《围城》

　　《围城》初版于 1947 年的上海，经夏志清先生举荐后，在海外引起重视，在国内引起普遍反响则已是 20 世纪 80 年代初期的事。这种中国现代文学"出口转内销"的传奇，已成为我们这一段文学史上不足为怪的现象。个中复杂的社会政治因素当然值得探究澄清，但对这些文学现象作出文学性阐释则更显得必要。那种顽固的"解放区中心主义"需要扭转，而像识者所批评的"唯西洋马首是瞻"也应成过去。作家、作品实乃最基本也最重要的文学现象。对案前的这部名著，我认为不妨立足于文本，在"历史"与"美学"两极保持"必要的张力"，拍摄的是钱锺书先生的《围城》，冲洗成的却是重读时我心中的《围城》。

一

　　新文学运动是与新文化运动同时起步的，因而新文学在享用新文化运动的直接成果——白话文的同时，在内容层面上，必然地担当了思想启蒙"化大众"的重任。知识分子的命运、价值、使命之类，就不能不成为这一段文学史的恒在母题。知识者作为变革时代的社会大脑，属于社会精英阶层，这种优越感甚至在新文学发轫之作中就已经显露。那个狂人是备感重压痛苦的"迫害狂"，又是超前看出"吃人"并呼吁"改了"的"狂妄之徒"，发人深省的一句"救救孩子"，可见作品建筑在自信基础上的社会责任心与历史使命感。五四精神总体上是乐观的，也唯有五四时期，20 世纪的中国知识分子才能够自如地"指点江山，激扬文字"。可惜令他们遗憾的是，中国的历史进程确乎一直与知识者们开着玩笑。现代思想解放运动是如此短暂，以至于启蒙者们感觉尚未完全进入角色，发挥理性思考的特长，就已滞后于现实斗争的洪流，暴露出缺乏行动能力的十足"书生气"，并成了"大众化"的对象。这种革命行列中的"前""后"对比，主客体的转换以及社会阶层的"上""下"变迁，已经足够使得敏感而脆弱的知识分子检讨再三，苦闷感伤；三四十年代民族斗争的烽火，更映衬出他们这个群体的渺小卑微，乃至无足轻重。

因此，抗战时期"文章入伍，文章下乡"的真诚是容不得怀疑的，但这毕竟是壮士所为；更多的知识分子，还是更像钱锺书塑造的方鸿渐赵辛楣吧，他们由于各自精神性格的种种弱点，又处在这样的时代大背景下，都普遍地笼罩在一种"像……篮里的玩具……没人过问"（《围城》第 353 页 ①）的失落情绪中，即便不甘失落，为

---

① 本文所引《围城》原文均出自人民文学出版社 1980 年版。

寻找自己的位置，为无可非议的生存权利东奔西突，也多半是陷入无可奈何般的更大悲哀中——这就是"围城"："城外的人想冲进去，城里的人想逃出来"——冲进逃出永无止境。方鸿渐说得很明白，"我近来对人生万事，都有这个感想"（《围城》第141页）。这里，作家表现了别一种真诚：敢于冷静地客观地面对自我，剖析自身所属的知识分子阶层，并能够生在"此山"中更识"庐山"真面目，在对当时的时代精神，尤其是知识阶层的群体情绪方面，显示了惊人的把握力。而且，后设地来看就格外显得清醒冷峻，相对于那些粗糙而无审美价值的"抗战八股"，作家身份的钱锺书对文学事业尽了职，相对于40年代讽刺文学普遍存在的概念化倾向，《围城》无疑出类拔萃。

确实，《围城》的出众首先源于作家的清冷。钱锺书是个对东西文化都有研究、对人间世事亦有洞察的人，学贯中西的特点使得作品不拘泥于民族的"劣根性"，而见到一定的"全球意识"色彩。如自"序"所言，"写这类人，我没忘记他们是人类"，作家的笔尖触及了作品里几乎所有人物（多是知识分子）的内心世界，对这些"无毛两足动物的基本根性"（《围城》第4页）看似不经意的揭示全能入木三分，像方鸿渐"买文凭"，张吉民"嵌英文"，方遯翁"记日记"，都仿佛神来妙笔，一语中的；并且，还在针砭不同辈分、不同性别、不同气质的知识者的精神隐患的过程中，深入浅出地表明了作家作品合理的价值取向及人道主义爱心。同时，我们又不能否认，作品的讽刺是辛辣的，甚至时不时有揶揄挖苦味儿，但通篇却不见粗俗露骨。——这得助于《围城》的又一出众处，即被论者广为推崇的钱锺书特有的幽默文笔。此乃智者之幽默，不是知音，只能视而不见，身为旁观者则会忍俊不禁，而谐服闪烁其间的"灵气"，一旦被击中却啼笑皆非，又不得不惊叹寄寓其中的"锐气"。在这般幽默与讽刺中，钱锺书将现代白话文的优势发挥得酣畅淋漓，笔调既口语般顺滑，又充满了文学性的妙趣。所以，有了这部《围城》，我们说白话文作为现代中国的文学语言到 40 年代已经成熟，就更可放心了。

二

金克木先生提到《围城》时曾有一论断，"可以列入 18 世纪的欧洲著名小说"，[①] 这在我看来是对《围城》文学史价值、地位的准确肯定，但也更昭示着这部名著无法超越的巨大局限性。事实上，这次《围城》重读过程中，我更多时候的阅读感觉连缀而成的，却是不满足乃至不满意。西方小说发展迄今至少已经矗立起两座高峰：19 世纪的（批判）现实主义和 20 世纪的现代主义，因而"18世纪性"在今天毕竟散发着浓烈的古典气，虽然小说美学鉴赏见仁见智，小说品位也未必是上升曲线，但那个时代风格的著名小说也难免带有初始阶段的印记。

---

① 金克木：《〈活动变人形〉之后》，《读书》1988 年第 10 期。

如同通常的 18 世纪小说,《围城》有"流浪汉小说"的特征。留洋归来的知识者方鸿渐成了作品的中心、线索人物,他的行踪展开了小说空间:从邮船到香港、到上海,又去江西的小城("三闾大学"),最终经香港回上海,同时推进着小说的时间。格外重要的是,由他"带"出一个个小说人物接受作者的审视,而这些人物在被幽默或讽刺之后多半走马灯似的更替;当然,如果某个人物的利用价值比较高,也不妨置方鸿渐于不顾,成为作品某一部分的重心。我要说的是,《围城》的随意性过强,甚至情节进展也看不大出通盘的考虑——文本的表现尤其明显,全书 23 万余字仅分九章,也难见作家分章作节的准则或用心。这种小说近代化过程中的"流浪汉小说"模式的稚嫩处,或多或少表明作者在小说结构意识、形式能力方面的欠缺。

自克莱夫·贝尔提出著名美学命题"有意味的形式"以来,形式的观念逐步深入人心,验之这部《围城》,作家小说结构形式的非自觉性,实在是极大地限制了小说主题意蕴的开掘。望题生义或者读到文中那段鲜明的"破题",总令人记起卡夫卡的《城堡》,"城"无疑可以成为这两部长篇共同的中心意象。相对于卡夫卡对"城近在眼前,却无路可循"过程的详尽叙述与深刻揭示,钱锺书却由于某些枝蔓人物、枝蔓情节着墨过多,在信笔而至中游离了"围城",四处闪耀的火花太炫目,终于见不到高远明亮的"太阳"了!《围城》正确地洞察到抗战时代知识分子的生存及意识状态,一言以蔽之,东奔西突地失落。应该说这已是个绝妙的基础了,再辅以作家在"序"中体现的全球意识，《围城》是完全可能达到甚至超越《城堡》的意蕴的，一个艺术化显现的人本意味与总体象征已将飘然而降，这就是《城堡》主题的延续：有路可循进城了，又怎么样？还不是想逃出来；逃出来了，又怎么样？还不是又想冲进去……可惜啊，成为文本的《围城》，无情地断送了这一可能性，留下"文不及题"的永远遗憾。

以我们意念中的"围城"的象征意义反观作品语言的幽默风格，则会更清楚地发现，《围城》的幽默妙则妙矣，但多半是作家的幽默，或者说，是一种"智慧老人"的语言游戏功夫，显示出英国式的古典主义绅士风度。我想到了年轻的美国以及它的幽默：海勒的《第二十二条军规》。其实"围城"的困境与"第二十二条军规"的悖论位于同一水平的高度，是非常类同的，不同的是，海勒"放"尤索林们自由行动，让他们自身的荒诞言行表现幽默，简言之，是人物的幽默——这里"幽默"已经构成一种人生态度，见得十分的"大气"；而钱锺书"唤"方鸿渐们出台亮相，在品头论足中让你体会到幽默，所谓作家的幽默，确实充满着"灵气"。我更推崇"大气"，因为海勒出色地做到了人本意蕴与文本风格的同构，《第二十二条军规》成为现代主义名著，《围城》却又一次地丧失了比肩的良机。

如果说我们用现代主义的尺度要求这部20世纪40年代的作品过于苛刻，那么，从现实主义塑造典型形象的角度进入《围城》，大概不失目光的善意与中肯，问题在于，我们依然无法满足。总觉着，《围城》在对那个时代的社会心理作极见功力的群体扫描之后，完全有余力对方鸿渐、赵辛楣等人物作更见功力的个体雕塑，创造几个包含博大的社会历史内涵、个性突出的"这一个"来。或许这也是整个中国 20 世纪文学同俄国 19 世纪文学相比的一个不足之处，受文化传统与现实生活双重制约的中国现代知识分子，大都感时忧国、彷徨困惑，这种显著的民族个性不会不被一代学者作家体认，却没有因此而贡献出达到"奥勃洛莫夫性格"水准的艺术典型，我想这是与古汉语文学"重抒情轻叙事，重写意轻写人"的历史惯性很有关系的。《围城》的特殊是在钱锺书的才华淹没了人物，像方鸿渐，离"这一个"差不多就一步，却由于作家的过分怠慢，而渐渐地消解掉了这一趋向性。

《围城》怠慢人物的另一突出表现是，作家过分冷漠、超脱，太少感情注入。前四章中格外明显，作家的幽默遍地开花，才气横溢，而接受者还基本是个如作者一般居高临下的看客；至第五章开始转折，故事趋单纯，情也渐入之，末章写到方鸿渐夫妇不和，已有些巴金气质了，我指的是几乎同时创作的亦以知识分子小人物为描写对象的名篇《寒夜》。困难的是，《围城》小说的裂痕感，尤其是前半部造就的阅读态度无法彻底挽回了，作家越来越含情，读者却越来越觉得少幽默。所以，即使《围城》是结束在"那只祖传的老钟""当当当当当当"六下的沉重中，还终究不是像一部"找乐"的小说，而《寒夜》结束在庆祝胜利的鞭炮声中，却更能够反衬出通篇悲郁的氛围来。

三

钱锺书是典型的学者型作家，《围城》可以说是牛刀小试，是他以才运笔创作方式的最初实践。显示出的艺术潜力自不待言，而将其中的若干不足归于作家创作经验的缺乏，虽然很合逻辑，但总有太皮相之嫌。一般像钱锺书这样的才华不羁之士，在 20 世纪 40 年代——现实主义已成古典，现代主义方兴未艾的时代，却用 18 世纪的方式写小说，我认为基本上是有意而为之的。

钱锺书写小说不会是为挤进作家圈，而多半是出于"忧世伤生"的心理需要及将学术思考的零星闪念贯串起来的愿望，那么《围城》的既有作法不失为较对路的选择；其次，写《围城》，在作家那里，多少有点塞万提斯写《堂·吉诃德》的意思，为的是树立真正的"幽默文学"。据我的主观臆测，这甚至可能是《围城》创作的基本动因。钱锺书在同期稍前的散文集《写在人生边上》曾有言：

> 自从幽默文学提倡起来，卖笑变成了文人的职业，幽默当然用笑来发泄，但是笑未必就表示着幽默。……又"所以，幽默提倡之后，并不产生幽默家，只添了无数弄笔墨的小花脸"。小花脸也使我们笑，不错！但是他跟真幽默者绝然不同。真有幽默的人能笑，我们跟着他笑；假

充幽默的小花脸可笑，我们对着他笑。小花脸使我们笑，
并非因为他有幽默，正因为我们有幽默。

说得很幽默，也在理，势必规定着不久后《围城》创作的着力
方向，大体上作家是做到了自己所期求的幽默的。但依我看，这种
隐隐约约的批评林语堂的功利主义态度，正是影响《围城》艺术价
值的一大因素，有时候也就免不了地犯钱先生自己所批评的"要把
书袋底的积年陈货全掏出来"（《围城》第 120 页）的毛病了。

小说本该是人类情感、人生兴味的艺术形式，任何世界名著无
不是作家全生命投入的成果，不管现实主义巨制《战争与和平》抑
或现代主义实验《尤利西斯》。《围城》是作家"锱铢积累地写完"
的，但就文本来看还太超然，还缺乏全副身心融贯的气势，因而重
读《围城》有时甚至变成累人的事了。

四

若干年前王蒙曾撰文谈及"作家的非学者化倾向"问题，博得
过文坛的一致赞赏。就我的理解，当今的作家群中还很缺钱锺书式
的学问家，缺钱锺书式的有识之士，也缺钱锺书式的真诚态度与把
握能力。当今生存危机中的知识分子心态已很有些类似《围城》里
的方鸿渐们了，那是由于关系到民族生存的战争，这次则为了同样
关系到民族生存的经济转型，我觉得，在同一题材上超越《围城》

到了时候，而且这部作品应该具备震撼中外的实力，因为钱先生已经立起了一尺高标。

另外一方面，随着中国当代文坛的文本自觉、形式意识的强化，又由于一批硕士乃至博士投身于实验小说创作，作家群在知识学历上已初步呈现了学者化的趋势（修养气质风度上的学者化更为艰难，时间上也要滞后）。并且，又一个弊病也已开始暴露，有些作家违背文学的生命体验原则，重新脱离虔诚的艺术精神，不时炫耀或玩弄小说技巧，譬如先锋作家的部分创作。

当年有人从莫言的教训中发现，感觉救不了作家，重读钱锺书先生的名著《围城》，我觉得，单靠才气也创造不出划时代巨著。

原刊于《中文自学指导》1989 年第 4 期，题为《"18 世纪"的〈围城〉》

女人"围"的城与围女人的"城"

——从小说到电视剧

男女不等，中外旧俗同陋，故持论每合。

男尊女卑之世，丈夫专口诛笔伐之权，故苛责女而恕论男；发言盈庭，著书满家，皆一面之词尔。归过嫁罪而不引咎分谤，观乎吾国书字，情事即自晓然。义训之不美不善者，文多从"女"傍，"奸""妒""妄""妖"之属，凡一百六十八字（徐珂《康居笔记汇函》之二《呻余放言》），其理不言可喻。使仓颉造字，如周姥制礼，当不若是矣！

——《管锥编》

缘起：偶然？必然？

我们面对的是说不尽的"围城"，一如我们存在于既平静似水也惊涛骇浪，"深度"且又"平面"的生活世界。其实，又很简单，譬若宇宙中的天体千千万万，有生命活动的据说唯有我们这个星球；人类的历史已数百万年，眼下人口几十亿，民族上千、国家成百，但，性别就两种——或"男"或"女"，亘古及今。

小说《围城》①自从钱锺书先生笔底横空出世以来，在几十年的接受与再接受过程中，差不多独立成为一世界，如歌德所谓"第二自然"，其中的主题意蕴、象征隐喻之类在诸如社会学、文化学、哲学的批评视野观照下已经深入揭示，蔚为大观。对于这些，钱先生以一贯的谦逊严谨，多持"保留"与"无涉"的态度。典型的如《围城》改编成电视剧，②原著者先是像认定"大抵学问是荒江野老屋中二三素心人商量培养之事，朝市之显学必成俗学"一样予以反对，在坚辞不效终上荧屏后，则在诚意肯定的同时又多次自谦。

电视剧《围城》的改编与播映实在是《围城》（小说）影响史上的空前盛事。不仅它自身的造诣达到了相当的高度，③而且在普及《围城》、普及钱锺书，提高全民文化素质、提高影视艺术改编文学名著的艺术水准等方面都颇有建树。甚至，本文所论的视角发现也与电视剧直接相关。

这是次偶然的发现。

小说第八、九章叙写方鸿渐、孙柔嘉"结为秦晋"、回到上海，

① 《围城》初刊于《文艺复兴》（1946 年 2 月 1 卷 2 期至 1947 年 1 月 2 卷 6 期），1947 年收入"晨光文学丛书"首出单行本。1980 年 10 月人民文学出版社重排新版，即目前通行本。本文论及《围城》以通行本为主，辅以初刊本（收入《中国新文学大系（1937—1949）·第九集》长篇小说卷二，上海文艺出版社 1990 年版）。

② 电视连续剧《围城》（十集），导演黄蜀芹，编剧孙雄飞等。剧本未见于文字，本文论及电视剧，依靠几度观看的印象记忆，错失不免，其咎难辞。

③ 电视剧《围城》荣获首届上海文化艺术奖，足以证之。

电视剧第九尤其是第十集相应地以他们的婚恋生活为主要内容。在小说中有一个方与孙及各自家庭之间的争端是隐隐地长久地不时浮露的，即婚后小家庭建设谁家贡献大、主要依靠"加盟"谁家的问题，这也是中国的新婚家庭普遍面临的境遇，传统社会的民风民俗也已作了近似无意识的规范，像"婚后靠男家"就是不言而喻的通例，相反的才以"入赘"名之突出其非常态，为一般的男方家庭不齿。《围城》小说里此一纷争引而不发，缘由在叙述者有意无意地顺应了传统风俗，基本上没有特别作些"道理"来说明。而电视剧《围城》在风格的整体设计上，力图较原著更多烘映出社会时代的背景，所以在不影响原有叙事及基调的前提下，倾向于见缝插针地传导历史氛围；更由于电视叙事的紧凑化，将方鸿渐准备投奔赵辛楣重返内地闯荡、出于正义辞去报馆之职，孙柔嘉力主固家上海、反对轻率辞职、要依靠姑母给鸿渐求职等零散状态的小说本事，集聚到了几个场景中。这样，冲突更戏剧化了，小说中有叙述者"春秋笔法"① 作底衬的方父遯翁的一席话——"万万不可以贪小利而忘大义"——便获取了表现抗战时期黎民百姓爱国气节的唯一意义，与柔嘉的姑母在资本家的工厂里担任人事科长构成了鲜明的对照：方（家）是爱国主义的民族利益为重，孙（家）却有"买办"② 之

---

① 小说有如下叙述："遯翁心里也怪儿子莽撞，但不肯当媳妇的面坍他的台，反正事情已无可挽回，便说……"第351页。

② 有研究者，如胡志德（Theodore Huters）就认为"柔嘉的姑妈是第三章的买办家庭（按，张吉民）的映象，而且更难对付"。《钱锺书》，中国广播电视出版社1990年版，第192页。

嫌，至少也是极端的个人主义代表。于是，小说中无意饶舌的传统事态被置于一个政治性显著的历史语境之中，附着了浓烈的意识形态色彩。

落实到方、孙两人两家争执的视点，电视剧高潮式地以孙（家）无以争胜的惨败而遽急了结，依靠男方既是自然而然的（按传统法则），更是必然而然的（按道德法则①）了。问题在于，是不是"必然性"就足以掩饰"自然性"，或者"必然性"的合理性就足以抵消"自然性"的合理性追问，甚至还是要因了合理的"必然性"而视不合理的"自然性"若不见呢？我们说，电视剧在屏蔽小说的不经意中，反而昭揭了《围城》的男性中心性质与"男权"色彩。

"围"的发现：小说细读

事情往往是这样，问题一经发现便仿佛豁然辟开一条新路，如同严冬冰封的河面上被捣蛋的顽童随意扔下一块石头，窟窿越来越大，冰面终至于消融；其实呢，那主要还是有太阳高悬的缘故；而且在接受美学看来，这类见解常常是论者越来越津津乐道，殊不知，离创造主体也越来越远。学贯中西古今的学者钱锺书，学术上以"通"著称，人性观以"透"闻世，他作小说自然也有自己独特的追求。

---

① 如小说、电视剧中方鸿渐都有言，"资本家走狗的走狗是不做的"。第 355 页。

　　在这本书里，我想写现代中国某一部分社会，某一类
人物。写这类人，我没忘记他们是人类，只是人类，具有
无毛两足动物的基本根性。①

　　"根性"，涵义自然宽泛深入，而内核大约无外乎"食色性也"。
于是，一个共识不难认同：钱锺书大概是中国现代文学史上不多的
很有世界眼光、人类意识的作家之一，同时我们应该也能有所悟，
《围城》在作者那里是部有关人类的书，以人的根性揭解为题旨重
心，而"食色"乃重心之重心，又"饮食男女"，那不就意味着，
《围城》是关于"男"与"女"或"男/女"的小说，甚至可能是在
相当自觉的意义上？② 而且在我们看来，作家的"通"与"透"也
必然地渗透到关于男/女关系的理解，《围城》以其对男女两性心理
的准确而深刻的把握见称，入木三分地写活了诸多男人与女人的形
象，并在讽刺批判的锋芒中隐藏了作家对于整个人类的爱心，换句
话说，在"至爱又至恨"这一点上对男女两性是一视同仁的；《围
城》有关两性关系的最重大发现，便是"围城"隐喻，从"围城"
出现的初始语境中我们不难感受到这一点。虽然"围城"已成为淤
积得太多所指的沉重能指，但直面小说我们还是不难还原其本相：
"围城"是在男女两性"食"之余轻松平和地话说男女两性关系的

---

① 《围城》通行本第4页。
② 《围城》中人，女性动辄"你们男人……"，男性常常"女人是……"恐非偶然。

语境中首次凸现于文本的,在其本原意义上大概是男/女"性"之关系的核心话语。①

但是,由于《围城》选择了以方鸿渐为视点的整体叙事,由于那么一个"叙述者"的存在,且那全知全能的叙述者的声音又经常性地与方鸿渐的心理独白相重合,就至少在接受者那里确立了"他"无可动摇无与伦比的中心地位,也方便了我们以两个比方来概括"围城"的故事,即一个男角方鸿渐带来了四大女角:鲍小姐、苏文纨、唐晓芙、孙柔嘉,这男人是根线串起了四个女人;或者说是这四个女人组成了一方阵,而这个男人落在了重心点。

第一幕,行进中的甲板上。最先出场的倒是女性——苏文纨和鲍小姐在相互"鄙薄"地心战,终于,"方鸿渐也到甲板上来"。②在女人的漩涡间亮相,这事绝非偶然也非同一般,很大程度上,是一种类型化的情境——对于这位方先生在"围城"中来说。果不其然,很快,方鸿渐便在鲍小姐主动出击借烟相吻中显出"窘"态,"心里怪鲍小姐太做得出,恨不能说她几句",并且叙述者随即说明,方鸿渐"没有恋爱训练"③——言外之意是,男性主角经验不足责任不重,即使并非被迫,也总有上当受骗之说。叙述者的这一立场在初刊本中更为赫然。鲍小姐属于其貌可相出大半的女人,"长睫毛下一双欲眠、似醉、含笑、带梦的大眼睛,圆满的上嘴唇好

① 《围城》通行本第 96 页。
② 《围城》通行本第 6 页。
③ 《围城》通行本第 7 页。

像鼓着在跟爱人使性子"①——十足的男性欲望客体化的对象,而通行本删削了下面几句代表叙述者识见的评论,"有识见的男人做了这种相貌的女人的丈夫,定要强她带上外国古代的'贞节带'(Cingula castitatis),穿上中国古代的'穷裤',把她锁在高墙深院的铁笼子里,雄苍蝇都不许飞进去"。②既然如此,一旦给了鲍小姐自由度主动权,那么方鸿渐这个年已二十又七的男人又如何抵挡得了这"致命的诱惑"。

最显著的莫过于方与鲍唯一的那次性关系的质变环节。③小说中是鲍小姐首先发现了机会并予以暗示,而方鸿渐的应答显得模糊,因为男性主人公诚有"贼心"却无"贼胆",叙述者把方先生的灵肉欲望披揭得惟妙惟肖,却无形之中又有保留,把关键性的行动推给了鲍小姐:最终还是她主动踏将过来,来到方的卧舱。

自从林海先生点明《围城》与'Tom Jones'"④的关系以来,都说《围城》是所谓恶汉体,即流浪汉小说。其实《围城》的主人公方鸿渐"流"则流矣,"恶"则不足,显然没有唐璜式的风流倜傥、放任不羁、敢作敢当的气质,倒是更多地表现了东方式的传统士大夫性相。如果通行本不是删掉"好一块肥肉""占便宜"⑤之类

---

① 《围城》通行本第13页。
② 《围城》初刊本,《中国新文学大系·第九集》(以下不注)第14页。
③ 《围城》通行本第16页。
④ 林海即"钱学"首倡者郑朝宗教授。此文作于40年代,所论之早恐数第一,现收入《钱锺书杨绛研究资料集》,华中师范大学出版社1990年版。
⑤ 《围城》初刊本第18、20页。

男性独白，或许《围城》能够为更多读者更完整地提供一份最后的中国士大夫的性心理档案，而为从"社会""文化"角度入《围城》者提供一些新注脚。

对我们来说，《围城》中方、鲍关系的叙写是落入了传统中国小说的一个原型——"女人先来引诱他"！从叙述者讲出的表层故事看，鲍无一时无一事不主动，从方的眼睛望去，鲍的一言一行都充满了媚惑；这二者又是统一的，即鲍的主动诱惑还是一种物质形态的诱惑，对于男人方鸿渐来说，只有能够激起他欲望（这里只是性欲）的东西才是得以视见的，因而表面风风火火的鲍小姐实质不过一个受动的客体。她的所谓主体性是男性的恩准、是男性主体欲望的映射，是在对象化之后的，就像方鸿渐可以把她的言行揣摩个透并获得叙述者首肯终至混同于客观性；而鲍小姐始终是"沉默"的，即便在去方的卧舱这样一个"历史性"时刻，读者可以听到她的脚步声，甚至可以闻到她"惯用的爽身粉的香味"，却无以见到她的"人"，更谈不上了解她作为"女人"是怎样想的了。与其说鲍小姐毋庸思考，还不如说方鸿渐来得坦率，"鲍小姐压根儿就是块肉，谈不上心和灵魂"，[1] 她根本就是不能思考，因为《围城》里的鲍小姐丧失"话语权"，沦为了"物"的存在。尤其残酷的是，作为男性主人公方鸿渐人生成长仪式中一个界碑式人"物"，或许是由于她依凭最"惯技"最"末流"的诱惑妨碍了男性的成长和超

---

[1] 《围城》初刊本第20页。

越，或许是由于她造成了一个男性事实上的身心堕落而罪孽特别深重的缘故，鲍小姐成为四大女性中唯一无名的角色！^①——鲍小姐之"无名"不可小觑，它足以向我们说明在一个男性中心的文化和文本中，女性形象不但是"空洞的能指"——"无实"之在，而且可能连能指也"混沌"——"无名"之在。事实上，《围城》中"混沌的能指"鲍小姐很快地化为乌有还作"虚无"。

可惜，方鸿渐似乎并未"吃一堑长一智"，刚刚脱出女性"色欲之网"的他"除掉那句古老得长白胡子、陈腐得发霉的话：'女人是最可怕的！'"之外像也别无心得，而且此心得是否"深得于心"颇值怀疑，不然断不至于"看见苏小姐装扮得袅袅婷婷"，他就顿然恢复了勇气而敢"冒昧"，虽然叙述者于此加了按语"不知道什么鬼指使"，^②但有一点总算客观：即使有"鬼"，这"鬼"也在方鸿渐自己内心！

特别重要的还在于，是"鬼"而不是别的宰治了男性主人公——照这样的读法，《围城》在此潜藏着"裂缝"，构成了一种不妨称之为"自我消解"性质的文本，即小说前文关于方/鲍关系的叙述，由于苏小姐重新介入导致的"互文性"，而被凸显了虚幻性

---

① 《围城》人物之名大半有典，"文纨""柔嘉"即佳构。鲍之无名对比得很显明；甚至一些次要女性也有名有姓，如范小姐名懿（第266页）、汪太太名娴（第238页），都无论叙述者好恶，只是出现得极少；至于鲍小姐之所姓"鲍"，那还是"鲍鱼之肆是臭的"缘故。见杨绛：《记钱锺书与〈围城〉》，《将饮茶》，生活·读书·新知三联书店1987年版，第109页。

② 《围城》通行本第23页。

质，在文本事实上解构了男性视点导致的"错置"的权力关系式，方鸿渐的那些独白尤其是"受了诱惑"之类的辩解被还原到"一面之词尔"的边缘，甚至可以不客气地视为地道的"鬼"话，强烈的男性意识话语。然而，叙述者毕竟仍是"身在此山中"，《围城》既定的文本质态并非如是这般便轻易消解，难得的一次"闪光"或许只能更加显明其底色的灰暗而已。前"瞻"后"顾"，鲍小姐"样子"上那么主动，如前所述固然不必多提，即使像苏小姐"样子"上还有些"腼腆得迷人"① 的，叙述者依然能完成转换。

小说里说得很明白，方／苏这组关系的发展，是由男性方鸿渐在行为上主动，且策动伊始他就了然于心的，"明知也许从此多事，可是实在生活太无聊，现成的女朋友太缺乏了！"②——所以，如果非要说鲍小姐太"炫目"太主动，子爵号上那"鬼"是被激活被唤醒了的话，那么，抵达上海后的方则告别蒙昧心怀"鬼"胎了；而苏文纨成其为自觉意义上的"工具"，对于方鸿渐来说，在这个所谓"伤春"的阶段之初，她充当了任何一个女性都能扮演的角色，一道情绪泄洪的闸门。当然，苏文纨作为对象具拥的一些世俗形态的优势，如出身显赫、学位拔群，是不是正契合了方如常人一般常有的世俗欲望，而构成了在鲍小姐自然欲望的诱惑之后，他主动走近苏文纨的深层缘由，叙述者没有言明，我们也便无法确知。

叙述者倒是比较愿意表露对苏文纨这个人的不屑。也许是因为

---

① 《围城》通行本第 23 页。
② 《围城》通行本第 49 页。

"女人念了几句书最难驾驭"，①"女人有女人特别的聪明，轻盈活泼得跟她的举止一样。比了这种聪明，才学不过是沉淀渣滓"，而苏又"画虎不成反类犬"的缘故，本来"说女人有才学，就仿佛赞美一朵花，说它在天平上称起来有白菜番薯的斤两"，②更何况文本中苏非但失了"轻盈"连"斤两"也不足呢。总之，在叙述者那里此形象简直"分文不名"，③是人物太自行其是，方鸿渐不该看花了眼，除非是为了故事发展的考虑，即苏小姐在《围城》中的命运也更可悲，"她"的"工具性"是双重的，不但是人物的工具，而且更主要是叙述者"结构性"的工具。④故此，她所受的主动绝不可能长久，极快地，方鸿渐显露了真面目，因为，"苏小姐领了个二十左右的娇小女孩子出来，介绍道：'这是我表妹唐晓芙。'"⑤

苏小姐此举是极其关键的，作为人物和叙述者的工具都"功德圆满"，唯独对于她本人却好比自掘了坟墓。面对这个"兼有女人的诱惑力和孩子的素朴"的唐晓芙，方鸿渐像几乎所有男人一样当场就自觉"今天来得不冤"，"抖擞精神要在她心上造个好印象"。⑥

---

① 《围城》通行本第 34 页。

② 《围城》通行本第 82 页。

③ 伊莉格瑞（Luce Irigaray）认为，父系社会文化的文本中，性只能是男人有交换价值的财产和消费品，女性形象只容得"妓女""处女"或"母亲"，验之《围城》，鲍、唐、孙差可对应，苏的形象价值并无位置。

④ 苏在极大程度上，是《围城》情节的"动力源"，文本中她最先亮相；方 / 鲍关系她是唯一的知情人；方 / 唐关系更是"成亦萧何败亦萧何"；中介赵辛楣，还是她造成了方 / 孙关系……所以，苏在小说中结构作用大于形象价值恐非妄说。

⑤ 《围城》通行本第 51 页。

⑥ 《围城》初刊本第 45 页。

如果苏小姐心理的主动态原先还有什么遮挡,如今,由于方的情绪找到了转注的形象,则连"工具性"也怕要失却了;假若她不甘于叙述者的安排,那就只能暴露方/苏关系中本来存在的严重倾斜,把自己逼向万般无奈的地步,这便是"天上月圆,人间月半"①的大错位。而叙述者的"报复"更加惊人,苏小姐没有宿命般地退隐,则"可怜""可笑"复"可恨"——由她承担方/唐关系的主要责任,成为名副其实的罪魁祸首,甚至为了进一步的"满足",让苏文纨在小说后文以那样不堪的形象闪现,来强化其"可鄙"。——另一方面,方鸿渐竟然在事实上与这样一个女人周旋了那么长时间,并差点儿中入圈套而难以超越继续追求,又足以见得身在"围城"的男性主人公是怎样不断地处于女性的危险中。

《围城》写苏小姐最终复印了男性文化的一大话语——"女人是祸水",在我们想来恐怕也是不得已而为之,而根源全在于唐晓芙。研读本文细究叙述者对于唐小姐的态度,挺有意思。首先固然是人所共知的偏爱:"唐小姐妩媚端正的圆脸,有两个浅酒窝。天生着一般女人要花钱费时、调脂和粉来仿造的好脸色,……总而言之,唐小姐是摩登文明社会里那桩罕物——一个真正的女孩子。"②叙述者不惜浑身解数,洋溢着罕见的热情,仿佛都是为了这唯一"真正的女(孩)子"能"跳"出"围城"世界。由此,不但小说人物方鸿渐一下子堕入情网,也造成了读者通常接受上的"盲区":

---

① 《围城》通行本第 104 页。
② 《围城》通行本第 51 页。

　　唐小姐感觉方鸿渐说这些话，都为着引起自己对他的注意，心中暗笑，（但自己竟值得他那样当面卖弄才情，也有些得意，便迎合他）说……①

　　只唐小姐云端里看厮杀似的，悠远淡漠地笑着。②

　　大概还是叙述者清醒，类似的清醒，后文对孙柔嘉，一开始就由人物赵辛楣点破过："你想，一个大学毕业生会那样天真幼稚么？"③但于唐晓芙叙述者偏爱得不愿，只是强调纯真的同时也"实录"些别的，却又是通过了苏小姐这个不大可靠的中介，尤其关于"这孩子人虽小，本领大得很，她抓一把男朋友在手里玩弄着呢！你别以为她天真，她才是满肚子鬼主意呢！"④的一席话，搞得方鸿渐心里始终梗梗，亦令客观的接受者觉得扑朔迷离。

　　唐小姐到家里，她父母都打趣她说："交际明星回来了！"⑤

---

① 《围城》通行本第53页。括号中为通行本所删，初刊本第46页。
② 《围城》通行本第55页。
③ 《围城》通行本第146页。
④ 《围城》通行本第58页。
⑤ 《围城》通行本第72页。又按，初刊本为"交际花"（第61页）。"交际明星"与"交际花"一词之易更见叙述者之"苦"。

这，或许是有关"此案"唯一由较中正的第三者出面的叙述，是不是能够见到些叙述者的用心呢？然而一个"打趣"似又冲淡了许多。所以，诚然是"煞费苦心"，叙述者之"苦"在于，既心里偏爱晓芙又视点中心全在鸿渐，双方都无意责备，那么只有"嫁罪"于"他者"——其一如上述，是"可鄙"类的女人苏小姐；其二便属文章惯法，归咎所谓"天命"，这在方/唐断交的叙述中差不多获取了"完胜"：让唐小姐真正地拥有了"话语权"，由她代表女性严辞苛斥方鸿渐，将男性主人公前此的故事作另种角度的重新论理，"方先生人聪明，一切逢场作戏"；① 而又置方于欲辩不能的地位，即唐的话语表达之初已见出"单面"本质，故也无损方的"有理"形象；还有设计完好的"电话误会"殿尾……

但这里仍有一失。岂料方与唐在"有"同一个"理"上简直"不共戴天"——至少是在接受者看来，既然唐的话实质上只是苏的一面之词，那么方鸿渐就又成了"坏女人"的蒙蔽者误伤的牺牲品，换句话说，唐晓芙还是自觉不自觉地加入了"迫害"男性主人公的"围城"女性行列。

　　唐小姐气愤地想，这准是表姐来查探自己是否在家。

她太欺负人了！方鸿渐又不是她的，要她这样看管着？表

---

① 《围城》通行本第109页。

姐愈这样干预，自己偏让他亲近。自己决不会爱方鸿渐，
爱是又曲折又伟大的情感，决非那么轻易简单。①

看来偏爱得有些一厢情愿，方鸿渐的"悲剧"也许早就明摆着！
保不定方/唐关系史的背面是一个更不堪的故事，方鸿渐在那里不
过是唐小姐"一把男朋友"中的一员呢。总之，如果说在子爵号
上，方鸿渐在女人（鲍、苏）的包围中尚算"游刃有余"，那么这
次他却作了不折不扣的女人（苏、唐"酥、糖"）矛盾关系的调味
品，一个道地的牺牲品。虽然罪魁祸首乃苏小姐，但方鸿渐自己也
清楚，心灵真正沉重的一击却无疑来自他至爱的"天真小姐"唐晓
芙。因为他付出了真情，自然的或许还有世俗的欲望都曾经使他执
迷过，但情感的缠绕更令他沉溺更让他无念超度，又何况他陷入的
恐怕还是彻头彻尾"主观的爱情"。所以，即便叙述者偏爱唐小姐，
也总未忘却方鸿渐的男性中心地位，"皮里阳秋"地，唐晓芙终究
还是"围城"中男性主人公的女性纠缠者，而且客观上还是给方鸿
渐伤害最深的一位。

在《围城》之前，中国现代文学关于男/女关系的描述，主要
地在"爱情"上大致形成了两类范式，一是五四文学的"神圣的爱
情"，一是30年代文学的"革命的爱情"。前者以男女间发自人类
神性的共鸣，来作为批判封建文化意识形态的最强音，后者则以撕

---

① 《围城》通行本第72页。

心裂肺的震颤来象征性地展示两性共同朝圣之路的艰巨性，但在爱情的神话质及隐喻感上，二者是共通的。而《围城》要出离这些，小说以操作上的"越轨"突破了范式，从而也将男／女性的关系从神性的天空还原到了"日常生活"的地表。方鸿渐与女性在《围城》里的交往史，只是男女间紧张、对抗、冲突或松弛、和谐的不断变奏，这在第四大女性——孙柔嘉出现后得到了更有力的证明，仿佛鲍、苏、唐三位还只是一段"引言"，而唯孙柔嘉"后来居上"，"一女当关，万夫莫开"，足以成为女性世界的象征。

第五章伊始，在"鸿渐听风声水声，望着海天一片昏黑，想起去年回国船上好多跟今夜仿佛一胎孪生的景色，感慨无穷"[1]——其中大概正有一年轮回中与三位女性的交往，被引诱、被纠缠、被折磨的感慨——的时候，孙柔嘉又向他走来。一个多余的问题让男性主人公不知不觉地回复到了初见唐晓芙的状态，重操起"灵活圆转的口才"，[2]可孙柔嘉以静制动尤胜一等，叙述者明察道，天生"分得太开，使她常带着惊异的表情"[3]的眼睛，这时更"张得像吉沃吐（Giotto）画的'O'一样圆"，[4]而精心安设的方鸿渐的"平行人物"赵辛楣则一眼看透孙的"刁滑"，那句"孙小姐就像那条鲸鱼，张开了口，你这糊涂虫就像送上门的那条船"，[5]无疑预示着业已衍生

---

① 《围城》通行本第 138 页。
② 这是唐对方的评价，初刊本第 46 页。
③ 《围城》通行本第 131 页。
④ 《围城》通行本第 145 页。
⑤ 《围城》通行本第 146 页。

的方／孙关系及叙述者的态度。

孙小姐"装傻"式的亮相意味深长，她论性感不比鲍，论才学不比苏，论纯情不比唐，但却自有她的优势——这便是"傻"，孙小姐深谙男性中心社会的两性关系法则，以自身的"软弱"来满足男性的强大感与征服欲，在表面上顺水推舟般地促进"男权"虚荣性的包围——而这傻又是"装"出来的，于是以傻换取的"不设防区"便成了孙最活跃的空间，她搅出了一场"闲话风波"，精心筹划了"家信计谋"，还抓住"路遇"良机，以诡谲不察的进攻搞得方鸿渐"如在云里，失掉自主"，"身心疲倦，没精神对付"，终于促成同男性主人公关系的"质变"。如是这等，一方面使方鸿渐在第二章终结时的感悟——"丈夫是女人的职业，没有丈夫就等于失业，所以该牢牢捧住这饭碗"[①]有所坐实了，或者说，孙柔嘉这个形象在"围城"女性的整体设计中本然就是个苦心经营婚姻之"蚕茧"的角色；另一方面，方鸿渐好不容易从鲍小姐自然情欲的引诱中惊醒，从苏小姐世俗人情的纠葛中挣脱，从唐小姐纯情至爱的沉湎中超离，眼看着越来越成熟越来越深刻，却不经意中做了孙小姐这个才貌平平的女人的俘虏，这构思又更多地表现了《围城》在男／女权力关系思考上的透彻之处。鲍、苏、唐之失败与孙之成功形成的强烈对比，是太有隐喻性了，它以一个终极状态的事实说明，虽然以方鸿渐为代表的男性世界对于女性涌动过各种各样的欲

---

① 《围城》通行本第 46 页。

望，但最终最需要的还是一个"臣服者"的形象！叙述者通过客观的叙事自然而然地揭示了这一点，同时便也拨动了"男权"文化一根藏得极深的神经。相应地，孙小姐的成功还导引到"男权"的"出口处"，即在充分掌握男性中心社会的规则以后，"钻营"于其中的缝隙从而实施"反包围"。像方/孙关系的"质变"就是对"男权"文化的一个绝妙的反讽。但很大程度上，这种批判是不自觉的，至少没能贯彻到有关孙柔嘉的叙事始终。"质变"对孙最特别的价值在文本里就是她开始耽于做"女主人"了，而这时小说第八章刚刚开始。所以，如果前此的孙柔嘉还是"煞费苦心"吐丝的"蚕"，而以后的孙柔嘉则"千方百计"地附依"茧"了；如果说"蚕"还有些柔弱还有些"深心"还有些患得患失的话，那么"茧"已经硬了已经直截了当已经能去笼罩别人了。——如是这般，便是小说最末两章主要内容的隐喻，或者说，叙述者观念导引下的叙事给接受者的感觉，抽象点来讲就是，《围城》世界里的男性主人公方鸿渐尚在思索、变化，继续追求超越，要冲出"围城"，而女性人物孙柔嘉则以不变应万变，不觉"围城"之存在，或者固守"围城"，千方百计地妨碍、阻止、瓦解、断送所有冲出"围城"的努力。

而我们批判性的读解正是从这里开始的。

回到"围城"的初始语境，回到"围城"的本原意义，从我们的视角曾得出，"围城"是男女两性关系的一个具有独特发现的隐喻性话语，它首先是关于人类婚姻的，即那种"结而离，离又结"的欲望或状态，或者更准确地说则是，叔本华所谓人类永恒的"意志痛苦"在婚姻上的显现。现在有必要进一步指明，正如"结"与"离"都是双方的一样，那种心理或事实状态也应该是两性共同的，小说中从女性人物的口中第一次出现"围城"甚至已"暗合"了这一点，但这却未能在以后的叙事里充分落实，在方 / 孙关系的叙述中，我们只看到女性孙如何"围"婚姻之"城"以及男性方怎样要突破这"城"，而相反的东西则在现有的"说出"中掩盖了、抹煞了。扩大些看，关于方鸿渐与前三位小姐鲍、苏、唐的关系，《围城》叙事处理成女性们如何"居心叵测"，如何一个个像经典童话《白雪公主》里的王后原型，以形形色色的诱惑束缚男性主人公，而在这些"诱惑束缚"中方鸿渐怎样不断艰辛地摆脱束缚而不断长成，于是女人成为男性主人公人生道路的"界碑"，成为男性成熟的工具而且是负面的工具，即男性在持续性地"克服"女性中走向成熟之路；女性们则丧失了独立价值，丧失了生命的存在，沦为"物"，沦为"空洞的能指"甚至"混沌的能指"。概而言之，如果《围城》是相当自觉地探究男 / 女权力关系的文本，是部两性交往史，那么，成为文本事实的《围城》叙述的只是女性"围"男性的历史，小说《围城》讲的是一个男人被女人们"围"进"城"的故事。——这便是随我们长此"煞费苦心"的细读而来的初步结论。

曾经，我们试图从文本叙事的风格上来作解释，现在看来多少有些颠倒因果，或者这种解释正表明"内容 / 形式"二元对立的假拟性而已。小说以男性主角方鸿渐为视点、为中心的叙述是一种典型的"有意味的形式"，此"形式"是有"意味"的，它的背后拖着那个长长的尾巴——"男权"的社会文化。《围城》又被称为"知识型文本",尤以语言方面的惊人才华特立独行于小说之林,在叙事语言的讽刺性、幽默感,叙述者语言的学术性、知识面上都有相当的成就。然而也是在这些优势的缝隙之中更清晰地生成了文本的男性中心性质。① 甚至正是那些本文表面形态的"男权""痕迹",而不是内在化的男性视点叙事,让我们特别强烈地感觉到颠覆性阅读的可能与必要,因为它们以显著的偏颇、显著的"男权"色彩挑激着批判性的公正接受,它们以自身的可消解性标示着与其同构的叙事层面的幻象质态,仿佛要在叙述、叙事双重的自我解构中引起文本深层意识形态的全面倾覆。但是,正如文本深层的"男权"主义却虚构了一个"倒置"的两性权力话语场——"围城"是女人"围"(男人)的城——一样,(男人)围女人的"城"——"男权"意识形态太强大了,它不仅使自觉探究两性关系的小说成为一个女性"不在场"的文本,而且能在一个女性导演的"复制"品中仍然"固若金汤",甚至更鲜明地曝光。

"城"的曝光:电视略说

电视剧《围城》是著名女性编导黄蜀芹执导的。黄导演具有相

---

① 譬如,《围城》比喻之博之奇堪称一绝,而其中有不少以"男女"作喻,也正是"妻子如衣服""科学家像酒,科学像女人"之类的妙喻,同时更鲜明地暴露了叙述者身在男性中心社会、《围城》是"男权"文本的特点。

当程度的"性别意识",而且能自觉执着地渗透到艺术创作中去,在这方面,她的代表作《人鬼情》被公认为国内屈指可数的"女性电影",便可视为一个证明。所以,"《围城》:从小说到电视剧"本来足以成为难得的"个案",由一个著名的男性文本改编成一出女性执导的电视剧,透过这过程变化无疑能够研究不少富有理论意义的命题。但是,由于小说《围城》是首次推上荧屏"曝光",编导的指导思想是高度尊重、忠实于原著,改编风格是显然的"我注六经"式。① 我们就不能过高地估计在电视剧《围城》的现有格局中,导演自我个性的弘扬程度,包括在性别意识方面。基础并不牢靠,过分的理论抽象也就没有价值,为了免造"空中楼阁",从我的视角略说电视剧之前,作此说明当不属多余。在"缘起"部分的诠释中,我面对"无心插柳柳成荫"的事实,审慎地使用了"不经意"等词;现在我想说明,虽然,电视剧保持与原著的高度一致,基本上是"有意为之",但,也不能就因此完全无视性别之类因素在改编的"变"与"不变"中所起的作用。执导电视剧是"戴着镣铐跳舞",而我们这部分的分析也不啻一种与之类似的情形。

应该说,我们还是较明显地感觉到了女性导演在电视剧中的存在,尤其在女性意识方面。

前文说到小说的一些叙述者语言,即那些杂文式评议中有不少传统"男权"最显在的表现,而女性导演的改造首先就体现在此。

---

① 电视剧这一风格上的成功,足以抵消可能产生的缺憾之感。

"诗不入画",电视剧既不可能把小说里所有的典故和妙喻全部化作人物台词或旁白解说,删削一些又无碍原著的叙述和精髓,故出于导演的性别意识,能有所削减"何乐而不为"。印象较深的如,小说第五章写道,"上海这地方比得上希腊神话里的魔女岛,好好一个人来了就会变成畜生",①而电视剧关键性地去掉了"女"字。

其次是通过叙事的模糊或省略,弱化女性人物的"恶"。在小说的细读中,我们已充分地了解到小说叙事里,女性的"居心叵测"之类是被经常性地点破或暗示的,甚至不妨说叙述者除了对唐晓芙有些偏爱外,《围城》小说中的女角几乎无一不被划入"坏女人"之列。但女导演执导电视剧怎能不动"恻隐"之心?尤其是对主要女角,如孙柔嘉就不像小说中那么"用心险恶"而可爱了许多,特别是婚后,与丈夫吵架的次数虽然未减,但电视剧少了叙述者的干预,柔嘉的"道理"被更多地展示出来,相应地就更强烈地暴露了男性自身的问题。

第三即突出或美化了个别女性形象,非常显著的是对汪太太汪娴氏的重新发现与发掘。虽然回头读小说会发觉,电视剧在此人物身上并无增添,甚至连台词都是小说中原本就有的,但这个形象仍然给不少"《围城》迷"以新的冲击,因为小说显明地以方鸿渐为视点中心,读者形成了偏重主人公在场情节的阅读态度,而对这类插曲印象不深,还因为电视剧调动了影视艺术的其他要素参与人

---

① 《围城》通行本第 137 页。

物塑造，如演员的形象与表演、音乐的配制等，使汪太太成了具备一定性格、具有相当反抗精神的女性类型。她的几句台词（"有话到里面去讲""你［按，赵辛楣］的胆子只有芥菜子儿这么大"）甚至超过了几大女性角色，而变作电视剧女性意识的最强音。同样显著的固然还有唐晓芙小姐的"纯情"处理。但就是在唐小姐形象的"提纯"背后，我们发现了电视剧《围城》改编执导的缺陷所在。

我们细究过小说中叙述者对唐小姐的微妙态度，发现了无以掩饰的偏爱之情，也发现了偏爱之后的总体处理——仍倾向于将唐置于鲍、苏、孙一系列的"围"城女性。作为男性主人公遭际的一名特别的女性，她特别在，因男性自我的梦幻般沉溺而成为超越的阈限，但终究一样地沦为工具性存在。而电视剧《围城》完全舍弃了那些小说本文中存在的"恶"的可能性，使唐晓芙彻底地"清水出芙蓉，天然去雕饰"，仿佛一个天使，一个纯洁的女性象征，——可是这样，却契合了传统男性文化中另一大类的女性模式，即"白雪女主"原型。

女性主义学者们早就揭示出，"围"城式的魔女与"白雪公主"般的淑女乃男性中心社会意识形态观照下女性唯有的两种存在状态，而后者则代表了男性文化直言不讳的期望和要求；尤其可怕的是，这种期望要求还常常以欺骗与压迫的手段来"阉割"女性的思想、话语，内化为女性自身的潜意识，依赖女性的自我塑造来加强统治力量。在《围城》从小说到电视剧的改编中，我们看到不幸真有所应验。也许对文本中弥漫的女性之"恶"不愿意熟视无睹，也许是出于女性的性别意识或者"公心",女性导演从而选择唐晓芙这个极具可塑潜力的角色,充分发挥了影视综合性艺术的优势,竭力使唐小姐成为女性世界"美"的证明,甚至要由此来削弱、缓松《围城》文本的男性意识形态压力。而事实上,电视剧中唐小姐的形象是更纯真也更美了,可这种"纯美"正符合了男性——包括剧中主人公及男性观众——的欲望与期待,因为"提纯"与"美化"的依据仍然是从男性文化而来的。

电视剧中,超凡脱俗的少女唐晓芙给男性主人公方鸿渐提供了人生一段最辉煌灿烂的时日,更提供了青春岁月最闪亮的回忆,极大程度上,她自身存在的价值也就在这些"提供"了。虽然荧屏上的唐小姐活泼生动,洋溢着热烈的生命气息,但在观众的接受那里她却还是方鸿渐的"附属品",工具性质方面与小说文本差不多完全相当,甚至某种意义上还为小说拾了遗补了缺。同时作为一个荧屏形象,唐晓芙很快便加入到那种惯见的"清纯少女"行伍里,成为男性观众欲望的对象,以满足永远也满足不了的"视觉快感"。

所以,电视剧的"弱化"或"美化"并不足以改变《围城》文本的既定格局、既定的"男权"意识形态,至多也只是体现了女性的"仁慈"或"母爱"心理,或者还就是在这体现的负面更增强了"男权"的压力。"男权"压力的这种强化是在一个著名女性导演的执导过程中实现的,且是在努力体现女性意识的初衷下面实现的。——所有这些都不由得我们不感叹。

《围城》从小说到电视剧,是由语言文本到荧屏文本的曝光,在这曝光的同时，文本的深层"性别"意识形态——男性中心主义获得了更重大意义的"曝光"，而且是更清晰、更强烈的曝光，因为"围"女人的"城"——男性中心社会及其观念，通过一位著名女性导演这样一次个人实践充分地显现出来，并在这显现之中重现了《围城》世界，重现了"围城"世界的背景意识形态的"男权"性质。从辩证法的角度讲，这"城"的"曝光"倒是足以庆幸的，人类认识世界是改造世界的前提，就像所谓"走出中世纪"首先就是要从中世纪的蒙昧中解放出来。

伸发：现实？艺术？

然而，《围城》毕竟是个艺术的世界，自足的"第二自然"。

面对说不尽的"围城"，从男性／女性关系的视角，采取一定的女性主义阅读策略，或许我们的收获已不失为一"偏"之"见"；但，在"围城纸贵"《围城》主题、"围城"隐喻愈发深透的今天，非常具象化地走进《围城》又在一个形而下的层面上漫步"围城"，这，多少总有些"不识愁滋味"。其实，《围城》的"男／女"细读与"围城"的"形上／形下"深究是那样相通，以至于我们觉着，长篇的"侧议"或许正是为了这最后的"伸发"。

《围城》之说不尽在于其主题的多义性，而"围城"差不多成为与"阿Q"一样高频的现代汉语词汇，则由于这个"能指"形式蕴含了丰富的意味"所指"，简约地说，它喻示着一种原型性质的生存境遇与心理状态，可以是关于一个个体生命的，也可以是关于整个人类历史的，还可以是关于所有存在文明的。而这一切的本源都是小说叙述，尤其是对男性主人公方鸿渐一段生活历程的叙事，即"围城"隐喻的实现主要是依靠"围城人"方鸿渐外在言行、内在心境的揭示，很大程度上，《围城》叙事的深度便是"围城"隐喻的高度，因为我们无法想象，如果隐喻不是以其在小说中的人格化来获得最重要的表征，而仅仅通过叙述者语言叙述中的那些明喻性质的表达来说明强调，那样的《围城》将是如何一种面貌，能不能像我们现在有幸接受的小说文本一样，在文学史上占有重要地位，且有粉丝无数。

"围城人"方鸿渐在小说中的"本事"绝大部分地是与本文分析研究的女性们相关的。她们不仅与方鸿渐在《围城》中的行程一一相随地紧紧联系在一起，而且相当程度上还决定了方鸿渐"围城"式行程的必然性；尤其重要的是，方鸿渐与鲍、苏、唐、孙四位小姐相遇、相知与相离的不断相续的过程，形成了小说叙事最基本的框架及主干性内容；甚至如上文所述，《围城》从一定角度看去是方鸿渐与女人们交往历史的小说，是关于两性权力关系的文本。但是，女人们在小说中却是男性主人公的附庸、工具或陪衬性角色，基本上难以具备独立的形象价值，如果说男性主人公是"围城"隐喻的人格化代表，方鸿渐是"围城人"的话，那么，女性们——如小说细读时所论，只是"围"城的人——"围城的人"！

"围城人"与"围城的人"一字之差，竟有天壤之别。前者作为主体性的个人，在"围城"式生存境遇中体验着"围城"式心理状态，在小说中深入全面地表现了《围城》主题"围城"隐喻；后者难以作为主体性的人，而是某种程度上创设"围城"式生存境遇的"物"，丧失了"话语权"不能体验一种"围城"式心理，而只是提供"围城"式心理状态的对象，在小说中以不断的"围"的行为成就"围城"境遇，并作为"围城"心理永远不能超越的证明性工具。

那么，是不是《围城》中的女性不足以凭自己的身心成为"围城人"呢？回答是否定的，诚如我们所曾分析的，她们只是在男性中心的叙事结构、叙述话语里，被歪曲了、被掩盖了、被"阉割"了。在"男权"的社会文化文本中，女性形象只是"空洞的能指"，一如《围城》中的女人无法作为"围城人"存在，责任全不在女性自身；而倒是男性中心的文本尤其是它背后的社会文化要对因此而来的不完备不圆满负责，像《围城》就由于女性无以成为"围城人"，"围城"隐喻的人格化就只能由男性方鸿渐一人承担，没有多个形象的同构叠加式地表现，不用说，在主题揭示的深刻、在文本艺术的成功方面都是要受到损害的。虽然，《围城》艺术的成功是众所公认的，但基于这样一种希望而产生的缺憾感，却是更真诚更深层的。只是围女人的"城"——"男权"社会及其意识形态太强大了，女性导演《围城》改编执导的"失落"是不是已经充分地说明了希望的幻想性？但有一点推论总是成立的：围女人的"城"是女人的敌人，也是艺术的敌人，从而成为（男女）艺术家之敌。——或许这也是现实的意识形态与艺术品位的诸多关系之一种，只不过长期被忽视而已。

大概就像马尔库塞召唤的"整体的社会"只能存在于人类理想的王国，我们想象中的"全面的文本"也只能是一种向壁虚构。明乎此，我们对钱锺书先生在20世纪80年代初的"重印前记"中所忆，"我抽空又写长篇小说，命名《百合心》，也脱胎于法文成语（Iecoeurd' artichaut），中心人物是一个女角"，就特别感兴趣，或许一个男性中心，一个女性中心，两个"片面的文本"的互文相映正整合为一个"全面的文本"呢？于是对"手忙脚乱中"，钱先生"把一叠看来像乱纸的草稿扔到不知哪里去了。兴致大扫，一直没有再鼓起来"[1]就有了分外的遗憾，因为这偶然的遗失给我们的憧憬造成了永远无法验证的遗憾。

说不尽的"围城"终将说不断，自足的《围城》世界也不会因为"说"而有所损益。于是，自言自语者就只是自我的张扬自我的折磨。在本文写作过程中自信的不断缺失不断折磨着写作者的决心。总算了结之际再度打开《围城》文本，熟视无睹的小说第一句却不意之中来了一剂"强心"。也许，在这最后的片刻自信的欢愉中结束思考，上帝便不再发笑。

　　　　红海早过了，船在印度洋面上开驶着，但是太阳依
　　然不饶人地迟落早起，侵占去大部分的夜。夜仿佛纸浸了

---

[1] 《围城》通行本第1页。

油，变成半透明体；它给太阳拥抱住了，分不出身来，也许是给太阳陶醉了，所以夕照晚霞隐褪后的夜色也带着酡红。……

原刊于《上海文论》1992 年第 1 期

上海/香港：女作家眼中的"双城记"

——从王安忆到张爱玲

一

近年来，城市比较研究方兴未艾，像"北京/上海"，有轰动一时的畅销书《城市季风》广为流传；"香港/上海"，有李欧梵"互为镜像"的"双城记"这样的收获。[①] 在那些城市比较研究里，有关文学的论述占了相当比重，而且确乎是形成、支撑论点的关键部分。同样地，传统的作家比较研究也增添了新的路数，越来越看重空间性因素，最典型的像所谓"张派传人"，[②] 分居于香港、台北、上海等地，要有进一步深入的考量，不同城市所赋有的文学性格必然成为不可或缺的环节，而城市的历史变迁和文化定位自然又是重中之重。这意味着，久盛不衰的"作家比较"自觉地置身于城市文化比较的视野里，新兴的"城市比较"更好地利用文学性资源，以形成二者的良性互动，应该是一个值得努力的方向。

---

① 李欧梵：《上海摩登——一种新都市文化在中国》，毛尖译，牛津大学出版社2000年版。

② 王德威：《想象中国的方法》，生活·读书·新知三联书店1998年版。

在"张派传人"的谱系里，王安忆是颇为特别的一位。王德威一方面认为她"也许尚未参透张爱玲就是'不要彻底'的名言"，一方面又肯定她"能突破限制，另谱张派新腔"。①而以我所见，王安忆既是"张派传人"（如果算的话）中最愿谈论张爱玲（连带的，还有苏青）者之一，同时，又是对张爱玲批评最多的一位。拿王安忆在 2000 年香港"张爱玲与现代中文文学"国际研讨会上的发言为例，这篇题为《世俗的张爱玲》的最新版本，其基本内涵是一以贯之的：世俗的张爱玲"对日常生活，并且是现时日常生活的细节，怀着一股热切的喜好"，而这"爱好是出于对人生的恐惧，她对世界的看法是虚无的"；张爱玲"只看着鼻子底下的一点享受，做人才有了信心"，同时，"她又不自主地要在可触可摸的俗事中藏身，于是，她的眼界就只能这样的窄逼"。所以，"张爱玲的人生观是走在了两个极端之上，一头是现时现刻中的具体可感，另一头则是人生奈何的虚无"。对此，王安忆大不以为然："在此之间，其实还有着漫长的过程，就是现实的理想与争取。而张爱玲就如那骑车在菜场脏地上的小孩，'放松了扶手，摇摆着，轻倩地掠过'，这一'掠过'，自然是轻松的了。当她略一眺望到人生的虚无，便回缩到俗世之中，而终于放过了人生的更宽阔和深厚的蕴含。从俗世的细致描绘，直接跳入一个苍茫的结论，到底是简单了。于是，很容易地，又回落到了低俗无聊之中。"②

① 王德威：《想象中国的方法》，生活·读书·新知三联书店 1998 年版，第 255 页。
② 《文汇报》2000 年 11 月 7 日。

没有对张爱玲的潜心研读，不可能有这样别有洞天的透彻之论；另一方面，中了理论的毒的人，还是很容易从中联想到布卢姆"影响的焦虑"①一说。记得王安忆的一位同仁很早讲过一段话，大意是：都在说王安忆已经直逼张爱玲，这很让人想起上海某房产的广告词，"直逼徐家汇"，其实，那房产离徐家汇，打车还要好多分钟呢！这固然风趣得有刻薄之嫌，但还是不能不承认有真义存焉：一个时隔半个世纪的后来人，就是直逼了当年二十出头的张爱玲，又有多大的意思呢。

想必王安忆是很清楚这层意思的。不过，本文并不急于展开这个意思，也不急于就此作出比较。毋宁说，我们之所以要拿张爱玲、王安忆来对举讨论，是因为我们关心的另一组关键词"上海／香港"起了作用：张爱玲、王安忆都可以说是上海人、上海作家，她们又或多或少和香港有过关联，特别是，一个在20世纪40年代，一个在90年代，都曾用笔涉猎香港；这样，应该有可能透过她们的想象，比较其中的异同，来考察上海、香港这两座城市在五十年里的位移及其"镜像关系"。当然，有了"香港／上海"的背景语境，也才可能比较好这二位作家。

空间的位置注定了香港、上海"大器晚成"的宿命。"晚"，是因为在以中原为中心的中国版图上，二者都属于边缘。纵使江南成了鱼米之乡，多少年里，上海还是人称"小苏州"；纵使岭南发展

---

① 所谓"影响的焦虑"的要义之一是，后起的作家受前代的作家影响越大，摆脱这种影响的欲望、创新的欲望就越强。详见布卢姆：《影响的焦虑》，徐文博译，生活·读书·新知三联书店1988年版。

出了独特的区域文化，香港还基本上是块"化外之地"，以至于"香港"一词最初的指涉范围，是指"香港岛"，还是岛上的一个具体地方，历史学家迄今仍有分歧。① 而之所以终于能成"大器"，则是因为时间长河上的那个"1840"，改变了固有的中心/边缘关系，对于不得不以西方为中心的新世界版图言，香港的命运、地位开了头，上海也是。这个"头"对于中国来说，当然是"断头"般的万劫不复，可对于香港与上海，倒很有些"祸兮，福之所倚"的意思。

香港、上海所以有所谓"双城记"可做，照我的理解，这是前提性质的第一点，即，"香港/上海"能够成"双"，首先是因为它们同"一"，在同广大的中国内地的关系上，香港、上海具有惊人的同一性："被现代化"的"中国""建设""民族国家"的过程，也是香港"割让"成准殖民地、上海开埠有了"租界"的历史。这就是说，在相当长的历史时间里，"香港＋上海"，共同地与内地形成了"此消彼长"的关系。比如，太平天国从广西起事，一路席卷长江以南大半个中国，这对于清朝中央政府来说，当然是"大祸临头"；可对于上海，却带来了大量的资金和廉价劳动力，租界也被迫打破了"华洋分居"的格局，所有这些无疑成了上海日后进一步繁华的重要契机；而香港，人口的第一次巨增，也发生在这一时期。事实上，香港人口的每一次大幅增长，都无一例外地是在内地出了大事之后。

在对"双城记"有了如此理解的"底子"（张爱玲的习惯用

---

① 分别见王宏志：《历史的沉重》，牛津大学出版社2000年版，第134、103页。

语）以后，我们还应该看到：香港 / 上海所谓"双城"，与其说是一"双"（胞胎），不如说是一"对"（冤家），即，这两座互为"镜像"的城市，在过去，确乎经常地"此起彼伏"，并非"双进双出同进退"，而是"你上我下分前后"。

鸦片战争后，香港被割让了，有研究表明，在很长的时间里，"大英帝国"对此"战果"并不心满意足，他们更加觊觎的，确乎还是上海。[①] 与此相关，上海作为开埠通商的"五口"之一，借助其紧邻中国最富庶区域、腹地广大等一系列机缘，能够迅速地脱颖而出，形成了从器物到制度、从日常生活到精神价值一整套独立运转的"上海"，从 1843 年开始的一个世纪时间里，其发展势头一直不弱于香港，准确而言，还有过之而无不及。而香港，是到 20 世纪 50 年代以后，终于凸显了"下山"猛虎的本色，依凭其独特的中介地位和多元文化优势，厚积薄发，"显山露水"，成为亚洲一流、举世瞩目的世界大都会，这才使得当年的一个"蕞尔绝岛"成了今天意义上的"香港"，易言之，香港的"花样年华"是在 20 世纪后半叶，尤其是 50 至 70 年代。

二

张爱玲与香港的关系史是大家所熟知的。

---

① 分别见王宏志：《历史的沉重》，牛津大学出版社 2000 年版，第 134、103 页。

1939 年，因为"欧战"爆发，她以伦敦大学的录取通知书，改到香港大学注册入学，在港大的两年零三个月期间，"发奋用功了，连得两个奖学金，毕业之后还有希望被送到英国去"；①未曾想，1941 年 12 月 8 日"港战"又起，打翻了所有的计划和努力，张爱玲不得不回上海，开始了她的"卖文"生涯。

1952 年 7 月，张爱玲第二次赴港，香港对她也不暇款待，重新报读港大竟然未果，以致不欢而别，终在 1955 年 8 月赴美，走上了她远离故土的"逃难"岁月；1961 年 11 月张爱玲再到香港，1962 年 3 月又回美国。算起来，整个五六十年代，张爱玲前后居留在香港有三年半时间。

不难发现，香港这座城市对于张爱玲来说，并不是一块生活的"福地"。但是，香港对于作家张爱玲而言却至关重要，特别是那个两次战争夹缝中的"香港"，不仅仅提供了她成为一个作家的机缘（或许还是被迫的），而且还形构了张爱玲稳定的世界观、文学观的基础。

张爱玲在港读书期间，二十来岁，正是求知欲最旺盛的年龄，以张爱玲自小养成的嗜书习性，真不知该读了多少好书。虽然她本人对此鲜有记述，但一些蛛丝马迹仍然很给人以想头。比如，《烬余录》里那个历史教授佛朗士，大约是张爱玲平生受其影响最深，也最得张爱玲敬重的一位老师："他研究历史很有独到的见地。官样文字被他要着花腔一念，便显得非常滑稽，我们从他那里得到一

---

① 《我看苏青》，来凤仪编：《张爱玲散文全编》，浙江文艺出版社 1992 年版。

点历史的亲切感和扼要的世界观，可以在他那里学到的还有很多很多，可是他死了——最无名目的死。"这是张爱玲笔下难得的情感文字，这样有敬意地谈论一个人，在张爱玲也实属难得，——可作一比的是那个激赏张爱玲的中学语文老师汪宏声，张爱玲便从来未赞一词，为什么？联系《烬余录》开篇所写，"香港之战予我的印象几乎完全限于一些不相干的事。我没有写历史的志愿，也没有资料评论史家应持何种态度，可是私下里总希望他们多说点不相干的话。现实这样东西是没有系统的，像七八个话匣子同时开唱，各唱各的，打成一片混沌"，不妨说，张爱玲很明白，从英国人佛朗士那里接受的那一套"不相干"论，以及讨厌所谓"清坚决绝的宇宙观"的经验主义、自由主义思考方式，应该是香港给她最多，她也最为看重的东西。

知识与思想之外，更要命的是，仿佛香港不把这一切灌输到底，张爱玲不把这一切贯彻到底，就不肯罢休似的，"香港"还要在实际生活中，给张爱玲以刻骨铭心的亲身体验。"港战"的突如其来，的确是应验了"人生无常"的老话，当然更让张爱玲不相信"计划"式思维，"想做什么，立刻去做，都许来不及了，人是最拿不准的东西"，还妄谈什么未来？"战时香港的所见所闻，……对于我有切身的，剧烈的影响"，战争的十八天里，目睹了"我们的自私与空虚"，让张爱玲认定"去掉了一切浮文，剩下的仿佛只有饮食男女这两项"，而"生在现在，要继续活下去而且活得称心，真是难，就像'双手劈开生死路'那样的艰难巨大的事，所以我们这一代的人对于物质生活，生命的本身，能够多一点明了与爱悦，也是应当的"。①

所以，战争所"放大"的那个张爱玲的"香港"，给了她写作的诸多题材及灵感，很快地，张爱玲就对香港有所回馈，"写了一本香港传奇"。正像已经有人注意到的，非常有意思，张爱玲在创作中近乎自觉地涉及了香港／上海"双城"问题："写它的时候，无时无刻不想到上海人，因为我是试着用上海人的观点来察看香港的。"② 不过我以为，对此不能高估，因为《到底是上海人》的广告色彩颇为明显，有讨好读者（自然主要是上海人）之嫌，其中的话并不可全信，比如她所列的七篇小说，就不是全部发生在香港的；当然也不可不信，因为当中确有香港／上海"参差的对照"的诸篇。倘使细心地读起来，着实是颇有兴味。如有研究者通过《沉香屑——第一炉香》的分析，指出张爱玲的"上海人观点"主要体现在三方面——道德口味、异国情调、都市意象，③ 就很有启发性，让人禁不住有接着往下说的念头。

不过在这之前，我们还是应该看看设定好了的参照系：王安忆及其同香港的关系。

王安忆的文学写作是从"雯雯系列"的"自我言说"起步的，

---

① 《我看苏青》，来凤仪编：《张爱玲散文全编》，浙江文艺出版社1992年版。
② 《到底是上海人》，来凤仪编：《张爱玲散文全编》，浙江文艺出版社1992年版。
③ 许子东：《一个故事的三种讲法》，王晓明编：《二十世纪中国文学史论》，东方出版中心1997年版。

这自与张爱玲大不同。1983 年，王安忆赴美后转道香港回国，"知道了世界的面积与各民族的危难，初步为自己的生存与认识建设了一个国际背景。回国之后，经历了一个苦闷的停笔时期"，① 而结果人所共知，王安忆终于拿出了"二庄""三恋"等自我更新的著名作品。可以肯定，此行对王安忆意义重大，称之为个人写作史上的界石都不为过，但很显然，这第一次的香港见闻，在她的感觉里，是被更为阔大的东西包涵了的。或许，在那时的王安忆眼里，香港只是一个和美国可以等量齐观的异域和"他者"，"香港"，作为一个中国人的城市，她特别的风情与文化等独有的启示性，还引而未发，香港和上海的关系之类问题，就更不可能进入王安忆的视野了。

甚至很大程度上，对于王安忆这一代作家来说，"都市感"的获得、"城市意识"的确立，也不是一件容易的事情：1986 年，王安忆写有《男人和女人，女人和城市》，文字与思路里似乎很有些苗头了，可到了 1990 年的《城市无故事》一文，那一番"城市无故事，……我们再没有一桩完整的事情可供饶舌讲述，我们看不到完整的故事在我们平淡的时候中戏剧性演出"，② 就又重复了传统中国作家惯以农业文明的视野来观察城市、理解"故事性"的老调子。

如此说来，1995 年，王安忆推出了备受瞩目的《长恨歌》，能以一个"上海小姐"一生的情爱故事，写尽"上海"在 20 世纪后

---

① 王安忆：《本命年述》，《独语》，湖南文艺出版社 1998 年版。
② 王安忆：《漂泊的语言》，作家出版社 1996 年版，第 431 页。

半叶的沧桑传奇，似乎很有些不可思议。其实，如果考虑到有一位40年代的上海作家张爱玲在80年代"浮出历史地表"，并且越来越热得不可收拾，我们就不难找出一个理解的角度："张爱玲热"逐步深入地唤醒了王安忆的都市感觉与"城市认同"。因而，看到王安忆的口中终于说出了"我生活在上海，我对这个城市的历史、文化包括语言、上海人的世界观等一直都是潜心关注的"这样一席话时，我既感到庆幸，又会心一笑：是张爱玲润物无声、潜移默化了，是张爱玲给了王安忆对话、批评、反省的机会以至写作的诸多灵感；包括王安忆与香港的关系，在我主观地看来，主要地，就不在于王安忆后来又去了香港多少次，获得了怎样的观感，而是"艺术高于生活"，是张爱玲的"香港"让王安忆感觉更真切，使王安忆觉得香港更相关、更贴己。

三

关于这一点，我最有力的证据便是，王安忆 1993 年创作的小说《香港的情与爱》。

请看作家的"创作谈"：

> 香港的繁荣坐落在海之涯天之角。一百年的情节以地老天荒为背景。……香港的人带着过客的表情，他们办完自己的事情随时准备拔腿而走。香港……似乎永远是一个

特殊的时期，没有日常的生活。

香港是一个特殊，是一个戏剧性的舞台。历史在每一个阶段都要选择这样的舞台，好供它集中、典型地展开剧情。在这舞台上的人生将是怎么样的人生呢？这是非同寻常的人生，布满奇迹，出奇制胜，它叫人充满悬想，它是提炼过的人生，将平淡人生中均分在朝朝暮暮里的细节凝结起来，它将人和人的相逢提炼为邂逅，它将细水长流的男女之情提炼为一夜欢爱，它将一日三餐提炼为盛宴。什么都是浓缩的，紧凑的，多快好省的。……

"香港"的人生虽是奇情异事的人生，却也是合乎逻辑的人生，并非随心所欲，为所欲为。它也是按部就班，合情合理，容不得半点胡来，半点胡来就要中途作废的。但它却是更加凝炼，恰因为这凝炼，人生的要旨便更为突出，简约而易见，几乎是裸露着的了。香港的情节是不需要伏笔的，它是直入主题，开门见山。它不是虚与委蛇，它见风就是雨。这是香港人生"奇"中的"真"。

……

香港使我们弄不明白的事情都弄明白了。它对于我来说，其实并非是香港，而是一个象征，这名字也有一种象征含义，一百年的历史像个传奇，地处所在也像个传奇。"港"这地方是将我们送出去又迎回来的地方，更是个传奇。我是要写一个用香港命名的传奇，这传奇不是那传

奇，它提炼于我们最普通的人生，将我们普通人生中的细
节凝聚成一个传奇。①

　　第一，王安忆说得很清楚，香港"对于我来说，其实并非是香
港，而是一个象征"，对此，已有研究甚至从话语风格上试图给出
解释：这种"香港是……，香港是……"的"界定式"句子在《香
港的情与爱》小说本文里俯拾即是、贯穿始终，看起来是给"香
港"下定义，而且"语气确切"，毋庸置疑，但仔细读来"却没有
对香港具体的城市景观作出描写"，这样，既避免了外来叙述者要
对城市具象写实的难题，又"通过定义之间的不断相悖"，显示了
在王安忆看来，"'香港'是观念和诠释的结果"。②可以作为补充
的是，这种界定句式在"是"的两端有一种能指和所指的关系，它
似乎是为了定义的，但是，当这一个能指"香港"在同一本文里会
同时有太多不同的定义时，确立定义也就变成了消解定义。比起
香港人来，王安忆诠释、想象的"香港"，自然"别有一番滋味在
心头"。
　　第二点更重要，这里的语言是王安忆的，思想也是王安忆的；
而我相信，倘使谁读张爱玲读得很熟，还是不难从里面看出张爱玲
的许多影子：也许，那"一番滋味"还是"张派"一路传下来的

---

① 王安忆：《"香港"是一个象征》，《独语》，湖南文艺出版社 1998 年版。
② 黄念欣：《王安忆笔下的香港与黄碧云笔下的上海》，http://www.csdn618.com.
　　cn/century/index.htm。

吧，特别是关于"传奇"的一套曲里拐弯的说法——评论家孟悦曾经花了很大气力才解析出，张爱玲对于"传奇"一词有非常个人化的理解，在道破其中不同凡响的"吃紧处"时，更是煞费苦心。①真是不由得我们不惊叹，在此，身为作家的王安忆已经独立地消化了、接受了，很彻底，甚至比张爱玲本人还要彻底。

何以见得？我们已经说过，上海作为一个大都会，在20世纪上半叶，整体上是优胜于香港的。因此那年月，上海人有那么些俯视香港，这就包括了道德上，上海人以文明人自居，以有道德者自居，所以张爱玲会让《沉香屑——第一炉香》里的葛薇龙，一旦自觉有堕落下去的危险，便立刻想还是回上海的好。自然，是否真的能回，是否一定要回，张爱玲好像犹疑得狠。对张爱玲来说，香港全盘"东方主义"式地成为一个荒诞、精巧、滑稽的殖民地，诚然太令人失望，但通商口岸的上海，是否因为既带有西方气息，又依然很传统，而得到首肯呢？也未必。②上海，新旧杂陈，坏的一方面的结果就是，"上海"比起"香港"来还更可能有传统的压抑，像《倾城之恋》里，上海的白公馆显见得是"老中国"的象征，而小说主人公白流苏只有逃离上海，特别是"老中国"，才可能展开她自己的故事，也才可能经历奇遇，有改变自己命运的可能——当

---

① 见孟悦：《中国文学现代性与张爱玲》，在我看来，这是一篇张爱玲研究的重要论文，可惜受重视程度不够。张爱玲研究的低层次重复，令人堪忧。该文已收入王晓明主编的《批评空间的开创》，东方出版中心1998年版。

② 参见李欧梵：《上海摩登——一种新都市文化在中国》，有心的读者可以注意到，本文中对相关论述有所引用，也有所商榷。

然了，改变了先前的生命轨迹，绝不等于就告别了"不幸"的宿命，王安忆概括得好，"人生终是一场不幸"，这才是张爱玲的根柢。在小说文本中，范柳原对流苏还说道："在上海第一次遇见你，我想着，离开了你家里那些人，你也许会自然一点。好容易盼着你到了香港，……现在，我又想把你带到马来亚，到原始人的森林里去。"这似乎又意味着，原始森林最自然，而香港的工商业不如上海，现代化程度不如上海，这样，来自"现代"一方面的束缚也会比上海少许多，比较起来，还更加有可能让人"自然"一些、"原始"一些。总之，张爱玲关于"香港/上海"究竟怎么看，难以说尽，多说也无益，因为她本人并不急于给出简单的结论。在香港与上海之间，张爱玲是不会放弃她一贯不肯"清坚决绝"的态度的，即便"香港城不比上海有作为，新的投机事业发展得极慢"，"香港没有上海有涵养"，[①]如此这般的比较，出现在张爱玲的散文中还不止一次。

确实，正像张爱玲对上海人说"好人爱听坏人的故事"时，是半开玩笑半当真的一样，张爱玲所津津乐道的，是"我们不甚彻底的道德观念"，[②]张爱玲不会为了道德的缘故就让葛薇龙在《沉香屑——第一炉香》里回上海，也不会因为不道德就不让白流苏在《倾城之恋》里第二次去香港，毋宁说，是张爱玲的"传奇"观让葛薇龙、白流苏等"参差的对照"的人物在其文本里来来去去。

---

① 《烬余录》，来凤仪编：《张爱玲散文全编》，浙江文艺出版社 1992 年版。
② 《公寓生活记趣》，来凤仪编：《张爱玲散文全编》，浙江文艺出版社 1992 年版。

易言之，正如孟悦指出的那样，正是在流苏和薇龙的上海／香港间的行为的、心理的穿梭之中，张爱玲不断地调试着"奇"与"不奇"的界限，"流苏和薇龙都过于熟悉沉闷的传统生活方式，都把香港这个摩登、芜杂而'洋气'的世界视为一个'奇'域"，"但与此同时，这个只有在传统上海的普通人眼中才成为'奇'的世界自己也同样需要'传奇'，需要另一种'奇想'"，"正是在这个意义上，流苏和薇龙来到香港并不是张爱玲传奇故事的结束，而是其开始"，事实上，"为了挣脱压抑和束缚，改变生活现状而走入'奇幻'世界，又在大奇幻和大劫难后'走向平实的生活'，在非非之想后变成'平凡的夫妻'，这是张爱玲故事中最完满的传奇情节"。——当然，即便传奇"完满"如《倾城之恋》，张爱玲巨大的整体性反讽依然存焉，谁也不会忘了《倾城之恋》小说里首尾呼应的"胡琴咿咿哑哑"的苍凉调门，"到处都是传奇，不见得有这么圆满的收场"，可是多么沉重的声音！大约就在这一特定意义上，我们说，王安忆对"传奇"的理解，甚至比张爱玲本人还彻底。这里所谓的"彻底"很可能是个太容易引起误会的表述，它只是针对张爱玲一贯的"不甚彻底"和不愿意彻底而言；假如你以为张爱玲本人有关"传奇"的全部见解才是"彻底"的话，那么，只是在"这传奇不是那传奇，它提炼于我们最普通的人生，将我们普通人生中的细节凝聚成一个传奇"、"传奇"是"奇情异事"与"合乎逻辑"的圆满结合等想法上，王安忆是要比张爱玲更喜欢来个彻底的。

四

《香港的情与爱》，如题所示，是一个发生在香港的爱情故事，似乎也可以解读为：关于"香港"的爱情故事——此中分别不小，容后再述。如果说《沉香屑——第一炉香》写"一个极普通的上海女孩子"葛薇龙在香港越"赌"越输，最后落得替别人"忙人"又"忙财"而自己"人财两空"的故事，那么，《香港的情和爱》写的是一个"作为上海人是不够典型的"少妇逢佳在香港"赌"而未输，甚至与对手"双赢"的故事。

新移民逢佳到香港的时候，已经 30 多岁，还是不甘心在香港安家落户。庆幸的是"香港是一个大邂逅，是一个奇迹性的大相遇"，能够使她有机会与 50 多岁的美国华侨老魏相遇。逢佳希望老魏帮忙担保到美国去，老魏则从逢佳这里发现了自己人生"最后一道风景"的可能，因此，二人开始了一段相互利用、交易性质明显的生活。老魏"晓得逢佳正在用圈套套他，他也将计就计，还省去了他去套她"，"一切都是干净利索，是一笔交易。老魏并不是不接受交易，他很清楚，倘若不为了交易，他们俩是不会走到一起来的，但是他要这买卖谈得长久一些，拖泥带水一些，讨价还价的回合多一些，稍稍波澜迭起那么一些"——仅此而已；可是未曾想，经过两年的相处，二人"化腐朽为神奇"，无中生有地发展出了一种相濡以沫、刻骨铭心的情与爱，"虽然是萍水相逢，虽然是各有所图，可总也是人生际遇的一种吧，到底是值得珍惜的"，"即便是这样的一种关系，也经不住朝夕相处，就是磨也磨出点真心了。他们彼此都有真心善待之意，这善待之意在效果上甚至超出了爱情"。最终，在各自给对方留下了挥之难去的生命印痕之后，双双充满善意地依依惜别、离开香港。在王安忆笔下，仿佛来自张爱玲小说的一身"俗骨"的逢佳，因为"凭良心""用情真"，是世俗的；却更是脱俗的，大俗大雅、大智若愚、大德无形。好人好报，逢佳，就像她的名字那样，"逢凶"足以"化吉"，"逢佳"则锦上添花、气运愈佳。尤其是那个老魏，深谙人生，通情达理，善解人意，连"用"逢佳时都小心翼翼，根本就不是什么花钱养"小蜜"、仗势来压人的"施暴者"，而简直成了女性从物质到精神的全方位的"救世主"。

《香港的情与爱》受《倾城之恋》的影响就更明显：人物设置上，《倾城之恋》，一"白"（流苏）一"黑"（萨黑荑妮），"黑白"分明，"白"是传统内秀，"黑"是风流张扬；《香港的情与爱》，逢佳与凯弟，逢佳是充实饱满、变假为真，凯弟则虚幻迷离、化实为虚。再比如，华侨范柳原游走于海内外，老魏也是旧金山唐人街出身。情节安排上，男女主人公从互相利用到实心相待，从情感游戏到几乎相依为命……格外有意味的是二者之间的差别：在《倾城之恋》里，"情"是可能的，容易的，君不见流苏、柳原互有好感，情感一不留神，几次要呼之欲出；难得的是婚姻，是平实、安稳的生活。《香港的情与爱》中，"夫妻"不过是那么一回事，想想逢佳自己的婚姻，再想想逢佳父母的婚姻；而"情义"难得、真爱无价。在《倾城之恋》里，

"大变"("港战")突如其来，在《香港的情与爱》中，"1997"也是给定的、预知的。所以，虽然"交易"在"香港""城"里是一样的，但结果并不一样，《倾城之恋》看起来是让两性结合在一起，却离心离德；《香港的情与爱》中两性"劳燕分飞"，反倒可能是情爱永驻。特别是叙述者的态度大不一样，如前所述，在张爱玲那儿，还有一些反讽，特别是那个背景上的"大悲"① 衬底，而王安忆对小说人物，就不仅仅是同情，而几乎是要彻底认同了。

《香港的情与爱》和《倾城之恋》，"同与不同"，意味深长，一言难尽，更难一锤定音。正如王安忆对张爱玲的批评别有洞见，王安忆在《香港的情与爱》里对"良心"② 和"情义"的极度信赖和推崇，同样可能自有盲区。

当然，从"文学反映论"来说，这个世界上（或者就在香港吧）是可能存在着以"逢佳""老魏"为抽象典型的那一类好男好女的；在逻辑上，他和她相遇的概率也还是有的，虽然那些将《香港的情与爱》读得眼泪汪汪的"善男信女"们，如果要在现实生活里也将小说信以为真的话，那么，他们基本上免不了"望穿秋水"的宿命。另一方面，更为重要的是：既然王安忆作《长恨歌》是借一

① 参见《大悲》，收入韩毓海：《从"红玫瑰"到"红旗"》，上海远东出版社1998年版；也可参见笔者的《张爱玲的背后》，收入《欲望的辩证法》，上海远东出版社1998年版。
② 关于"良心"，张爱玲曾有如下表述，"悲剧变为喜剧，关键全在一个阔小姐的不堪可靠的良心——《渔家女》因而成为更深一层的悲剧了"，正可以与王安忆形成"互文"关系。见《银宫就学记》，来凤仪编：《张爱玲散文全编》，浙江文艺出版社1992年版。

个女性的一生书写一个城市的沧桑；那么，《香港的情与爱》是不会满足于一部精彩的言情小说的，"香港的情与爱"便不能够仅仅解读为发生在香港的"情与爱"，而倒主要是，"香港"的情与爱，这也就是王安忆一再强调的，香港"是一个象征"；尤其是紧接着的香港"这名字也有一种象征含义，一百年的历史像个传奇，地处所在也像个传奇"这种确乎很微言大义的话，是不能不令人多想起一些什么来的。概括地讲，王安忆在小说里近乎无限地倚靠"良心"以及"情与爱"，是要使她对"香港"的无限憧憬合理化、合法化。而我们知道，在张爱玲看来，良心常常是"不甚可靠的"，把事情寄托在人的良心上，往往会使表面的喜剧在实质上成为"更深一层的悲剧"。所以，如果张爱玲的认知不无道理的话，那么，《香港的情与爱》的支柱是脆弱的；一般说来，张爱玲对于良心的看法，王安忆不可能不心明如镜；这意味着，要么王安忆不认同张爱玲，要么，是王安忆太急于表达她自己了。

小说最后写道，老魏送走了逢佳，自己坐在离开香港的飞机上，"老魏的脸一直对着窗外，好像不在听，但当他（同行的一个乘客，引者注）讲到没有人热爱香港的时候，老魏却回过头来，说：有一个爱香港的，那就是我，我爱香港。说罢，他竟然难以自禁，热泪盈眶了"。这里，作家自己的声音几乎已经呼之欲出，使我们不妨断定：王安忆——原谅我放弃了"叙述者"这个中介——在《香港的情与爱》里，对香港，是深爱着的。

我注意到，《香港的情与爱》的写作时间是 1993 年。这固然很可能是偶然，但 1992 年，邓小平南方谈话，使得 1990 年作为继续"改革开放"象征性举动的"开发开放浦东"进一步落到了实处，上海，像大梦初醒的巨人，又像脱缰的骏马，动起来了，活起来了。那时节，"上海"辉煌的过去及其与香港的历史关联，像是顿时被意识到的"时代精神"，成了在上海的很多表达的一时之选。就此而论，将《香港的情与爱》视如当时"上海"的基本情绪的一种表达，倒也十分贴切。而且，既然在王安忆看来"香港总是提供机缘，它自己就是个大机缘"，那么是否可以说，在《香港的情与爱》里，"香港"为王安忆提供了一大机缘，"香港"也是王安忆的机缘甚至工具——为的是表达"上海"的焦虑、渴望和想象性的满足？

话既然已经说到这里，那所剩无几的，就不吐不快了：我之所以更愿意理解、接受张爱玲的《倾城之恋》，就是因为倾心于小说首尾那萦绕不去的苍凉感，那"也许就因为要成全她，一个大都市倾覆了"的说不清、道不明的滋味（正话？反话？反讽？……），就是因为张爱玲在关注上海／香港的"双城""镜像"关系时，有意无意地拎出了本文强调在先的那样一个"底子"，一个有关"中国"的底子——很可能，张爱玲也只是被迫的、无意识的。而我读罢《香港的情与爱》，虽也有惘然若失的情感波动，但总还是嫌它过于轻灵而美妙了，嫌它以"香港梦"的形式表达了内在的"上海梦"。在"做梦"的时候，作为"底子"需要考量的"中国"，还能够在哪里呢？

原刊于《文学评论》2002 年第 1 期

人同此心，心同此理

——细读《合欢树》

　　史铁生的《合欢树》①发表于三十年前，是 20 世纪 80 年代的散文名篇，在收入多种中学语文教科书之后，更成了几代中国人的文学经典。阅读本文前，要有劳你先读一遍作品原文：

　　　　十岁那年，我在一次作文比赛中得了第一。母亲那时候还年轻，急着跟我说她自己，说她小时候的作文做得还要好，老师甚至不相信那么好的文章会是她写的。"老师找到家来问，是不是家里的大人帮了忙。我那时可能还不到十岁呢。"我听得扫兴，故意笑："可能？什么叫可能还不到？"她就解释。我装作根本不再注意她的话，对着墙打乒乓球，把她气得够呛。不过我承认她聪明，承认她是世界上长得最好看的女的。她正给自己做一条蓝地白花的裙子。

────────────

① 史铁生的《合欢树》最初发表于《文汇月刊》1985 年第 6 期，篇末署写作日期为 1984 年 11 月；后作为作家的代表作收入多种文集，也选入人民教育出版社、江苏教育出版社以及上海版等多种语文教材。各版本变化不大，略值一说的是，文章最后一段初版为："有一天那个孩子长大了……"

　　二十岁，我的两条腿残废了。除去给人家画彩蛋，我想我还应该再干点别的事，先后改变了几次主意，最后想学写作。母亲那时已不年轻，为了我的腿，她头上开始有了白发。医院已经明确表示，我的病目前没办法治。母亲的全副心思却还放在给我治病上，到处找大夫，打听偏方，花很多钱。她倒总能找来稀奇古怪的药，让我吃，让我喝，或者是洗、敷、熏、灸。"别浪费时间啦！根本没用！"我说。我一心只想着写小说，仿佛那东西能把残疾人救出困境。"再试一回，不试你怎么知道会没用？"她说，每一回都虔诚地抱着希望。然而对我的腿，有多少回希望就有多少回失望。最后一回，我的胯上被熏成烫伤。医院的大夫说，这实在太悬了，对于瘫痪病人，这差不多是要命的事。我倒没太害怕，心想死了也好，死了倒痛快。母亲惊惶了几个月，昼夜守着我，一换药就说："怎么会烫了呢？我还直留神呀！"幸亏伤口好起来，不然她非疯了不可。

　　后来她发现我在写小说。她跟我说："那就好好写吧。"我听出来，她对治好我的腿也终于绝望。"我年轻的时候也最喜欢文学，"她说，"跟你现在差不多大的时候，我也想过搞写作，"她说，"你小时候的作文不是得过第一？"她提醒我说。我们俩都尽力把我的腿忘掉。她到处去给我借书，顶着雨或冒了雪推我去看电影，像过去给我找大夫、打听偏方那样，抱了希望。

三十岁时，我的第一篇小说发表了，母亲却已不在人世。过了几年，我的另一篇小说又侥幸获奖，母亲已经离开我整整七年。

获奖之后，登门采访的记者就多。大家都好心好意，认为我不容易。但是我只准备了一套话，说来说去就觉得心烦。我摇着车躲出去，坐在小公园安静的树林里，想：上帝为什么早早地召母亲回去呢？迷迷糊糊的，我听见回答："她心里太苦了。上帝看她受不住了，就召她回去。"我的心得到一点安慰，睁开眼睛，看见风正在树林里吹过。

我摇车离开那儿，在街上瞎逛，不想回家。

母亲去世后，我们搬了家。我很少再到母亲住过的那个小院儿去。小院儿在一个大院儿的尽里头。我偶尔摇车到大院儿去坐坐，但不愿意去那个小院儿，推说手摇车进去不方便，院儿里的老太太们还都把我当儿孙看，尤其想到我又没了母亲，但都不说，光扯些闲话，怪我不常去。我坐在院子当中，喝东家的茶，吃西家的瓜。有一年，人们终于又提到母亲："到小院儿去看看吧，你妈种的那棵合欢树今年开花了！"我心里一阵抖，还是推说手摇车进出太不易。大伙就不再说，忙扯些别的，说起我们原来住的房子里现在住了小两口，女的刚生了个儿子，孩子不哭不闹，光是瞪着眼睛看窗户上的树影儿。

　　我没料到那棵树还活着。那年，母亲到劳动局去给我找工作，回来时在路边挖了一棵刚出土的"含羞草"，以为是含羞草，种在花盆里长，竟是一棵合欢树。母亲从来喜欢那些东西，但当时心思全在别处。第二年合欢树没有发芽，母亲叹息了一回，还不舍得扔掉，依然让它长在瓦盆里。第三年，合欢树却又长出叶子，而且茂盛了。母亲高兴了很多天，以为那是个好兆头，常去侍弄它，不敢再大意。又过一年，她把合欢树移出盆，栽在窗前的地上，有时念叨，不知道这种树几年才开花。再过一年，我们搬了家，悲痛弄得我们都把那棵小树忘记了。

　　与其在街上瞎逛，我想，不如就去看看那棵树吧。我也想再看看母亲住过的那间房。我老记着，那儿还有个刚来到世上的孩子，不哭不闹，瞪着眼睛看树影儿。是那棵合欢树的影子吗？小院儿里只有那棵树。

　　院儿里的老太太们还是那么欢迎我，东屋倒茶，西屋点烟，送到我跟前。大伙都不知道我获奖的事，也许知道，但不觉得那很重要；还是都问我的腿，问我是否有了正式工作。这回，想摇车进小院儿真是不能了。家家门前的小厨房都扩大，过道窄到一个人推自行车进出也要侧身。我问起那棵合欢树。大伙说，年年都开花，长到房高了。这么说，我再也看不见它了。我要是求人背我去看，倒也不是不行。我挺后悔前两年没有自己摇车进去看看。

　　我摇着车在街上慢慢走，不急着回家。人有时候只想独自静静地呆一会儿。悲伤也成享受。

　　有那么一天，那个孩子长大了，会想起童年的事，会想起那些晃动的树影儿，会想起他自己的妈妈，他会跑去看看那棵树。但他不会知道那棵树是谁种的，是怎么种的。

　　无论是重读还是初次阅读，我相信，只要用心地读了，你都会被打动，而且多半会发自内心地赞叹：《合欢树》真是篇情真意切、言近旨远的好文章。有了这个基础，我就可以提出我关心的问题了：你、我以及大家，为什么会有如此共通的阅读感受？

　　人同此心，心同此理。

　　这当然是回答，而且给出的是很根本的答案。文学，作为人类的一种非常重要的交往方式，正如接受美学理论所说，总是依赖广大读者最终完成自己的使命；而读者，在阅读活动中总会调动自己的生活经验和百科知识，积极主动地投入到作品之中，通过主体的想象与移情，且还原且重构作者所编织的文本世界及其蕴含的思想情感。像这篇《合欢树》，作者史铁生灌注其间的母子深情，尤其是那份沉甸甸的母爱，那份"子欲养而亲不待"的无尽伤悲与感怀，作为全人类普遍共有的情感，会无声地让你感动，让你沉浸，让你情不自禁地想起自己的母亲，想起你们母子间的点点滴滴。也就是说，题材和内容决定了本文与读者心心相印、息息相通的天然优势，也自然地构成了你对篇章格局和作品主题的基本理解。同样，如果你和母亲之间的故事足够精彩，如果你的生活阅历格外丰富，如果你的情感体验特别细腻，或者换个角度，如果你对史铁生的生平有更多了解，如果你在欣赏时能联系作家的更多创作，那么，你对本文"情真意切"的感受则会更深，对"情真意切"的评价也会更高。这，其实是阅读活动的常态。人类学家马林诺夫斯基曾经指出，语篇的理解离不开语境，语篇内的上下文语境之外，语篇发生的环境即所谓"情景语境"（context of situation）及其背后更大的"文化语境"（context of culture）都是至关重要的。语境并不设限，理解从而可以是无限的，一千个读者有一千个哈姆雷特。

然而，值得注意的是，"一千个读者有一千个哈姆雷特"还须要这么来理解：一千个读者心目中的，都只能是那一个哈姆雷特，而不可能是少年维特。事实上，这不仅关涉功能语言学家韩礼德接着马林诺夫斯基思考的，人们为什么能够成功交流的核心问题，而且也正是我问大家读完这一语篇后感受为什么相近的初衷。在语言学界，韩礼德为此早已提出了著名的语域理论。从诗学研究和语篇阅读的角度来说，我想首先是一句大白话：读《合欢树》的感受之所以共通，也当然源自《合欢树》这一阅读对象。其中的道理并不复杂：语境确实没有限制，不过，文本自身构成其第一语境；而此文本的篇内语境即"文本语境"①（context，不必仿前而叠床架屋为

①　详见韩礼德、韩茹凯：《语言、语境和语篇——社会符号学视角下的语言面面观》，世界图书出版公司 2012 年版。以上论述参见程晓堂为该书写的导读。

context of text 吧），是理解的出发点，也是理解的落脚点。这意味着，关于《合欢树》，不仅语篇内容的阐释要从文本出发、以文本为依据，而且我们读者对于文本语言和形式的感受和判断，也应该做到以"文"为本、有文为"本"。

知易行难。比如阅读过程中，我们都对《合欢树》的语言特别有感觉，也形成了基本相通的总体印象。那么请问，该用什么词语描摹你的感觉、界定语篇的语言风格，才是最妥帖的？而你所选用的词语，又有哪些文本依据呢？

> **学生 1**：朴素自然！《合欢树》很生活化，如平常人说家常话。像阿城的《棋王》只要读者是小学毕业，就绝无一个生字一样，本文中，即便"敷""熏""灸""瘫痪"等少数略显繁难的字眼，也都是日常用得上的字词。全篇短句居多，"十岁那年""把她气得够呛"……又长长短短，没有定规，"她就解释，我装作根本不再注意她的话""母亲的全副心思却还放在给我治病上，到处找大夫，打听偏方，花很多钱"……句式简单，比如上述诸句，总是以单句为主；通篇没什么复杂的句子，而每一句话的意思都一目了然，这样，每段话的意思也很清楚。

> **教师**：嗯，也就是说，全文基本都用高频词，而词句的组织方式又非常平易近人，因而以阅读心理学的眼光来看，这篇《合欢树》的理解和接受，无论语句层级还是语

篇层级，在表层编码和篇章格局上都不觉得困难。

学生1：还有，文中所用的大多是不带任何修饰性成分的光杆名词和光杆动词，形容词不多，关联词语等语义偏虚的词则几乎没有。所以，史铁生此文写得实实在在，我们读来特别朴素自然。

学生2：关于朴素，我想补充一个例子。文章第一段，即使写母亲年轻时很爱美——"她正给自己做一条蓝地白花的裙子"，也还是特意选择了"蓝地白花"这素净的冷色调。不过另一方面，又正因为这样，我不支持"自然"一说。类似于"蓝地白花"，《合欢树》字里行间都有作者掌控的痕迹。且不说"悲伤也成享受"这般名句，显然是"炼"出来的：句式的简单、语义的结实，恰恰是炼句之精华。就拿"承认她是世界上长得最好看的女的"这句来讲：第一，仿佛再现了作者自己还是小男孩时的语气；第二，"女的"不能说"女人"，因为这种词儿小孩子说不出口，更不能说"女性"，因为那太正式、太书面化了；第三，"好看"不说"漂亮"，更不说"美丽"，因为"好看"最简单，也最到位，特别口语化。

所以，要我说，本文的语言特点就是"口语化"。

学生1："口语化"肯定不大妥当。文中连引号里的人物对话，用词都没什么地域风味。身为北京作家，史铁生在《合欢树》里可是没有一点京腔，整篇文章的语言倒该算是相当雅正的普通话、书面语。

学生 2：和一般的书面语言比较起来，我还是坚持这一语篇是很口语化的，证据不少，像你刚才说的文中光杆的名词、动词多就是。或者我生造个说法吧，《合欢树》是普通话书面化的口语，免得一说口语化，有人就以为方言土语是必不可少的。

学生 3：与其争执口语还是书面语，我更愿意回到《合欢树》语言"自然"与否的大问题。文章前半部分，"十岁""二十岁""三十岁"的几段开头，貌似平平常常；母亲"还年轻"时"急着跟我说她自己""已不年轻"时"为了我的腿，她头上开始有了白发"，尤其是对治好我的腿也"终于"绝望后，"你小时候的作文不是得过第一"的"提醒"，看起来也只是简简单单的重复和对比。——这样的地方还有很多，甚至可以落实到文中每一处，都在在显示了作者史铁生的存在，因此，大到篇章结构，小到言语构成，《合欢树》其实都不自然。

也因此，"节制"，才是我最妥帖地表达自己感受的词语。还有，"朴素"在我的语感里，仍不免有"自然"的意思，那就不如换作"朴实"才更合适。

学生 1：我同意《合欢树》的语言很有掌控力、非常节制，也同意"自然"是语言功力的体现，甚至是作家自觉追求而来的效果（对于读者而言）和功能（从语言本体来说），但我还是要说，"自然"难道不也是文本的语言本身？因为，无论谁平常一读，《合欢树》的语言表达都看不出什么刻意，更没有丝毫的矫揉造作之感，而绝对称得上"天然去雕饰"。

教师：在文本内容—形式"一元论"的视野中，我能够理解这一反问。因为"表达—效果""构成—功能"和"形式—内容"一样，都属于两面一体二而一的存在。只是，你们有的更着眼于文本内容的功能、效果，有的更着眼于文本表达的形式、构成，这才有了看起来很激烈的交锋。或者说，大家差一点就中了语言的诡计。

的确，语言是个大难题！要不是上面借鉴"课堂实录"的文体形式，虚构了一个"理想课堂"的片段，"派出"多名师生来一起分角色发言，我还真不知该怎么呈示《合欢树》语言的诗学分析。起初，我们对这一文学语篇在语言上的"浅近"有相通的感受，可在用什么语词来细加描摹的问题上又莫衷一是；现在，经过一番仔细的琢磨、推敲和辨析，好不容易基本达成一个共识了，那就是《合欢树》的语言，我想可以称之为：平易质朴，含蓄内敛。

但是，一旦勉为其难地总结为这八个字，你或许又和我一样吧，也还是大有词不达意、言不尽意之感。而这，也正是史铁生创作《合欢树》时所面临的。

文中第五段说："获奖之后，登门采访的记者就多。大家都好心好意，认为我不容易。但是我只准备了一套话，说来说去就觉得心烦。"为什么"觉得心烦"？是因为"说来说去"，而且"只准备了一套话"。那么，是"一套"话还是一"套话"？很可能，史铁生落笔时肯定是前者，而收笔时的感觉，就颇类似于我们如今的读法了。换句话说，史铁生一定认为自己回答记者的话词不达意，是一堆"套话"，这不可能是过度阐释，否则，史铁生也不会写这篇《合欢树》了。而根据成文后的语篇，尤其是这段话的上文即第四段"三十岁时，我的第一篇小说发表了，母亲却已不在人世。过了几年，我的另一篇小说又侥幸获奖，母亲已经离开我整整七年"，以及下文"我摇着车躲出去，坐在小公园安静的树林里，想：上帝为什么早早地召母亲回去呢"，我们完全可以推断：是获奖的契机，是跟记者的对话，促动史铁生比任何时候都更思念母亲，也促成史铁生由此思想起有关母亲，有关身心，有关生死成败、人与自然的种种；而又由于"套话"词不达意甚至言不及义的教训就在眼前，史铁生绝对不会允许自己要创作的这篇散文是什么"套话"，而最好必须是一句"套话"也没有！——这是我们读者不难从文本里读出来的创作动因，而所谓"语篇内创作动因"实在是深度进入文本非常有效的入口之一。

由此回到"自然"与"节制"的争论，回到《合欢树》语言的平易质朴、含蓄内敛，我们终于找到更清楚的言说方式了。理解有不同层级，理解也有不同层面。就《合欢树》的表层信息，即语句的字面意思而言，这散文当然可说是"自然"的；而从《合欢树》

的隐含信息，即潜藏在字里行间的意思来说，这散文的"节制"又显然极其突出。易言之，无论语言表达还是其效果，也无论构成还是功能、形式还是内容，《合欢树》既是那么平易质朴，又是那么含蓄内敛，确乎并不那么矛盾。而且，语篇内创作动因的发现还告诉我们，质朴内敛与其说是史铁生早就主动着意的风格化追求，毋宁是源自史铁生在创作之初，无以复加地领悟到了语言的陷阱和言说者的无奈。"答记者问"的教益或忠告是，词不达意、言不尽意，甚至于言不及义，即，对于史铁生意欲表达的内心世界来说，语言不敷用，语言再多也不管用，非但于事无补，而且言多必失，正如德里达所谓"危险的增补"。故此，《合欢树》必须改弦更张，彻底换个方式试试：用最简单的语言去说，尽量少说，且尽量不直接说。当然了，《合欢树》是写，而写作比说话的好处恰恰在于，落定下来的文字将永久存活，可以留待读者的阅读完成其意义和使命，因为不断反复而有慧心的阅读必将读到文本的字里行间——词不逮意，那么，索性寄希望于语词编织结构的文本之网尽量逮住那些意义。

以类似创作心理学的方式，如是这般"动态性还原"作家的构思、创作过程，或许显得颇为主观，也过于戏剧化了；但是，从成文后的《合欢树》来看，就像你我阅读时感受到的，我们分析中也指出过的：言近旨远，即通过"言近"达成"旨远"，让语言尽可能地浅近平易、质朴内敛，以最大限度地实现"言愈近，旨愈远"，这，既像是史铁生无意识的追求，又像是史铁生有意识的决断。否则，《合欢树》里的那些名词、动词、形容词，那些长长短短的单句，甚至包括那些标点符号、那些空格，都不可能配合得那么好！它们一个赛一个地那么普普通通，实实在在，比质朴更质朴，比平易更平易；可同时，组织在《合欢树》文本这共同的第一语境之后，它们显然又相互激发、一起共振乃至形成化学反应，建构合成了整一性的语义场，化合作用为语感、文体感齐备而统一交融的意蕴空间，让几乎所有读者都觉得，《合欢树》比含蓄更含蓄，《合欢树》内敛得不能再内敛了。

请原谅我太文学化而近于抒情的表达，以及物理、化学半通不通的杂糅类比。非常遗憾，文学、语言学、心理学等学科迄今没有给我们共通的感觉发明清晰的概念术语；而在此我又没有遵循前期维特根斯坦的训导，"对不可言说的东西保持沉默"。事实上，史铁生倘若屈服而沉默了的话，那么世间将无《合欢树》，那又该是多大的损失。问题是，文学风格、语篇文体等诗学的研究总体还处于"默会认知"的阶段，具体到《合欢树》这一语篇，为什么"言近"，何以质朴内敛？说了半天，我们说充分了吗？

《合欢树》开篇写："十岁那年，我在一次作文比赛中得了第一。"平淡如水。如果加一个字变成"十岁那年，我在一次作文比赛中获得了第一"，那么感觉味道就有点变了吧：史铁生对那"第一"的态度确乎郑重其事多了。对比一下，"得"与"获得"一字之差，差别在哪儿？一如前文所说的，"得"口语化，不怎么正式，而"获得"是书面语，显得史铁生直到现在还有些煞有介事；而差别的核心，就在于——"得"是单音节动词。

　　史铁生从文章第一句开始，词语选用就注意到了音节问题？我当然不这么看。不过，假使你在重读时发现了："急着跟我说她自己，说她小时候的作文做得还要好"；"我听得扫兴，故意笑，对着墙打乒乓球，把她气得够呛"；"让我吃，让我喝，或者是洗、敷、熏、灸"；"她到处去给我借书，顶着雨或冒了雪推我去看电影，像过去给我找大夫、打听偏方那样，抱了希望"；"我摇着车躲出去，坐在小公园安静的树林里，想：上帝为什么早早地召母亲回去呢"……那么，你也该相信，在《合欢树》1800余字篇幅里，单音节词尤其单音节动词比例如此之高，又绝不只是偶然；也只有在这样的语境里，"我心里一阵抖"这著名的一句，才能既很陌生化，又并不见出做作，而让读者的心也跟着为之一抖。换句话说，在语篇的诗学研究视野下，是《合欢树》那文本整一性的语义场，让史铁生在写作中无意识地做到了词语音节上的考量，是那文体感、语感统一交融的意蕴空间，让史铁生天才地意识到，单音节动词比双音节动词更原初、更基本、动作性更强，会和前文所分析的那些因素相互激荡，而最终使《合欢树》的语言很实很实，浅近又浅近。

　　可是文本里也有不少双音节动词：相信，解释，注意，承认，残废，表示，惊惶……这又怎么解释？首先，精准，才是史铁生第一乃至唯一的原则，遣词造句无不如此，包括我们一直称道的简约、平实，事实上也是精准前提下的。其次，现代汉语中双音节（动）词本来就占优势，本文的语体又属于普通话而非方言的书面语，所以，文中有许多双音节（动）词就不奇怪。《合欢树》里的动词，无论是单音节的还是双音节的，一个也不能替换，这才是令人称奇的核心。具体说来，又有大致三种情形或原因。一是，她就"解释""打听"偏方之类，现代汉语里确实没有同义的单音节动词；二是，"我的两条腿残废了"，假如改作："我的两条腿残了"，或"我的两条腿废了"，不精准之外，那也破坏了文章的语体和语气。

第三种尤其值得重视："母亲惊惶了几个月，昼夜守着我"，"惊惶"之所以精当、不可替代，更主要的原因是，正规的书面语"惊惶"比"惊慌"更比口语化的"慌"，凸显了语句所指陈的事实，母亲如临大敌、惊慌不安而又不茫然失措的形象宛若眼前。"守"假如也改成双音节"守护"的话，反倒会冲淡"惊惶"的陌生程度，弱化语句的表现力，则是因为，"守"比"守护"简单而且平实，没有故意的文饰之感；这就像"我心里一阵抖"，是万万不可以改作"我心里一阵颤抖"的，那样语义虽没一点变化，但一个"抖"字带来的陌生感和冲击力将荡然无存。也就是说，该单则单，该双则双！——当然，这是就史铁生的语言造诣来说，而就常情言，倒可能正是相反的：该单却双，该双却单。否则，读者哪来陌生感？

再进一步，正如我们已经体察的，为了做到语言在精准基础上的简约浅近，《合欢树》选用词语的总原则是，能用单音节则尽量单音节用而少用双音节，更少多用音节。这样，文中单音节词尤其是动词之多，较之现代汉语的一般书面语篇是相当突出的；与此同时，这一语篇里多音节词语之少，也就变得非常突出：全文一个成语也没有，而四音节的，算上"全副心思""东屋倒茶""西屋点烟"

等不正宗的，也就区区几个。于是，一多一少，对比而来的放大效应格外显著：单音节动词构成了"多数派"，功效已如前述；而另一方面，"少数派"的分量也正由此衬托出来，那些双音节动词和多音节词语是那么引人瞩目，仿佛一个个脸上都写着"我很重要"，不得不用之外还平添了几分庄重之感。

至此，本文有意借重语言学之眼、文本细读精讲语言的诗学实验，无论是近乎知无不言、言无不尽，还是属于走火入魔，都已渐近尾声了；这时，回顾自己漫长的重读路途，不禁感慨系之。文中第二段，"先后改变了几次主意，最后想学写作"，"改变"删削为"改"是不是更好？对——这正是我的起点，也正是这最初的直觉与发现，才开启了这一番重读与细究。"先后改变了几次主意"与"先后改了几次主意"，其间的差别在哪儿，已经毋庸赘述了，哪个更好，答案貌似也是有的吧。可是，再细细想来，史铁生正是为了凸显"最后想学写作"的来之不易，尤其先后几次"改变"过程的认真与艰难呢！所以，"改变"删削为"改"是不是更好？就未必有不易之论。这意味着，文本语言形式上同样的一个发现，是完全可以有不一样、甚至完全相反的阐释的；还仅仅一个词语，仅仅是语篇的一个点，事情就已经这样了，那么，文本关键点的排列组合关系极其复杂的整个文本，那还了得啊！也就是说，即使做到了以"文"并有文为"本"，那种企图为文本及其阐释寻求客观性的努力，最终也很可能是徒劳。

更令人徒唤奈何的是，为了锚定《合欢树》给你我的阅读感觉，我们费尽了九牛二虎之力才觅到了较合适的语词，而为了在文本的语言构成上落实"平易质朴、含蓄内敛"，我们更是已然黔驴技穷。可是，文章做到现在，我们的诗学分析还基本只做在词语的层面上！有关《合欢树》用词特点的发现越多，词语的音节问题上越是浓墨重彩，就越是暴露了我们在文本其他形式要素上的盲点。组词成句、构句成段、积段成篇，那语句的组织方式即句式、句群结构、语篇体式，等等，那配合得太好而让前文抒过情的标点符号、空格之类，可怜的我们徒有感觉，却鲜有洞见；不仅几乎未曾涉猎，还简直没看到入口：如此，还怎么好意思称诗学？

　　另一方面，即使是本文较有心得的词语音节问题，单、双、多音节词在语义尤其表现力上的微妙差别，即使研析出来了不少，但那些发现，又绝不能说放之四海而皆准，所以，也难以称之为诗学成果。这有两层意思：一是，探究《合欢树》而来的许多观点放到其他篇章就未必适用了。比如，单音节动词作为更原初的基本动词，比双音节动词动作性强，这在语言学范畴里是确定无疑的，然而从诗学的功能看，假如没有相关因素的互文作用，某一文本里单音节动词用得再多，也可能无法获得《合欢树》般的整体效果。换言之，文学修辞上有关语言的识见一般难以具备超篇章的意义，这就像什么是好的文学语言，要建构超篇章的诗学标准简直是不可能的事。二是，从方法上说，假如以后谁一读文章，便去数文中词语的音节，那我这文章还不如不写。这并不是危言耸听，在小说阅读方面，确实是有过教训的：自从叙事学研究普及下放之后，还真有这样的读者，以及那些一读小说就去找叙述者、叙述角度的研究者。所以，与其自鸣得意为"龙种"而责怪读者东施效颦，不如从一开始就说清楚我们的警醒。

虽然，这难免让人沮丧。

正是为了那么一点语篇研究方法论上的企图心，我们从《合欢树》"言近旨远"出发而聚焦于"言近"，正是依凭那点诗学视野与语言学取径上的雄心，也才不惜拿探究"旨远"是另一篇文章、属于另一类阐释学的工作为借口，而专注于这一路细读文本语言的实验，可是啊，到头来，非但《合欢树》之"旨"还果然很"远"，而为了防止可能带来的负面效应，我们却还不得不自曝其短地说明此研究在方法论上的试验性乃至困局。不过我想，这是诚实的：文学语篇的形式本体的诗学研究之所以难以有效地展开，以致迄今尚无突破传统格局的迹象，这是有其根源的，"人类知识的默会维度"①将何去何从，还有待文史哲学者们从方兴未艾的"认知研究"那里汲取养分而反求诸己，从扎扎实实的点点滴滴做起。

原刊于《思想与文化》丛刊 2015 年第 16 辑，题为《诗学视野与语言学取径——细读文学语篇〈合欢树〉》

---

① 参见郁振华：《人类知识的默会维度》，北京大学出版社 2012 年版。该书为默会知识的研究整合创建了一个国际交流、公共对话的跨学科平台。这里借用其书名，以突出文学及其研究与默会知识的哲学研究之间的关联性，比如首当其冲的："文学研究"是否应该甘于"强的"或"弱的"默会知识的阶段？为什么？又如何才可能超越？

经典和经典的阐释

——张天翼的《华威先生》

提起张天翼，都会自然而然地想到《华威先生》。任何张天翼的选本，《华威先生》作为小说几乎必是首选。显然，此作于抗战初期的特写，虽然规模甚小，但在作家创作道路上的价值却相当牢靠，比起现代小说史上的其他名篇巨制来说分量还不轻。我想，这大概是张天翼本人也始料未及的，据20世纪50年代末作者的一次谈话透露，《华威先生》是"一天赶写成了"的。① 一天写就了历史的地位，这实在算得上难得的大幸。

如同《华威先生》始终是张天翼当之无愧的小说代表作，对该作品的看法长期以来也是一贯的，这里主要是指作品的内容层面，即在这么一篇从题目到内文都明显标示出以勾勒刻画人物为宗旨的特写里，主角"华威先生"是个怎样的形象？——回答是再确定无疑简单不过的："一个混在抗日文化阵营中的国民党官僚、党棍的形象。"② 关于这个问题，还有一桩较著名的"公案"：

中华人民共和国成立之初，《华威先生》入选教材，有学校讲

---

① 《张天翼同志和部队作者的谈话》，《解放军文艺》1959年第7期。
② 唐弢主编：《中国现代文学史简编》，人民文学出版社1984年版，第328页。

授时，以为华威先生东一个会西一个会，是官僚主义。因此，《中国语文》杂志社特地请教作家以明是非，而张天翼专门复信，肯定了一位（派）的意见，其中说得很清楚："华威先生是那时国民党反动集团里的家伙，他们力图打进一切群众团体中去'领导'，以便一面探听和监视；一面设法阻碍群众运动。"该信后以《关于〈华威先生〉》为题公开发表于 1952 年第 10 期《中国语文》，从此作为作者意图的明确表白而成为小说主题无可争议的经典解释。

作家本人是"华威先生"传统形象观的源头；而身在当代，掩卷之余是不妨猜度当时历史背景下作者自我言说的心理活动的。但我宁可不怀疑张天翼的真诚，尤其是在见到作家此后又一更具体的回顾材料之后："抗战初期，我在长沙搞文化界的统一战线工作。当时'文化界抗敌后援会'有三个部，部长都是民主人士，后来国民党要来争领导，要争作部长，当了部长又不干抗日的事，因此斗争很尖锐。那时茅盾同志主编《文艺阵地》要稿子，我有感于此，一天赶写成了这篇《华威先生》，……发表以后，议论纷纷，不少人说是写他，其实没有一个固定的模特儿。像'华威先生'这种人，当时很多，写作的时候就自己跳了出来。"从中我们不难发现，《华威先生》确实是属于那种与现实贴紧的作品，甚至它的发生是有很实际的生活背景与功利考虑的；同时我们也可注意到，作为一篇急就章，小说家在构思创作过程中有意无意地实现了由事件到人物的题旨转换，触发写作动机的是挺实在的事件，作品令人瞩目的则是虚构的形象。至于此处提及的"议论纷纷"，实乃作家的谦辞，事实上,《华威先生》1938 年初发表以后, 在文坛上、社会上掀起了一场轩然大波。

1938 年初正值国共第二次合作、抗日运动全面展开,"地不分南北, 人不分老幼", 全民抗战, 作家们也以感奋的激情"突进了现实生活的密林","文章入伍, 文章下乡", 一时文坛满是热情外露、歌功颂德的作品, 簇拥在一片光明和谐的乐观氛围里。但张天翼一如"左联"时期那般敏锐, 别具一种逼视现实底蕴的眼光。"抗战"是外争国权救亡图存的宏伟事业, 而在张天翼看来, 又是五四以降中华民族启蒙自强根性扬弃的继续工程, 精诚团结一致抗日的表象, 掩饰不了现实社会中诸多的弊端与黑暗, 也掩饰不了我们民族性中的毒性疤斑, 甚至它们还会有机可乘, 恶性膨胀。如是这等, 在以后的文学史里是越发昭揭了。像巴金的《寒夜》结尾处就严肃地辩说,"胜利是他们胜利, 不是我们胜利, 我们没有发过国难财, 却倒了胜利楣";而到了钱锺书笔底便化作了酸辛的讽揄,"这次兵灾(按, 指日本侵略所造的灾难)当然使许多有钱、有房子的人流落做穷光蛋, 同时也让不知多少穷光蛋有机会追溯自己为过去的富翁, 日本人烧了许多空中楼阁的房子, 占领了许多没有存在的产业, 破坏了许多片面相思的因缘"(《围城》)。但在初时的一派热烈中,《华威先生》不啻横空而来的一瓢冷水, 浇得许多人顿然释悟:原来, 在我们轰轰烈烈的事业中还存在这么些阴暗面、这么些各式人等! 当然, 也令不少人纷纷疑虑不解:抗战文艺要不要暴露，能不能暴露？

现在我们知道，这次争议导致了一个直接的成果——20世纪40年代暴露讽刺文学的勃兴。所以这篇作者写罢自己"看着不像小说"的简捷文字，却显然是具有极高文学史价值的作品，张天翼以其天才的信笔开创了十来年的文学主潮，"华威先生"成为抗战文学讽刺形象系列的先锋官。滥觞也好，先声亦罢，《华威先生》都不受之有愧，但这只能在喧嚣沉寂时光流逝之后，在当时，沉浮于轩然大波的《华威先生》却真可谓自身难保。

日本方面利用《华威先生》作为宣传材料，诬蔑我中华抗战事业，造谣"华威先生"乃我们抗日工作者的代表；有人因而认为"暴露黑暗是帮助敌人"的，是"作者对于抗战的悲观主义的流露"[1]……在你死我活的斗争岁月，《华威先生》降世伊始便摇摇欲坠于意识形态的漩涡之中，这是不难理喻的，因为在一个"政治性"凸现于其他问题之上的历史阶段里，读者——在此不妨采取接受美学的观念表达——已经被有形无形地规约，拥有了那么一种与社会时代相符的"期待视野"。所以，即使不从意识形态的大节，从政治立场的高度来裁决，在当时，具体到作品文本的解读也必然地着眼于其现实的政治性。

而事实上，身历其时其境，《华威先生》的文本可是怎么读都

---

[1] 参见王瑶：《中国新文学史稿》，上海文艺出版社1982年版，第383页。

读不离"华威先生"那副"尊容"的。他整日来去匆匆这会赶到那会，以至"叮当，叮当，叮当"的黄包车铃声成了其存在的证明；忙着到处讲话忙着让各会场的人"照例"等他光临，而讲话不是尽是废话就是千篇一律、逻辑不通的"领导"与"领导中心"；什么都要操纵、垄断，而稍觉"失控"便要"打听，调查"竟至于"颤抖""打寒噤"——典型的一个官僚形象。读得更加仔细些还会觉着"领导"这个词触目，在短短二三千字里重复数竟达 14 次之多，有 12 次是出于华威先生的口中，其中"领导中心"的说法共 8 次，则全是华威先生的"一言堂"；既然言必称"领导（中心）"，那么华威先生这个"中心"是如何"领导"的呢，文本中又一言以蔽之："每天——不是别人请他吃饭，就是他请人吃饭。"所以，诚如我们现在的史书分析国民党集团在抗战时期的本质时所揭示的，华威先生这一官僚的典型之"抗日"，其"表/里""真/假"的确大有文章，换句话说，华威先生便是"挂着抗日招牌而专事破坏抗日的反动官僚"之典型。由此传统的形象观，顺理成章地，作品的题旨、意义凸显了——"辛辣地讽刺了国民党假抗日真反共的丑恶嘴脸"。①

一般认为，"作者—作品—读者"共同构成了文学由发生到接受完成的整个完全的过程系统。时过境迁，对于《华威先生》来

---

① 钱谷融主编：《中国现代文学作品选读·上册》，华东师范大学出版社 1985 年版，第 102 页。

说，作家与文本仍是历史化了的凝固因子，唯一变化的是读者群，只不过这一变量的衍化虽无形却相当彻底。如果说当年争相激赏《华威先生》的批评家们是因为从中发现了作家直面时代的洞察，那么，现今的接受者对于那个时代却多半缺乏实感，他们仅仅是从第二手的文字资料中获得知识来了解的，所以要让他们能从类似《华威先生》的文学性文本中感悟到创作背景活生生的气息是困难的，甚至有些不切实际，最多也只有预先把文本的背景语境一同交付给读者，但是这又势必违背了"于本文中读出历史"的允诺。在我们看来，早在20世纪50年代的那桩"公案"中事情已经露出些端倪，东一个会西一个会的"华威先生"就只是被视作官僚主义的代表了，而作者蕴于其中的意识形态性的时事政治内容却成了接受的盲点。

又是许多年过去了，按照接受美学的观点，《华威先生》的文学性无疑更多地取决于读者的理解，譬如，只要如今的读者愿意，作者张天翼类似"决不能……拿'华威先生'这号人做'一面镜子'来检查自己的什么'性格、作风和毛病'之类"（《关于〈华威先生〉》）的告诫，便是不足为训的。然而，我们并不拟取接受美学之极端，因为有个办法既能解决问题而又不失之偏颇，这便是：从惯于仅仅把《华威先生》置于当时抗战初期的历史语境那样一个思维定势中解放出来，换一种角度，把《华威先生》视作张天翼的一篇作品而放到作家个人的整个文本系列这一参照系中去。我们很快发现，由于"华威先生"置身的上下文不一样了，所形成的"互文"关系也不一样了,很自然地,"华威先生"的艺术形象在作家个性化的文本新语境里将必然获得其新的色彩。

由此,我们必须反顾一个充分风格化的作家张天翼,他本人的作品以及关于他的定评。读《华威先生》扑面而来的"讽刺"感,事实上远在 30 年代就屡被批评家如钱杏邨等所指陈过(参见《一九三一年中国文坛的回顾》),尤其不易的是,在张天翼成名作《二十一个》发表半年后,李易水(即冯乃超)就在其著名的《新人张天翼的作品》①中准确地暗示,张天翼实乃鲁迅的《阿 Q 正传》的"模仿者"——这一点后来越来越成为文学史家们的共识,像海外研究者司马长风也认为"无论在文字的简练上,笔法的冷隽上,刻骨的讽刺上,张天翼都较任何仰慕鲁迅风的作家更为近似鲁迅"②,而唐弢主编的《中国现代文学史简编》中说得更明确:"张天翼在小说中写得最多的,是小市民的灰色人生和部分知识分子的庸俗虚伪,以及他们矛盾可笑的心理状态。"即,如果说张天翼是鲁迅风格的忠实传人的话,那么他主要承继的是文化反思的立场、"国民性"批判的态度;如果说张天翼是位讽刺奇才或大家的话,那么他始终把针砭的锋芒直指一切民族性中的"劣根"。

面对作家大量的作品,我们只能择要而议,不妨以其讽刺名作《包氏父子》为证。这部以贫困家庭的子弟包国维就学之"艰难"、失学之"轻易"为叙事线的小说,显然把叙述重心更多地放

---

① 《北斗》1931 年 9 月。
② 司马长风:《中国新文学史》中卷,香港昭明出版社 1978 年版。

在对父亲形象老包的刻画上。通过包氏父子两代人面对共同的现实境遇不同的行为、思维方式的强烈对比，小说有力地消解了父亲老包克制现在、将空洞的希望寄予子嗣未来的"传统理性"，同时也无情地粉碎了儿子小包在商业文化熏染下、以无端地挥霍现在来幻想性满足的"罗曼谛克"。小说中诸多因素交互因果纽结成紧张的讽刺索链，在"望子成龙"这样一个模式化甚至有些原型意味的叙事表层底下，不断地强化内在张力，最终导致一个重大命题在深层涌动欲出，即，传统封建文化向资本主义文化逐步蜕变的"历史断层"时期内，旧的已然轰毁，新的也将夭折，民族的精神文化基质亟待"脱胎换骨"，实现"创造性转化"。对《包氏父子》的底蕴有了这样深切的体悟之后，我们或许能够更加逼近张天翼创造的文本世界，即如分析"包氏父子"的形象，也就不会止于讽刺"望子成龙"心理的经典论说。从更深一个层次来讲，老包无疑是阿Q不死的明证，只不过他要比阿Q"进步"一些，阿Q是说"从前"（"从前老子比你阔多了"等），而老包倒也"实在"不少，想的是通过儿子的"未来"，——而在作为传统中国人的老包看来，"儿子"只是他生命的延续，只是他的工具，所以他还有的是"希望"。那么老包们希望的又是什么呢？便是小说中儿子小包现在时态的"提前消费"——地位、权势及其所能带来的一切。

《包氏父子》写作四年后，作家张天翼面临了抗战爆发这一新的情势，在某一天灵感忽降，他又写出了《华威先生》。诚如前文所述所录，《华威先生》有其特殊的创作动机与目的，甚至在写作心境上与《包氏父子》时期迥然相异，有了区别于纯粹艺术虚构的实在考虑及实际背景。即便如此，在我们想来，只要《华威先生》是张天翼真诚、认真创作的作品，那它就必然地带有作家一以贯之的个人化风格标记，尤其是，作家长期以来关注的焦点、敏感的神经就不能不自然而然无意识地流泻于笔端，又何况张天翼早已是一位成熟老到的作家，他还有心无心地作了题旨转换，虚构了"华威先生"这一新的艺术形象呢。

"华威先生"作为张天翼创造的新典型，由此不但可以归入抗战文学的形象系列中去，必然地，也足以与作家个人创作的文本体系中所塑造的一系列形象形成充分的"互文"关系。别的不说，即如华威先生与老包，貌似风马牛不相及，一个是高高在上的官僚，一个是生活底层的贫民，一个四处开会风头摆足，一个到处借债洋相出尽，但，在其精神实质上、民族根性上又何其相似乃尔！上文说到，老包鲜明地表现了传统国人为了地位、权势在没有地位、权势的时候所表现出的情态、心态，他可以"忍辱负重"甚至做奴隶，但内心始终搏动着强烈的"权力欲"，那么一旦他获取了地位、权势，他又将是如何一种面目如何一种心理呢？很大程度上，我们不妨说《华威先生》正是《包氏父子》的续篇，因为"华威先生"就提供了一个有权有势者的形象，虽然作品囿于特写的体式所限，没有也不可能对华威先生的深层心理多作开掘揭露，但读者完全不难从华威先生的言行中窥探到他肮脏的内心世界。

先察其言。前文分析华威先生开口闭口"领导""领导中心"是其代表党派利益居心叵测的表现，现在稍作角度变换来看，那还对他多有拔高，与其说华威先生满口"领导中心"是要以其一己的不断强调来树立他所属群体、党派的权威，不如说华威先生动辄以"领导"自居是要依靠所属群体、党派的势力来为一己的"中心"地位扬威，简言之，华威先生并非为虎作伥，而是狐假虎威。再观其行，太显然了，华威先生这会赶到那会不过是为了招摇过市、炫耀权势罢了，对于这位"权力欲"膨胀的官僚来说，知悉其权势的人数无疑与他权势的强大成正比，所以他在乎会议的量，甚至不惜让黄包车跑得"像闪电一样快"，甚至在文末酒醉之中仍然清醒地记着"明天十点钟有个集会"，总之"华威先生"是不可救药的了。

那么，这是不是足以见得"国民性"中对于地位、权势的贪婪也无药可救了呢？我们说，穿透《包氏父子》《华威先生》这两个"互文反题"性质的文本，的确还能发现张天翼的更深刻处，作家没有止步于"劣根性"批判，而已追问到历史幽暗地带展开传统文化的批判了。儒家文化是一种以人伦为基础的文化，"伦者轮也"，即无数的同心圆式的结构成了传统社会的形态，而作为圆心的如一家之长—国之尊（所谓"天子"）就依赖这种伦理的宗法的制度及其观念，实现人身与精神的双重统治和压迫。这种简言之为"官本位"的文化不被彻底清理的话，似乎张天翼很难对"国民性"的展望能有多么积极，这也是作家一再叙述《皮带》《包氏父子》之类的故事，且在急就章如《华威先生》中还保持其惯性的潜在原因吧。当然，此番新的理解也决没有抹煞作家意图、经典解释之意，这就像接受者也不妨从《包氏父子》文中读出底层生活的艰难，因为说到底"华威先生"是个怎样的形象与这个形象承载的文化内涵并非水火不容，甚至《阿Q正传》的研究史表明，当年争论不休的阿Q形象问题或许在文学领域还不啻一个"伪问题"。

原刊于《中文自学指导》1992年第3期，题为《〈华威先生〉：当代视界及其他》

如何着手研读赵树理

——以《邪不压正》为例

一

在 2005 年北京大学出版社版的《中国现当代文学学科概要》这本有意成为全国研究生专业教材的书里，专章讨论"鲁迅研究的历史与现状"之外，还有两章"重要作家研究述评"，一章是传统的"郭（沫若）茅（盾）巴（金）老（舍）曹（禺）"，另有一章基本属于 20 世纪 80 年代以来越来越热的作家——沈从文、张爱玲、艾青、穆旦、胡适、周作人、胡风。①这差不多已然完成的一轮经典化中，赵树理的名字再也看不到了，这是事情的主要方面。另一方面是最近几年来，随着左翼文学传统被重新强调、延安和十七年文学的研究渐趋复兴，赵树理作为代表性乃至方向性作家的重要性，又不时见之于论述；亦不难想见，在当下的学术语境中，"赵树理"和"现代性"之类关键词的连接，也开始诉诸笔端了。在我看来，无论如何评价、定位赵树理，作家赵树理首先是要拿来

---

① 温儒敏等：《中国现当代文学学科概要》，北京大学出版社 2005 年版。

读的，是在阅读之中存在的；然而，也恰恰在此基础性问题上，赵树理研究已经不那么"自然"，面临着诸多困难，从而有必要提出"如何着手研读赵树理"的问题。也许，只有真正对此了然于心了，高度肯定赵树理的价值、从赵树理那里获得启示，等等，才能比较的牢靠。

阅读赵树理小说的主要困难在于，我们一般的阅读图式似乎都不太适用。那几个笼统但有用的"读法"——故事、人物、环境、主题，大体能够说明这一点。先用"读故事"的读法试读《邪不压正》，你会发现它当然是有故事的，但却不像通常所以为的赵树理那样，直接按故事情节的起承转合来展开，也很难说有什么"曲折"或"奇观"的故事，倒是显得比较缓慢甚至啰唆。其次，"读人物"，那着实应验了竹内好的看法，[①] 赵树理和惯常的西洋小说很不相同，小说"第一主人公"有点难找。那些阅读现代小说所形成的习惯与定见：故事为人物服务；人物性格的丰富和成长，越充分、越曲折才越好，等等，假如被你拿来作为阅读尺度的话，那么，这部作品的格格不入是显然的，让你不适应以至不喜欢也很自然。问题是：这些年的研究对于我们的"不适应""不喜欢"也已有了一些结论，像伊恩·瓦特的《小说的兴起》和黄梅的《推敲"自我"》等都颇具说服力地证明，西洋小说的兴起与个人主义的兴起密切相关、相互生产，如果没有资本主义对"私我"的重视，也许

---

① 竹内好:《新颖的赵树理文学》，晓洁译，中国赵树理研究会编:《赵树理研究文集（下）——外国学者论赵树理》，中国文联出版公司 1998 年版。

笛福的小说就不会产生，而文学在"私我"的生产史上所起的作用怎么估量都不过分，因为人们往往在小说的阅读之中才充分体验到"自我"之重要性。① 更不用说现代主义小说对于"深度自我"的迷恋，我们 80 年代的文学比如"向内转""性格组合论"，矛盾、痛苦的"心灵的辩证法"之类，都是由此产生的一系列观念。这意味着，我们习以为常的阅读趣味，是与现代西式小说的阅读经验密切相关的。沿用那些标准来读《邪不压正》里的人物，你就会发现，人物性格是如此的单一，确实很是"扁平人物"。这就是赵树理小说人物的一个特点，你往往用一两个绰号似乎就能把他们概括掉了。于是，"人物"也没什么特别的。

还有一个路数的读法，是"读环境"。可是，你很快就会发现《邪不压正》里的小说"环境"、乡村的空间尽管非常重要，却相当缺乏具象式的描写——"风景描写"非常之少，或者说，形象上的具体性太不充分了。既然"故事情节""人物""环境"都不行，那剩下的看来就是"读主题"了：这是我们阅读文学作品时总要落实的一个环节。而有关赵树理小说的主题，已经有了许多论述和结论，仿佛不需要怎么具体细致地阅读文本就可以抵达。事实上，无论是多么肯定赵树理的，还是怎样轻视赵树理的，很多人、很多评论，多半是根据已有的、外在于小说文本的东西来推断的，这大概也不妨说是我粗浅阅读赵树理研究史的基本感受。简言之，我们读

---

① 伊恩·P.瓦特：《小说的兴起》，高原、董红均译，生活·读书·新知三联书店1992 年版；黄梅：《推敲"自我"》，生活·读书·新知三联书店 2003 年版。

赵树理，却没有读赵树理的"读法"。这样的状况，实际上已经存在不少年头了；或者我们有一些"读法"，但是，一般的小说读法在阅读赵树理时意义不大，甚至所起的作用正好相反。这当然不是说赵树理的小说读不懂、读不通，而是人们总是觉得自己读出来的东西，对于阐明赵树理的价值和贡献而言，效用相当有限。

对此，当然要反省我们的阅读图式。为什么只有西洋小说般对"深度自我"的迷恋，我们才觉得有意义？那是因为我们自己的审美感受已经非常西洋化了。所以，和赵树理的小说接不上榫头，也是很自然的事。这样，一种双面性的态度显得尤其必要：一方面，坦承我们"不适应"、自己"不喜欢"总要比"鸵鸟政策"强；另一方面，不能对"不适应""不喜欢"听之任之，需要对我们的"自我"有真切反省。因此，我们要通过赵树理的阅读来测试自己阅读趣味的边界，并由此反省这背后的艺术观和价值观，为什么今天又激发起重新阅读赵树理的热情？那是因为我们对"自我"的"今天"不满足、不满意，我们希望从中国革命和左翼文学实践里寻找到一些潜在的可能性。同时，假如左翼文学和中国革命把什么问题都解决了的话，我们今天还怎么可能有不满呢？所以，这"反省"又不是兜底转的"照单全收"，不是"理解的要执行，不理解的也要执行"以为赵树理那里什么都有、什么都好，而是在阅读赵树理的过程中，借机发现"可能性"与"不可能性"的因素，而且多半可能是零散化的、碎片式的因素。就此而言，阅读其实变成了非常艰难的事情：要拿一个"靠不住"的自己来面对一个"未完成"的对象，这在我看来，既是阅读赵树理的根本困难，也是阅读赵树理的基本态度。在这个意义上，阅读赵树理可能并不很愉快，因为阅读态度和方式很难是欣赏式的，而往往是研究式的。

<h1 style="text-align:center">二</h1>

话说回来，我还是相信，中国的特别是当时的农民还是会喜欢赵树理小说的。日本学者千野拓政曾经撰文指出，《狂人日记》之所以是中国现代小说的开山之作，是因为鲁迅写作《狂人日记》时所预设的阅读氛围发生了重大变化，《狂人日记》想象其读者是在一个幽闭空间里独自阅读。① 由此而论，如果说赵树理和现代西式小说又有巨大转变的话，那他对于那种文学的阅读预设不满是头等重要的。赵树理有意识地把小说写成现在这个样子，因为他希望自己的小说能进"文摊"，② 他对于读者的期待、尤其是阅读方式的期待，确实有重大的调整。按赵树理的说法，他的小说是给农村里识字的人读的；更重要的是，他希望识字的人读了之后说给那些不识字的人听。因此，赵树理小说和"书面文学"传统是一种若即若离的关系，他希望自己的作品可以口传。所以，语言问题一直是赵树理研究的重要方面。周扬曾经指出，赵树理的语言不仅在对话、而

---

① 千野拓政：《文学感受现代的瞬间——现代文学在中国的诞生》，陈子善等编：《丽娃河畔论文学》，华东师范大学出版社 2006 年版。

② 李普：《赵树理印象记》，《长江文艺》1949 年 6 月第 1 卷第 1 期。

且在叙述中也符合农民的习惯；并且，他并不用标签式的方言，而是用标准的现代汉语，通过某种独特的组合方式来表现出"本色"意味。① 问题是，其一，我们今天的相关论述能比周扬推进多少？其二，赵树理的语言是不是今天文学语言的方向，现在的小说是否要采用这样的语言？类似的问题都还有待讨论。另一方面，在某种意义上，《邪不压正》似乎还提供了某种反例，文本中还是使用了一些方言的，比如第一章里"顾住顾不住"后马上用一个括号说明"就是说能顾了家不能"。② 这个括号比较明显地看出叙述者的存在了，同时也表明，赵树理的预设读者未必都是他所说的农民。

这就说到了叙述的层面。我们知道，某种程度上，叙述学的发达是为了给现代实验小说提供合法性，当然，从技术角度看，叙述学也为小说的阅读提供了重要手段和方法。不过，赵树理的小说好像就是要打破叙述学所概括的复杂流程：作者—隐含作者—叙述者—文本—隐含读者—读者，赵树理的小说简洁明快：他试图把"作者"和"隐含作者""隐含读者"和"读者"合一。但这并不意味着他的小说没有叙述方面的讲究。例如，现代小说关于"故事"和"情节"的区分，在《邪不压正》中还是比较显著的。赵树理自己对于这篇小说有过一个创作谈，为了回应《人民日报》上的六篇

---

① 周扬：《论赵树理的创作》，《解放日报》1946 年 8 月 26 日。

② 《邪不压正》，原载于《人民日报》1948 年 10 月 13、16、19、22 日，同年由冀南和太岳新华书店出版单行本。本文引用版本为《赵树理全集》第 1 卷，北岳文艺出版社 1986 年版。以下皆同，不另注。

批评文章。其中说到，他写《邪不压正》的意图是"想写出当时当地的土改全部过程中的经验教训，使土改中的干部和群众读了知所趋避"。① 这段话非常重要："土改中的干部和群众"是赵树理的预设读者，并且他是要写出土改"全部"过程中的"经验教训"，这个野心还是很大的。那么，《邪不压正》的客观效果与主观愿望相差多远？赵树理对此是否自觉？我个人的看法是，他略有所知。赵树理自觉不自觉地以"配合"这样的概念，标明了自己的小说和官方文件之间的关系：他希望他的小说比"文件"更清楚更具体，但他又知道小说无法取代"文件"。也正是对自己作品和文件之间差别的认识，造就了赵树理作为一个叙述者的态度选择：他的主体位置类似于"翻译者"或者说 agent，一方面，他很自觉地配合"文件"，另一方面，赵树理又自信自己更容易为农民接受。

　　赵树理回应《邪不压正》的批评里还有一段重要的话。当时有论者批评说，既然小宝和软英是主要人物，就应该让人物更清晰地"站出来"，而小说中软英的"阶级代表性"却是可疑的。依我个人的观点，"阶级"在赵树理小说里恰恰是一个暧昧的问题，这个下文细说，还是先回到赵树理自己的答辩。他说之所以套进去个恋爱故事，"是因为想在行文上讨一点巧"，防止公式化，用一个恋爱故事把一系列政治事件和土改工作串联起来，"使我预期中的重要读者对象，从读这一恋爱故事中，对那个阶段的土改工作和参加工作

---

① 赵树理：《关于〈邪不压正〉》，洪子诚编：《二十世纪中国小说理论资料》（第五卷），北京大学出版社 1997 年版。

的人都给以应有的爱憎"。小宝和软英并非《邪不压正》的主人公，赵树理故意没有给这两个人以"社会代表性"，软英"除与小宝有恋爱关系外，我没有准备叫她代表任何一方面"。

事实上，我阅读的一点突破正是从这个任何方面也不代表的软英那里起步的。请注意下面这段：

> 软英这时候，已经是二十岁的大闺女，遇事已经有点拿得稳了。她听她舅舅说明小旦的来意之后，就翻来覆去研究。

这是在小说的第三节，这里颇为重要的是强调软英"已经是二十岁的大闺女"。绝大多数土改小说有"公式化"倾向，赵树理对此有很大的警惕。因此，赵树理特别以自然年龄的增长作为人物性格变化的基本理由，这非常像贺桂梅在比较《李家庄的变迁》和《红旗谱》所观察到的，"赵树理将农民的革命思想表现为乡村内部的引爆"，而很少是"一种现代思想的'外来'输入"。① 小说结尾处又写道：

> 软英说："不用问我舅舅了，这话半句也不差，可惜没有从头说起，让我补一补吧：就是斗争了我爹那天晚

---

① 贺桂梅：《赵树理文学的现代性问题》，唐小兵编：《再解读（增订本）》，北京大学出版社 2007 年版。

上，小旦叔，不，小旦！我再不叫他叔叔了！小旦叫上我
舅舅到了我家，先叫我舅舅跟我爹说人家主任要叫你软英
嫁给人家孩子。说是要从下还可以要求回几亩地，不从的
话，就要说我爹受了人家刘家的金镯子。没收了刘家的金
镯子主任拿回去了——后来卖到银行谁不知道？那时候跟
我爹要起来，我爹给人家什么？我怕我爹吃亏，才给小旦
倒了一盅水，跟他说了那么一大堆诡话，大家说这算不算
自愿？他小旦天天哄人啦，也上我一回当吧！"

比较小说第一节软英和小宝的一处对话，那可真是天壤之别：

软英说："我说怎么样！你说怎么样？"小宝没法答
应。两个人脸对脸看了一大会，谁也不说什么。忽然软英
跟唱歌一样低低唱道："宝哥呀！还有二十七天呀！"唱
着唱着，眼泪骨碌碌就流下来了！小宝一直劝，软英只是
哭。就在这时候，金生在外边喊叫"小宝！小宝！"小宝
这时才觉着自己脸上也有热热的两道泪，赶紧擦，赶紧
擦，可是越擦越流，擦了很大一会。

也不知擦干了没有，因为外边叫得紧，也只得往外跑。这个情
境很像中国乡村的旧戏中的场景，也是小说中最抒情、最感伤的段
落。顺便一说，赵树理这样写，让人很不"过瘾"，但他认为这样

才"真实"。而聚焦于软英，谁都不难发现软英的变化，为什么有这么大的变化？自然年龄的增长以外，小说第四节的标题"这真是个说理的地方"道出了这个秘密。

特别关键的一点是"说理"。而有关于此，小说第一节中并非偶然地有这么一段：

> 小昌说："谁给他住长工还讨得了他的便宜？反正账是由人家算啦！金生你记得吧，那年我给他赶骡，骡子吃了三块钱药，不是还硬扣了我三块工钱？说什么理？势力就是理！"

"势力就是理"这最后一句，怎么重读都不过分：你可以衍生出诸如正义、政治的合法性、统治和治理的问题，等等。可惜这里无法展开这些主题。我想说的是，类似的段落，比如下面的：

> 二姨说："我早就想问又不好开口。我左思右想，大姐为甚么给软英找下刘忠那么个男人？人家前房的孩子已经十二三了，可该叫咱软英个甚么？难道光攀好家就不论人？听大姐夫这么一说，原来是强逼成的，那还说甚么？"

在小说文本中还真是很不少。贺桂梅认为，"空间"是赵树理小说的主体；而我读赵树理的《邪不压正》有一个直感，那就是人物在不断地说话，仿佛小说叙述者所起的最大作用就是把人物的话给串起来：通过人物的一系列言谈，小说叙述了下河村时间跨度长达三四年的土改运动，也是在许多人的许多话里，软英的变化及其场景、语境实实在在地呈现出来了。我觉得，这正是赵树理小说有意无意的深刻主题，并且与丁玲的小说作品如《夜》等有着惊人的对应性：中国革命的介入使得乡土中很多人的精神面貌、尤其是对自己未来的预期，都发生了巨大改变——从怨命、得过且过，转变到去"说理的地方"伸张自己的权利。在这个意义上，赵树理试图正面处理的问题与小说实际效果之间的差距，恰恰就是"文件"与"文学"之间的差距："文件"要把土改搞好，侧重的是经济、制度等层面问题的解决，而赵树理看起来是要配合"文件"，意图也是为了写出经验教训，但是反对"公式化"的自觉，实际上使他有意无意地更多偏向于群众精神状态的关注，而这正是"文学"大显身手的着力点。

回到赵树理的创作谈，比较有意思的一点是，他说这个恋爱故事是"当作一条绳子来用"，把"要说明的事情挂在它身上，可又不把它作为主要部分"。看来作家技术性、工具性的考量，在文本实际中所起的效用，往往是作家无法意料更无法掌控的。《邪不压正》的特别之处在于，赵树理并不希望"软英"这个形象非常突出，而削弱了人们对小说人物"群像"的注意力。竹内好对此有很多精当的论述：赵树理小说强调的是一种氛围，一方面可以表现人物的成长，另一方面又不能让人物脱离他生长的环境。事实上，在当代中国主流作品中，正面主人公如何避免个人英雄主义，一直是相当困难的问题，既要让主人公成为"英雄"又要使之成为"群众"之一员。赵树理这里的方式很彻底：不以核心人物的塑造为着力点；他的操作方式是以故事为核心；而其作品的效果则是，故事之外更有"环境"的存在；"环境"在赵树理手里既是"空"的，又是"实"的。所谓"空"是指赵树理的小说很少直接描写环境。柄谷行人告诉我们，农民是不会感觉到自己家乡有"风景"的，同样，赵树理笔下的"自然村"里也很少有西洋小说中的"肖像描写"。但是，小说中的"话"却使得环境"实"起来：通过这些话语，带出村庄的每一个时刻的"情境"；"话"的背后又总是存在着说话人，这样，"人"的存在也通过言说被揭示出来了。因此我要说，是"话"，是言谈，构成了赵树理小说的主体，是赵树理小说的"主角"。这也就不难理解，赵树理的小说存在着一种舞台感，这与他所受的旧戏的影响和传统小说的影响分不开。

三

现在，就要读到赵树理小说中的"阶级"等问题了。一方面，如前所述，赵树理显然站在中国革命一边，因为革命不仅让底层百姓获得土地改革的成果，而且带来了他们精神面貌的变化。同时，阶级话语带来的是对"为非作歹"者的惩治，这一点也是赵树理非常认同的。然而，赵树理的作品又隐约让我们感觉到其乡土社会的理解和逻辑，同"阶级"话语之间又并不完全重合。这里牵涉一个非常复杂的问题。简单地说，阶级话语是发动革命的核心话语。但是，革命成功了之后，后果却是两方面的：一是"恶人"倒霉，二是"老实人"仍然吃亏。在这个意义上，赵树理的立场带着"乡土本分人"的色彩，这一立场恰恰是中国农民的绝大多数。然而，还是有个问题没有解决：革命靠这批老实本分人又还很难搞起来。因此，赵树理的小说并没有避讳"暴力"的问题：

> 二姨说："我这三个多月没有来，下河变成个什么样子了？"大家都说"好多了"安发说："总不受鬼子的气了！"金生说"刘锡元也再不得厉害了！"二姨的丈夫接着说："你舅舅也不住窟窿房子了！"二姨问："刘锡元是怎么死的？是不是大家把他打死了？"金生说"打倒没人打他，区上高工作员不叫打，倒是气死了的！"

根据后面的文本，终究也还是"打"了的：

> 那老家伙发了急，说"不凭账本就是不说理！"一个"不说理"把大家顶火了，不知道谁说了声打，大家一轰就把老家伙拖倒。小昌给他抹了一嘴屎，高工作员上去抱住他不让打，大家才算拉倒。会场又稳下来，小昌指着老家伙的鼻子说："刘锡元！这理非叫你说清不可！你逼着

大家卖了房、卖了地、饿死了人、卖了孩子……如今跟你算算账，你还说大家不说理。到底是谁不说理？"……没想到开了斗争会以后，第三天他就死了！有人说是气死的，有人说是喝土死的。安发说："不论是怎么死的吧，反正是死了，再不得厉害了！"

这里，起码有三点值得注意。一是，《邪不压正》虽不讳言暴力，但与《暴风骤雨》的正面描写不同，赵树理是有意无意地在众人"话"来"话"去间涉及的，而党的领导"不叫打""不让打"，是小昌这样的人"给他抹了一嘴屎"，况且最关键的，刘锡元怎么死的？众说纷纭，却肯定不是直接被打死。第二，逼着大家卖房卖孩子的刘锡元死了，"再不得厉害了！"让安分守己的老实人重复着、兴奋着，这表明，即使有暴力，也是"以革命的暴力对抗反革命的暴力"，暴力的正当性很有铺垫、无可置疑。第三，即使有暴力，暴力也不是革命的主角，刘锡元恰恰因为一句"不说理"才招致了暴力，那是咎由自取，由此也足以表明，土改整个还是一"说理"的事：首先要有"理"，关键还得"说"。请看这一段：

安发说："那老家伙真有两下子！要不是元孩跟小昌，我看谁也说不住他。"……金生说："……刘锡元那老家伙，谁也说不过他，有五六个先发言都叫他说得没有话说。"

后来元孩急了，就说："说我的吧？"刘锡元说："说你的
就说你的，我只凭良心说话！你是我二十年的老伙计，你
使钱我让利，你借粮我让价，年年的工钱只有长支没有短
欠！翻开账叫大家看，看看是谁沾谁的光？我跟你有什
么问题？……"元孩说："我也不懂良心，我也认不得账
本，我是个雇汉，只会说个老直理：这二十年我没有下过
工，我每天做是甚？你每天做是甚？我吃是甚？你吃是
甚？我落了些甚？你落些甚？我给你打下粮食叫你吃，叫
你吃上算我的账，年年把我算光！这就是我沾你的光！凭
你的良心！我给你当这二十年老牛，就该落一笔祖祖辈辈
还不起的账？呸！把你的良心收起！照你那样说我还得补
你……"他这么一说，才给大家点开路，……

地主、资本家也是"说理"的，算"小账"你还算不过他们。
元孩们的厉害在于，从"结果"算起，不纠缠于细枝末节，算"大
账"。麻烦的是，听完了这番话，二姨却还是执著于"小账"地问
"那账怎么算？"——没有阶级意识啊！与老实本分的二姨们不同，
小昌这些乡土社会中的"能干人"能说会道，是革命发起阶段的积
极参与者，我们不能简单地说他们"混进"了革命，相反，"阶级"
意识最先能询唤的正是他们。赵树理对此有深刻的认识。中国乡土
原本有"礼"，尽管只是形式上的伦理，所以刘锡元才敢说"理"；
但是，中国革命之所以会在乡土发生，乃是由于传统的乡土伦理已

经是表面文章。可问题在于，革命发动尤其是成功了之后，也还是小昌这些人获利最多。他们私心大、流氓气重、人数多的话，那么就形成了既得利益集团，就构成革命后的新的压迫。这虽然是中国历代乡土变革的自然结果和逻辑事实，但是，这显然违背了中国革命的庄严承诺，也是赵树理当然不能接受的。一句话，这就是赵树理问题小说的核心问题：他承认革命带来的环境变化和农民精神面貌的擢升，然而，他更纠结于新的局面。

另一方面，赵树理在《邪不压正》里并没有把"本分人"理想化。赵树理选择王聚财这个中农作为视角的出发点，而不是典型的"本分人"：聚财也有一个小算盘，总想"看看再说"，就如软英说的，前怕狼后怕虎，不忍心失去苦心得来的田地。在这个意义上，赵树理还是认同毛泽东的那句名言，重要的还是教育农民。在这个关键的问题上，即使农民是为了自己的利益，也还是需要加强自我教育。

接下来的一个问题是"乡村民主"。可能已经有人注意到了这一段：

> 第二天开了群众大会，是小昌的主席。开会以后，先讲了一遍挤封建和填平补齐的话，接着就叫大家提户。村里群众早有经验，知道已经是布置好了的，来大会上提出不过是个样子，因此都等着积极分子提，自己都不说话。

而且据此准备批判所谓的"假民主"。这当然也不无道理，但是，我的读法是还得继续看赵树理接着怎么写，尤其不能忘记第四节的标题："这真是个说理的地方"。

> 小宝还没有坐下，小昌就又站起来抢着说："明明是'自愿'，怎么能说我是'强迫'？"元孩指着小昌说："你怎么一直不守规矩？该你说啦？等软英说了你再说！坐下！"小昌又坐下了。聚财悄悄跟安发说："这个会倒有点规矩！"安发点了点头。……他（聚财）说："我活了五十四岁了，才算见小旦说过这么一回老实话！这真是个说理的地方！"他说了这么两句话，一肚子闷气都散了，就舒舒服服坐下去休息，也再没有想到怕他们报复。

在这里，连聚财这样的人"也再没有想到怕他们报复"，赵树理略带揶揄的善意是非常明白的，而且由王聚财的嘴说出了"这真是个说理的地方"！我觉得，聚财的变化和软英等的成长叠加在一起，极大地深化了中国乡土新主体诞生的主题；你与其忙着去甄别民主的真假，还不如先看赵树理从土改的乡村民主中发现了些什么。

固然，这些个"什么"如我前文所述，既有"可能性"，也有"不可能性"，而且都是零散化的、碎片式的存在。如果说本文选择《邪不压正》为例作为起始，多半是出于偶然，那么这一番研读之后，自己的收获却还颇为实在：

如何着手研读赵树理？拿"靠不住"的自己真实地面对"未完成"的赵树理，一句句、一篇篇，认真地、扎实地读。为什么研读出来的，既是些"大问题"又是些"小碎片"？这是赵树理写法的问题，还是我们的读法的问题？答案，也应该是在继续不断地认真扎实地研读之中。

原刊于《文学评论》2009 年第 5 期

"朝向伪诈的幸福的大胆的道路"

——维尔哈伦《城市》之"阅读"

我们的联合课程迄今还未讲过诗歌。这让许多同学觉得不够圆满。其实，我并不是担当此任的合适人选。之所以选出维尔哈伦的《城市》来讲，跟我已经做了七八年的中学语文教科书的编撰工作有关：当时，我们的高中语文教材里谋划了一个人文主题为"城市与乡村"的单元，从语文目标着眼，需要选配一首有一定长度的外国现代诗；这方面我是门外汉，后来，好不容易从《外国现代派作品选》这本 20 世纪 80 年代的文学"圣经"里，发现了维尔哈伦，发现了这首《城市》。今天要讲的内容大多属于老生常谈：因为我讲的，只是自己第一次认认真真阅读一首诗的经验——显然更多是教训，怎么人到四十，文学也算读过博士了，才第一次认真读首诗？还好，亡羊补牢，总算有了个开始：这要感谢教科书的编撰，因为给中学生和中学教师用的语文教材，必须讲求真正地读懂、读通，乃至一字一句地读透。

事实上，拿到一篇文学作品，在读完一两遍之后，能不带玄虚地讲个一清二楚：这文本写的是什么？是怎么写的？精彩与否？哪里出彩？等等，应该是从事文学研究的基本功。可是我敢说，不仅你们不少同学自觉欠缺这功夫，而且，出色的文本解读能力，也正是文学研究界普遍匮乏的；同时，最基本的东西往往最不容易培养，甚至，能不能教授也会成问题。我们今天就一起来试一试。

刚才我用了"解读"的说法，实际上，我更愿意换个概念，就叫"阅读"。"阅读"，非常朴素，却在那本《文化理论关键词》里，被列作当代学术的关键词。当然，作者丹尼·卡瓦拉罗开宗明义说了，"对阅读这一概念的重新界定，是批判及文化理论在语言和阐释领域最重要的贡献之一。阅读日益被看作是一个普遍的文化现象，而不单单指我们细读书面文本时所投入的一项活动"。而我认为，"阅读"的基本含义，也就是读一篇书面的文稿，对着它读，读懂它的意思，读出它的好，读到它的深度——还是"阅读"这个概念的核心所在。这样的"阅读"，不等于"欣赏"或者"鉴赏"，在很大程度上，更要与"阐释"做区分。因为"阐释"在人文研究界流行太久了：这种"阐释"其实是"借别人的文本，浇自己心中块垒"，用罗兰·巴特在《文本的快乐》里的话来说，这样的阐释法是连和文本"调情"也不愿意，就自说自话地自我满足去了。我觉得，这样的读者，潜意识里一定自以为比文本高明，否则，不充分打开文本，他为什么就可以说上了许多？事实上，他很容易出现两种毛病：要么是陈词滥调，比如，五六十年代讲解古代诗文，总会归结到两点，一对劳动人民同情热爱，二对地主阶级揭露批判——诸位不要笑，其实，最近二三十年，大家往往只是把归结点换了——从"人性"到"国民性"到"现代性"——而已，还不是五十步笑百步?！要么是过度阐释，所谓"过度阐释"就是拎出个文本的某一局部来大肆发挥，越说越来劲，越说越抽象，而罔顾其余，甚至，连文本中明显同他的阐释不相容的地方也不管，继续自顾自，越说越得意。我判断"过度"与否的标准？就是看阅读或阐释能否有效"穿越文本"。此话怎讲？这听起来有点玄，其实不复杂，简单说：就像考据学有所谓"孤证不立"一样，一个好的文本总是完整的，总有内在的"文本肌理"存焉，而行之有效的阅读，总是把握到该文本不止一个"关键点"，总是因应并光大了该文本的"形式机理"；换言之，假如某种头头是道只能对文本的一个点滔滔不绝，而找不到其他与之呼应的文本依据，或找是找了，却听着就牵强，那么，一定不是到位的"阅读"，而只是"阐释"，且还是"过度"的。当然，也有一种可能性，"失之东隅，收之桑榆"，那些好的"阐释"，哪怕是"过度"的，会因其自身的重大发明，在学术上、在思想上、在社会效应上，价值甚高乃至居功至伟：这可是另外的话题了。

这些概念上、理论上的问题我们有机会再说。先赶紧将《城市》读起来如何？怎么读？我想到了沈从文先生当年在西南联大教写作课的一个说法，"贴着写"，对，我们"贴着读"：贴着维尔哈伦的诗歌文本读，更准确地说，我们是贴着艾青先生的译本读。诗歌能否翻译，这是个争论很多的问题。从我找到的《城市》的不同译本来看，的确，诗意相差很大。比较起来，毕竟艾青自己也是诗人，而他又是维尔哈伦的"粉丝"，所以，大家手头的艾青这个译本虽还不是十分满意，却已算是高出一截的。

《城市》的基本内容并不复杂，总体上非常写实，所描写的城市估计也有所实指；诗中空间感很具体明确，时间感或说时代感也很显著：这是个 19 世纪末的城市，典型的农业文明和工业文明交替时期的那种面貌和味道；如此讲来，这首诗又可说具备颇强的象征意蕴了。课前我的预设是，大家都已经看过和读过这首诗："看过"就是用眼睛看了、浏览了，而"读过"，是我期待你们有人出声朗读过——这首诗非常适合朗读，谁真用心读进去了，甚至是会情不自禁地读出声来的；换句话说，朗读可以检验你我究竟读得怎么样。所以，这课最后结束前，我们一起来个好玩的，也重温一下小时候经常被要求的：朗读课文。

显然，这首诗之于在座诸位，要是真的认认真真读了，"调情"过了，阅读和理解并没有什么困难吧。因此，我们下面要做的事，与其说是讲解这首诗，挖掘作者的深刻思想、微言大义，就不如说是，我带着大家一起回想、反思我们为什么读懂了；而之所以要回顾、还原我们对《城市》的阅读过程，是为了把我们已经"默会"的诗歌阅读方法给进一步"显形""明言"，是为了今后遇到不管什么难度大得多的诗作时，我们不再畏惧，不再意兴全无，也不再束手无策，而能认真地读起来，终于，总归能比原先读得好多了。

在我看来，比较浅层次地读懂作品应该把握两个基础目标，一是基本内涵，一是情感基调。这首诗的基本内涵或基本内容刚才已经提过了。那么，情感基调呢——所谓情感基调，极端地说，就是作品渗透的情感是正面还是负面？而这首诗也不难看出来：就是爱恨交加，就是正负两面都有。现在，我们要回顾、还原的首个问题是：你是怎么读出来的？换个学术一点的表述则是，读者的第一反应，你我的阅读初感，由文本中的什么东西所给予？是的，答案也不难：首先来自诗中那些感情色彩明显的词语，比如"可怕""恐怖""狂乱""憎恶""烦忧""虚伪""垂死""骸骨"与"骷髅"，等等，当然，还有"金色辉煌""广阔的希冀""祈愿""荣华""热烈的虔诚"等正面的词语。这些语词对你初步领会这首诗的情感基调，价值不可估量，正是从这些词义的褒贬之中我们直觉到诗歌原初的情感体验。更进一步，你可能还发现了一个有意思的问题：那些明显的褒义词多半在诗歌后半部分才出现，不过，诗中那种爱恨交加的情感态度，确乎在阅读之初就有感觉了，这是为什么？

索性，我们还是老老实实从头读起。

"一切的路都朝向城市去"：单独一句，就是第一节。这句话对这首《城市》来说，势必很关键，眼下显然没到能说清楚的时候。

读第二节："从浓雾的深处／那边，带着它所有的层次／和它所有的大的梯级／和一直到天上的／层次和梯级的运转，朝向最高的层次／它梦似地出现着。"第一，我要说"浓雾"，这是写实，"浓雾"既是自然现象，又更是工业文明的结果，让人想到从前很著名的"雾都"伦敦。其次，要提请注意方位词"那边"，貌似普通，却是诗中很有意思、也很重要的东西。先提出来，按下不表。我们试着来透彻地说说"梦"——这个字眼也非常关键。"梦"，总是令人浮想联翩，美梦？噩梦？幻梦？我们知道好莱坞叫"梦工厂"，而人们常说现代文明创造出的一切，对传统社会而言就像不可思议的梦：这大约就是诗人维尔哈伦面对城市时，在这首诗里最初有的那种感觉，既像在做梦、在梦中一样，又有点像是大梦初醒。另一方面，"梦"在此很大程度上还属于写实，这要读出来反而有点难：其实，诗人是从"浓雾"深处看城市，而"梦"的意思之一，不正是"朦胧模糊"？真是一个"梦"字，味道全出啊。最后，你不能不看到，那许多"大词"——"所有的""大的""一直到天上的""最高的"。要言之，这开头第二节，就已很好地写出了城市的基本形象和诗人对城市的基本感受：城市，是一个巨大的雄伟之物，给人以强烈而奇异的震惊之感，"它梦似地出现着"！

"那边 / 是些跳跃的，凭空跨过的 / 铁骨编成的桥梁；/ 是些为神怪的雕像所制御着的 / 墙垒和圆柱；/ 是些郊外的钟楼，/ 是些屋顶与屋脊的尖角——/ 像止住了的飞翔，在房屋之上；/ 这是像触手般扩展的城市，/ 站着在 / 土地与原野的边际"：这是第三节。我们从"郊外"读起，"郊外"一般指郊区，城市外围的周边地区，而"郊外"在这首诗里却是"郊区之外"的涵义，指城市中心所在。这就很有意思了，我觉得，有个更重要的词，可以拿来作类比："自然"。什么是"自然"？仿佛当然是大地、森林、草原等大自然；可你当真想想，对于现代城市人而言，他"自然"的生活环境究竟是什么？其实，是钢筋水泥的森林！这意味着，是高楼大厦才是城市人从小耳濡目染的"自然"；而恰恰只有在受了教育之后，书本知识才会让他记住，大地、森林、草原等方为原初的大自然。因此，张爱玲有段话很妙地道出了现代人的心声："像我们这样生长在都市文化中的人，总是先看见海的图画，再看见海；先读到爱情小说，后知道爱。我们对于生活的体会往往是第二轮的。"不过，与其说是"第二轮"，毋宁说是柄谷行人的著名概念："颠倒"。这首诗里，"郊外"这个词和通常的理解相悖谬，意义"颠倒"了，的确十分关键，而且，这是和"那边"完全呼应的：不仅是这节开头的"那边"，且还是刚按下不表及诗中其他地方的"那边"。为什么是"那边"而不是"这边"？为什么很普通的"那边"在这首诗里很重要？回答是，因为写这首《城市》的维尔哈伦立足的观察点还是乡村，他是站在乡土的视点上开始描写城市的；在象征的层面上，"那边""郊外"表明了，诗人的立足点乃至基本立场，是乡土的农业文明。——这，当然对这首诗的"阅读"很重要。

当然，你也可以说这已属于某种"阐释"了。不过我以为，这正是一个例子，有助于弄明白"阅读"和我所谓"阐释"的区别。好的阅读，总有文本依据，而且"孤证不立"，作为证据的"文本关键点"，总是连续地、草蛇灰线地，形构了"文本肌理"。不错，都看出来了吧：全诗劈头一句"一切的路都朝向城市去"，尤其那个"去"，便也是和"那边""郊外"一脉相承、一以贯之。事实上，类似这样的，我们还会不断有发现。眼下的新问题是，我们读出来维尔哈伦的基本立场是乡土文明，我们又早已经读出来这诗对城市的情感是爱恨交加、正负两面都有：这二者是否矛盾？不矛盾，理由是什么？我想，可以借"像止住了的飞翔"这个比喻来还原出你我的道理：因为"飞翔"给人直觉到一种动感，而"止住的飞翔"变动为静，作为喻体来形容本体"屋顶与屋脊的尖角"，实质上达到了化静为动的效果；这样，动静结合之中，有内在的震撼乃至欢悦跳动在字里行间；事实上，这种动感也不孤立，仅第三节就还有"跳跃"和"凭空跨过"——这就是说，维尔哈伦立足的视点在乡村，却并不排斥他观察城市的眼神且惊且喜。所以呀，正像诗中几乎每个实词都不妨读成为意象，诗中的比喻句是必须多加关注的：为了不让精彩的比喻轻易滑过，我们一定要在本体和喻体之间反复往返、互动接合，既在认知上将诗句所描绘的画面还原呈现，又在情感上把比喻句、画面感背后的蕴味体会充分。"屋顶与屋脊的尖角——像止住了的飞翔，在房屋之上"：有没有让你想起那些欧式风情的建筑？比如上海著名的马勒别墅，就在陕西路和延安路交界处，你们真应该去看一看；而究竟怎么个"像止住了的飞翔"，还要想象自己比如是在热气球上动态观察，体味才能更深。

应该加快点阅读速度了。貌似，详前略后一直是讲课的某种传统，一来前头时间总是充分的，二来，如果前面把重要问题讲透了，后面的，即使未必能承前省略，却常常还可以互文参见。下面四、五、六节我们一起说。它们在诗中也的确是个整体，因为，假设诗人是位摄像师的话，他在第二、三节既"震惊"又"闷骚"地仰拍、扫视了城市的高楼大厦、桥梁、钟楼等景观以后，第四节——"赤红的光 / 煽动在 / 电杆和支柱之上，/ 就在午时，依然 /

像金色的可怕的鸡蛋般燃灼着，/ 辉耀的太阳瞧不见了：/ 那发光的嘴，已被 / 煤灰和黑烟蒙住"：吸引眼球地给出了一个特写镜头；而紧接着，"一道沥青与石油的河流 / 冲击着木的浮桥和石的长堤；/ 放肆的汽笛，从驶过的船只上 / 在浓雾里叫出了恐怖：/ 一盏绿色的警灯 / 是它们的 / 朝向海洋与空阔的瞻望"：又是一段跟拍；跟拍到哪里了呢？则是第六节，作为城市枢纽的港口码头、火车站："那些码头在沉重的榻车的冲击里鸣响着，/ 那些重载的车辆门钮似地轧轹着 / 那些铁的秤机堕下了黑暗的立体 / 又把它们滑进了燃火的地窖；/ 那些桥梁从中间打开着，/ 在那些竖立着灰暗的十字架的繁杂的支柱 / 和那些记录着万物的铜字之间，/ 无边际地，跨越着 / 成千的屋顶，成千的檐角，成千的墙垣，/ 相对着，像在斗争似的。/ 在它的上面，马车过去，车轮闪着，/ 列车在驰，急疾地飞过，/ 一直到车站，停着成千 / 不动的机头，像一个金色辉煌的殿额。/ 那些错杂的铁轨 / 向隧道和喷烟的洞穴爬到地底去——/ 为的再出现在喧嚣与尘埃里的 / 明亮而闪光的铁路网上。"

这里有三点值得一并提出。一是"午时"一词彰显了这首诗的一条内在线索，假如前文的"浓雾"在你读来还比较隐秘的话：其实，所有文章都有线索，最简单就是时间线索，而最简单的往往也是最基本甚或最根本的。二是"鸡蛋"这个意象，是不是有点惹眼，有点怪？这首诗写在 1895 年，抒写城市的诗还远没有被都市意象所覆盖，相反，自然的、乡土的意象会同工业的、城市的意象交错出现，这表明诗人想象的预设读者多半是更熟悉传统社会和乡村生活的同时代人。你们不妨再找些传统意象，来多加体会这首诗的时代感，尤其是两种文明过渡期的力量对比及交替。三是诗歌节奏的变化和诗人情绪的拿捏。刚才以"摄像"来打比方讲这首诗视觉呈现的特点和变化，实际上，诗中这一切都非得通过语言才能表现。比较好讲的例子是，第六节，"那些……那些……那些……"和"成千的……成千的……成千的……"，排比的使用不仅表明这是比较快的镜头，也显示诗人的情绪变得激越，便是你我阅读时，也会不由自主地加快节奏；而在这两者中间，诗歌的节奏自又慢了下来；这样，有张有弛，诗人爱恨交加的情感一直饱满而均衡地向前涌动着，直至"这是像触手般扩展的城市"高调地再次出现，并单独构成第七节，这首诗的第一乐章也告结束。

　　"一切的路都朝向城市去"和"这是像触手般扩展的城市"，都是独句成节，很抢眼，一般可以称之为主题句。而这两诗句之间微妙的差异和张力，你们一定已经关注到吧？这是个好问题，值得我们慢慢琢磨起来。当下，我们要搞清楚的是：这首《城市》的第二乐章从第八节开始，那到哪儿结束？嗯，有说第十节，也有说第十一节，在我看来，都对，都可以：诗无达诂，切分段落更不必强求标准答案，就像前面你也可以认为，诗中的第一句话第一诗节，就独立构成了诗歌的第一部分。当然了，这些看法其实是有大同存小异，换句话说，"诗无达诂"事实上并非意味着"怎么都行"。因为，如果说第一乐章主要着墨于"城市"，那么，第二乐章就重点在于"城市人"；如果说第一乐章重点活动在城市的工业区及交通枢纽，那么，第二乐章就将主要场景转移到了城市金融商贸区或生活区：这些都是明摆着的。同时，如果你们认可，诗歌前半部有对城市相当到位的捕捉和把握，那么我想接着说，维尔哈伦关于城市人的认知水准甚至更了得。如若不信，我们加速浏览并串讲。

"街道——和它那些像被电线／结住在纪念碑四周的激浪——／长长地交织地消逝着，出现着；／而它的那不可计数的群众"，第八节引人注目地出现了"街道"和"群众"，是怎样的大街上的人群呢？"——狂乱的手，激动的步伐呀——／眼里储满着憎恶，用牙齿在攫取那越过他们的时刻。／在黎明，在黄昏，夜间，／在哄乱与争吵里，或是在烦忧里，／他们朝向命运，掷出／那时间所带来的他们的劳作之辛酸的种子。／而那些阴暗的忧郁的柜台／那些虚伪的不正的账房／那些打开着门的银行／就在他们的狂乱之风的吹打里"：在这里，"阶级"论者不难读出诗人对社会不公的愤懑与批判，"现代"论者也很可以阐释，维尔哈伦对城市人同"时间"之关系的深刻理解。同样第九节："外面，如烧着的敝衣，／一种混浊而赤红的光／闪闪反射地滞留着。／生活啊，已同着酒精的波涛发酵了。／那些小酒店在人行道旁打开着／它们的那些镜奁／映照着酩酊与争斗；／一个盲女靠着墙／卖着五个生丁一盒的火柴；／饕餮与饥饿在它们的巢穴里交合着，／而肉欲的苦闷之黑色的突击／在那些小弄里激越地跳踏着"；以及第十节："而色欲依然不绝地高涨着／而热狂呀变成骚动了：／人在燐光与金色的欢乐之搜求里／不相容地轧碎了；／女人们——苍白的宠妇呀／前进着，同着她们的头发之性的标记。/ 暗赭的煤色的大气呀 / 常常远着阳光伸向海，又撩起 / 于是像是从整个的哄乱 / 朝向光明掷去的巨大的叫喊：/ 广场呀，旅馆呀，商铺呀，市场呀，/ 这般强烈地叫嚣着激动着暴力 /——而垂死者们 / 却徒劳地在寻找着 / 应该瞑目的静寂的时刻。""现代"论者又更欣喜地读出了诗人对城市人欲望偾张状态的充分表现，"阶级"论者则也能以自己发现的文本关键点为依据，继续发挥社会批判的言路。

我更看重并要补充的是，其一，果然：这里果然出现了"黄昏"和"夜间"，且果然以"城市之夜"为书写重心；其二，依然：这里的镜头，依然既有快速移动，又有静态定格，这里的节奏，依然有疾有缓，一张一弛。而这些"果然"和"依然"，再次应验了我所谓"文本完整性"的论断：文本的这种完整、统一和有机，对于老到的写作者而言，是"默会"的顺势、顺手而为；对于有效"穿越文本"的阅读来说，则是必须考量、遵循的第一阅读法则。其三，维尔哈伦可谓领先：关于现代城市人的认识，当代中国小说迄今为止还没怎么超越"时间"和"欲望"这两关键词吧，《城市》中，"用牙齿在攫取那越过他们的时刻""人在燐光与金色的欢乐之搜求里"等诗句，却已将"时间""欲望"的裹挟和威逼驱使表现得入木三分；同样，关于当代社会不平等的认识，当下的"底层写作"也没有比对"那些虚伪的不正的账房"的揭批、对"饕餮与饥饿"两极分化的憎恶走出多远。其四，维尔哈伦也可谓周全：虽然"现代"或"阶级"论者都可以各取所需，从《城市》中构筑自己不同的阐释，但事实上，正像"他们朝向命运，掷出／那时间所带来的他们的劳作之辛酸的种子""于是像是从整个的哄乱／朝向光明掷去的巨大的叫喊"等所表征的那样，维尔哈伦对以城市为中心的现代和现代人，是一种复杂的态度和全面的批判。这意味着，你我的阅读也应该不偏不倚，而兼容"现代"和"阶级"论述。其五，不知你们同意与否，我的感觉里，诗人至此仿佛已经被"狂乱""哄乱""热狂"之类弄得十分焦灼不安，而情绪确乎郁积到了一个低谷，"垂死者们／却徒劳地在寻找着／应该瞑目的静寂的时刻"几句，真是写得非常狠，几乎要堕入悲观和绝望。

结果怎么样呢？于是，第十一节就变得意义特别重大了："这般的白日——同样，当着夜／用它的深黑的锤，刻画着苍穹，／城市在远处展开着而且制服了原野／有如一个深邃而又广阔的希冀；／它发长着：祈愿，荣华，烦愁；／它的光辉一直向天上升引出余力，／它的金色丛簇的煤气灯光闪射着，／它的铁轨是些／幸运与权力相伴着／朝向伪诈的幸福的大胆的道路；／它的那些墙壁像军队似地接连着／而从它那里还有迷雾浓烟／带着嘹亮的叫喊到达这些村野里来了。"我们看到，一方面，维尔哈伦以"城市在远处展开着而且制伏了原野"这样的诗句，再直白不过地道明了悲观和绝望的理由，是他看破了城市与乡村的力量对比越来越悬殊，而现代城市的降临使得来自乡土世界的人们永世不得安宁；另一方面，却未曾想："有如一个深邃而又广阔的希冀"，诗人又来了个"惊天大逆转"，好像他也看透了，之所以城市制服了原野，是因为城市更会激发人的欲望，城市是现代人自己身不由己的选择——"它发长着：祈愿，荣华，烦愁"！而我们还发现，这个时候，维尔哈伦心中的所思所想，已经不得不加一种新的表达方式才能说出所有了：这就是"议论"，现代诗、抒情诗中能不能有理性的议论？议论对于诗歌乃至整个文学来说是喜是忧？这又是个聚讼纷纭的题目。我的意见比较中庸，不议论不行，议论太多更不行，就像诗人这里的处理，一旦议论要过头，就马上收回到形象。因而我特别喜欢"用它的深黑的锤，刻画着苍穹"，甚至莫名地以为这是最有诗味的一句；我也很能理解"它的铁轨是些 / 幸运与权力相伴着 / 朝向伪诈的幸福的大胆的道路"这样的表达，因为这时，维尔哈伦的所思所想，确乎不以意义相反的语词的同时并置就不能表达："朝向伪诈的幸福的大胆的道路"，你说究竟应该怎么理解？貌似不是一时就能说明白吧，又貌似好像已经说得再明白不过了，是不是？不怕你们笑话，我后来才知道，这其实是西方诗艺中一种并不鲜见的表达程式："矛盾修辞法"。

就在矛盾修辞法登峰造极的运用之中，诗人带我们走到了第十二节："这是像触手般扩展的城市啊，/ 热烈的虔诚 / 和庄严的骸骨与骷髅啊。"这也是全诗的倒数第二节。当"这是像触手般扩展的城市"这个主题句第三次出现，并情不自禁加上了语气词"啊"，诗人的情绪显得激动不已。不过，由于对城市的认知已愈加深入，他实际上并不再像全诗开头那"梦"一样震惊。可是，维尔哈伦为什么还要再来一句"热烈的虔诚 / 和庄严的骸骨和骷髅啊"："骸骨"和"骷髅"，不仅如此骇人，且还同义反复地强调，尤其是，为什么又要意义仿佛相隔甚远的"庄严"来修饰？我的理解是，诗人这时更在意的是读者，因为，读者特别是同时代的读者，还很少像作者那样深刻领会过城市意味着什么，假如再不以最高的强度来提升他们的震惊指数，这首诗就没有机会了。所以，我编撰教材时在此留的思考题是："热烈的虔诚"与"庄严的骸骨和骷髅"的并置，是否使城市给你的震惊达到了巅峰？事实上，与其说这是个提问，不如说是一种询唤，而这大概也是维尔哈伦最想做的事情：他要通过这首《城市》，询唤乃至塑造有同他一样城市意识的读者——这样的读者，首要的，就是要读懂"庄严的骸骨和骷髅"！一起再回顾下你我的阅读过程吧，之所以我们很早就了解这首诗爱恨交加、正负杂陈的情感基调，其实，更是因为初次阅读时，"庄严的骸骨和骷髅"等形象性议论的笔触给我们泄了底；不过那时，我们即便知晓了结论，却未必能有当下这般的深刻体悟："时间"催逼，"欲望"发作，告别了传统乡土，来到现代的工业的城市；而且一去不复返，"时间"和"欲望"的双轮驱动，永无休止，其终点就只能是死亡，是"骸骨和骷髅"；况且不公不义，又更加剧两极分化，加速死亡之旅；这是现代人、城市人无可逃避的唯一真实，在这个意义上，死亡的"骸骨和骷髅"自有一种神圣的"庄严"；而且很大程度上，"庄严"，更是诗人对城市中现代人直面"骸骨和骷髅"的英雄主义姿态，所谓"向死而生"的期许和礼赞；可是啊，维尔哈伦又深知，无论怎么"庄严"，"骸骨和骷髅"毕竟是死亡……

所以，我要说，对于文学阅读而言，结论性的阐释固然不是不要紧，但是，阅读的过程尤其阅读过程中的体验，更不可以让渡：这既是针对上面这个例子，你说，最终的阐释是落定于"庄严"抑或"骸骨和骷髅"，还有那么重要吗？事实上，这更应该是我们如此认真阅读《城市》的一大收获。好了，我们终于来到了全诗最后的第十三节："而无数的道路从这里到无限地／朝向它去。"这是"一切的路都朝向城市去"这个主题句唯一的重复出现，却有了值得细读的变化：如果全诗开头的"一切"已显示了诗人果决的判断，那么，"从这里到无限地"就更是充分的展开与说明；如果起始的那句还主要是空间性的写实，那么，收束的这句则已将空间与时间都涵括在内；如果"一切的路都朝向城市去"定调了全篇，先声夺人，那么，"而无数的道路从这里到无限地／朝向它去"充满了象征，余音袅袅。这意味着，维尔哈伦的《城市》首尾呼应乃至回环往复，自始至终表现了诗人对城市的认知与情感不断深化的过程，而我们现在，也终于清楚了"一切的路都朝向城市去"这关键诗句的意义，先前遗留的另一个问题，同样迎刃而解了吧。两个主题句微妙的差异和张力？其实也不那么复杂：诗人的视点一直在乡村，立足点总体上也在乡土文明，因此，无论实在还是抽象的"路"，始终都是"从这里""朝向城市去"；而当诗人渐次深入到城市，他又不再愿意视城市为无关之物，或视自己为"他者"了，相反，即便城市"像触手般"，即便深刻了解"触手般扩展"的可怕，诗人还是要直呼城市为"这"而不是"那"——确乎"这"里面，不仅有近在咫尺的切身感，也还有迫在眉睫的危机感；所以，这两个主题句，既因为明显的差异而互补，更因为深刻的相通而互补，"合作共赢"，共同传达出维尔哈伦关于城市复杂而微妙的基本立场和价值认同，缺一不可也无可替代地，揭示了《城市》全诗的主题。

终于，我们终于读完了。你们有多少人是第一次这样认真阅读一首诗？有什么特别的感受和体会？又有哪些疑惑或不满意？我相信，你们大概会套用那个老话：感受和体会一定不少，疑惑与不满意甚至更多，而且，感受、体会、疑惑及不满意，往往还纠结在一起。好吧，我继续自说自话，自问自答以下几点，看看能不能回应你们此刻的所思所想，同时，也作为今天的小结和反思。

一、在阅读《城市》之初，你说，重要的不是讲解这首诗，而是还原我们的阅读过程，将"默会"的诗歌阅读方法给"显形"和"明言"。可是，我们刚才用力更猛的，貌似还是更多在解读啊。这是怎么回事？诗歌的读法方面，有哪些可以提炼、迁移的知识？

我的回答是——

的确，我们今天做的貌似更多还是解读《城市》这首诗，甚至不妨把话说得再尖锐一点，不少时候，我们的"阅读"也未必能清清楚楚区别于"阐释"或"鉴赏"：这显然表明前面强调的种种不同，要在实践中充分坐实，真是个难题。不过，在人文研究"阐释过剩"而思想观点严重重复的实际境况中，大力倡导"阅读"，依然有其价值和紧迫性，因为，只有认真有效的阅读，才能真正发挥文本的潜能，而只有提高阅读能力，才能促使"阐释"真正有所发明。

我依然有那么一点自信，即使今天做得还不够，但是，在"阅读"须充分考量"文本完整性"、须有效发现更多"文本关键点"、须形构并穿越"文本肌理"等方面，我们还是有创新、有启发的。事实上，在我看来，这些已经属于提炼出来的可以迁移的知识了：当然，还算不上诗歌独门的阅读方法，而毋宁是一切文学阅读的基础。

其次，有道是"授人以鱼，不如授人以渔"，我也一直心向往之。不过，直接授人以"渔"的可行性与有效性，颇值得怀疑：这就像前面说到的，对于文学阅读来说，结论重要，但阅读的过程和体验更重要。因为，大概只有在"授人以鱼""解剖麻雀"的具体环节中，才能"授人以渔"，才能更好地通达"普遍真理"。即如诗歌的读法，在阅读《城市》的过程中，事实上，今天也已经提炼"明言"了一些：比如，就像足球比赛的根本是往对方门里踢一样，"诗要一字一字地读"；"字字落实"，又不是傻看着诗行发呆，而是要在诸如比喻句的喻体和本体等关键语词之间"互动接合""想象还原"；比如，诗中几乎所有实词都是意象，要真正地吃透，就要在其词义和语境义之间往返摇摆、反复琢磨，就要尽量呈现画面感，尽力联想有通感；比如，诗中的重复，往往对解读是天赐良机，就要在其"同"中读出"异"、在"异"里看出"同"，等等。问题是，单单拈出这些来说，不仅味同嚼蜡，说了等于没有说，而且还不免让人不明就里。因此，文学的知识、诗歌的读法，大概就像盐已溶于水了，事实上，盐空口吃，既太咸，也很难吃进去。同样地，阅读过程的还原和文本的解读，其实是一张纸的两面，所以，前面不少地方，看起来进行着文本的讲解，实际上，也就是在想象性地还原你我的阅读，而且，越是解读的细微之处，就越可能是阅读过程的精细环节。

二、因为有本雅明阅读波德莱尔在前，因为读过了《发达资本主义时代的抒情诗人》，所以，今天听完你讲的维尔哈伦《城市》，还真是难掩失望，一个字：浅！

我的回应是——

这样的期望实在高得让我感动，也令我羞愧难当，因为失望早就是注定的：实话实说，我要读懂本雅明也感觉有点累，理论大师和小教书匠的距离何以道里计？其次，维尔哈伦和这首《城市》，也的确无法同波德莱尔相提并论。

谁能有本雅明那种气象、那种博学、那种深邃？事实上，对维尔哈伦的生平和创作、对与之相关的文学史及其研究，对城市历史和文化理论，我都欠缺丰富乃至必要的储备。有句话叫"功夫在诗外"，什么是"诗外"？就是大量和文本相关的知识。这种知识，有一些可以临时抱佛脚地补课，但是，很抱歉我也没有那样做：因为那些背景知识假如只是作为谈资，只能"装饰性"地使用，我深知，是不可能真正转化为诗外"功夫"的；既然不能成为阅读文本的有效"资源"或"支援"，也就不能真正深化对于《城市》的阅读；说不定，还容易带我们在文本外兜圈子，貌似千言，却离题万里——这样的情形，其实并不鲜见。那就还不如像今天所做的尝试，尽力贴着文本读，"取之于文本，用之于文本"，尽量在文本中发掘。

遗憾的是，维尔哈伦的这首《城市》还真不是罗兰·巴特所谓

"可写的"文本，以我们的细读能力，就已经能够几乎穷尽其"文本关键点"，也近乎彻底"完形"并光大了文本的"形式机理"，使得它很少再有重读的空间。换句话说，虽然在"超保护"的阅读下，《城市》也显得光彩四射，但毕竟我也深知，这首诗并没有真正达到一流而伟大作品的高度——以其特别原创的形式表达了既从来不曾被表达、更不能为任何其他文本所表达的内容；从而要真正读懂它，就不得不"发明"读法或曰理论；甚至即便如此，那作品依然有"除不尽的余数"，依然有神秘的"剩余物"，有待下次阅读来重新发明新的文本关键点和形式机理。相反，正如我们已读到的那样，维尔哈伦的《城市》最后不得不依赖"矛盾修辞法"来明确宣扬主题，这换个角度看，就既是其思想穿透力不够的表征，也是艺术上触碰自身极限的明证：这意味着，维尔哈伦在世界文学范围内只是个二流诗人，《城市》在根本上还属于"没有秘密的文本"。——不过，也许二流的文本恰恰最适合建构比较初级的诗歌读法，这也正是当年我将其编入高中教科书的原因。所以，假如本雅明阅读波德莱尔，是将《恶之花》《巴黎的忧郁》等文本的创造性予以深入研习并还原出来的话，那么，我们对《城市》的阅读越是细致，就越是容易自爆其浅。

　　原本还准备说个三、四的，现在，精力、兴致和时间都不允许了。最后，也借用一句维尔哈伦的话吧，我们今天阅读《城市》，也像是走了一条"朝向伪诈的幸福的大胆的道路"，究竟是"伪诈"还是"幸福"呢？我的回答是"大胆"。还有更大胆的：最后的最后，请大家轮番上阵，一起以朗读的方式来检验我们究竟读得怎么样——

城　市

维尔哈伦

艾青　译

一切的路都朝向城市去。

从浓雾的深处，
那边，带着它所有的层次
和它所有的大的梯级
和一直到天上的
层次与梯级的运转，朝向最高的层次，
它梦似地出现着。

那边，
是些跳跃的，凭空跨过的
铁骨编成的桥梁；
是些为神怪的雕像所制御着的
墙垒和圆柱；
是些郊外的钟楼，
是些屋顶与屋脊的尖角——
像止住了的飞翔，在房屋之上；
这是像触手般扩展的城市，
站着在

土地与原野的边际。

赤红的光
煽动在
电杆和支柱之上，
就在午时，依然
像金色的可怕的鸡蛋般燃灼着，
辉耀的太阳瞧不见了：
那发光的嘴，已被
煤灰和黑烟蒙住。

一道沥青与石油的河流
冲击着木的浮桥和石的长堤；
放肆的汽笛，从驶过的船只上
在浓雾里叫出了恐怖：
一盏绿色的警灯
是它们的
朝向海洋与空阔的瞻望。

那些码头在沉重的榻车的冲击里鸣响着，
那些重载的车辆门钮似地轧轹着
那些铁的秤机堕下了黑暗的立体

又把它们滑进了燃火的地窖;

那些桥梁从中间打开着,

在那些竖立着灰暗的十字架的繁杂的支柱

和那些记录着万物的铜字之间,

无边际地,跨越着

成千的屋顶,成千的檐角,成千的墙垣,

相对着,像在斗争似的。

在它的上面,马车过去,车轮闪着,

列车在驰,急疾地飞过,

一直到车站,停着成千

不动的机头,像一个金色辉煌的殿额。

那些错杂的铁轨

向隧道和喷烟的洞穴爬到地底去——

为的再出现在喧嚣与尘埃里的

明亮而闪光的铁路网上。

这是像触手般扩展的城市。

街道——和它那些像被电线

结住在纪念碑四周的激浪——

长长地交织地消逝着,出现着;

而它的那不可计数的群众

——狂乱的手,激动的步伐呀——

眼里储满着憎恶,

用牙齿在攫取那越过他们的时刻。

在黎明,在黄昏,夜间,

在哄乱与争吵里,或是在烦忧里,

他们朝向命运,掷出

那时间所带来的他们的劳作之辛酸的种子。

而那些阴暗的忧郁的柜台

那些虚伪的不正的账房

那些打开着门的银行

就在他们的狂乱之风的吹打里。

外面,如烧着的散衣,

一种混浊而赤红的光

闪闪反射地滞留着。

生活啊,已同着酒精的波涛发酵了。

那些小酒店在人行道旁打开着

它们的那些镜奁

映照着酩酊与争斗;

一个盲女靠着墙

卖着五个生丁一盒的火柴;

饕餮与饥饿在它们的巢穴里交合着,

而肉欲的苦闷之黑色的突击

在那些小弄里激越地跳踏着。

而色欲依然不绝地高涨着

而热狂呀变成骚动了：

人在燐光与金色的欢乐之搜求里

不相容地轧碎了；

女人们——苍白的宠妇呀

前进着，同着她们的头发之性的标记。

暗赭的煤色的大气呀

常常远着阳光伸向海，又撩起

于是像是从整个的哄乱

朝向光明掷去的巨大的叫喊：

广场呀，旅馆呀，商铺呀，市场呀，

这般强烈地叫嚣着激动着暴力

——而垂死者们

却徒劳地在寻找着

应该瞑目的静寂的时刻。

这般的白日——同样，当着夜

用它的深黑的锤，刻画着苍穹，

城市在远处展开着而且制伏了原野

有如一个深邃而又广阔的希冀；

它发长着：祈愿，荣华，烦愁；

它的光辉一直向天上升引出余力，

它的金色丛簇的煤气灯光闪射着，

它的铁轨是些

幸运与权力相伴着

朝向伪诈的幸福的大胆的道路；

它的那些墙壁像军队似地接连着

而从它那里还有迷雾浓烟

带着嘹亮的叫喊到达这些村野里来了。

这是像触手般扩展的城市啊，

热烈的虔诚

和庄严的骸骨与骷髅啊。

而无数的道路从这里到无限地

朝向它去。

2007 年 9 月 8 日，讲授于上海高校文化研究联合课程

2010 年 8 月，李晨据课堂录音整理

2013 年 3 月 12 日，删改增订于上海

附记：

本文整理完稿后，又读到郑克鲁先生译本（收入郑克鲁、董衡巽主编《新编外国现代派作品选（第一编）》，上海学林出版社2008年版）。其中有注，"……诗歌以伦敦为背景。但从第92行（即艾青本第11节）起，又转到佛兰德尔平原。诗人的视野是多角度的"。据此，本文读解《城市》"总体上非常写实，所描写的城市估计也有所实指"，当有误矣。同样，关于第3节"郊外"的读解更属过度阐释，"指城市中心所在"实乃判断错误。劳懂法语友人查阅原诗看到："郊外"一词对应的法语是"le faubourg"，更准确的中文翻译当为"近郊"。这意味着，在第2节远眺市中心之后，诗人有将视线收回之举；而总体上，或如郑先生所论，"诗人的视野是多角度的"。所有的阅读果然都有待再一次的重新阅读。

2013 年 3 月 31 日于上海

本文删减版原刊于《南方文坛》2014年第1期，题为《怎样阅读一首诗：貌似简单的问题——以艾青译维尔哈伦〈城市〉的讲读为例》

下编
字里行间

祝　福[*]

鲁　迅

　　旧历的年底毕竟最像年底，村镇上不必说，就在天空中也显出将到新年的气象来。灰白色的沉重的晚云中间时时发出闪光，接着一声钝响，是送灶的爆竹；近处燃放的可就更强烈了，震耳的大音还没有息，空气里已经散满了幽微的火药香。我是正在这一夜回到我的故乡鲁镇的。① 虽说故乡，然而已没有家，所以只得暂寓在鲁四老爷的宅子里。他是我的本家，比我长一辈，应该称之曰"四叔"，是一个讲理学的老监生。他比先前并没有什么大改变，单是老了些，但也还未

① 旧历年底，新旧交接，也是祝福时节，然而"灰白色""沉重""钝响"，不大像新年气象。

---

[*] 选自《鲁迅全集》第二卷，人民文学出版社 2005 年版。鲁迅（1881—1936），原名周樟寿，后改名周树人，字豫才，浙江绍兴人，文学家、思想家、革命家、教育家。《祝福》收入统编版普通高中教科书语文必修下册。

② 回的是故乡,"然而已没有家"。鲁四老爷是"讲理学的老监生","大骂其新党"。一开头,气氛就比较压抑,无论是写景还是叙事,无论是"新"还是"旧"。

③ "剩"!话不投机半句多。

④ "没有什么大改变,单是老了些",重复!鲁镇这里只有自然时间的流逝。"祝福",算是已经破了题。

⑤ 穿插介绍了"祝福"的民俗,小说之为"小说"。"年年如此,家家如此"。没有家的人呢?

留胡子,一见面是寒暄,寒暄之后说我"胖了",说我"胖了"之后即大骂其新党。但我知道,这并非借题在骂我:因为他所骂的还是康有为。② 但是,谈话是总不投机的了,于是不多久,我便一个人剩在书房里。③

第二天我起得很迟,午饭之后,出去看了几个本家和朋友;第三天也照样。他们也都没有什么大改变,单是老了些;家中却一律忙,都在准备着"祝福"。④ 这是鲁镇年终的大典,致敬尽礼,迎接福神,拜求来年一年中的好运气的。杀鸡、宰鹅,买猪肉,用心细细的洗,女人的臂膊都在水里浸得通红,有的还带着绞丝银镯子。煮熟之后,横七竖八的插些筷子在这类东西上,可就称为"福礼"了,五更天陈列起来,并且点上香烛,恭请福神们来享用;拜的却只限于男人,拜完自然仍然是放爆竹。年年如此,家家如此,——只要买得起福礼和爆竹之类的,——今年自然也如此。⑤

天色愈阴暗了，下午竟下起雪来，雪
花大的有梅花那么大，满天飞舞，夹着
烟霭和忙碌的气色，将鲁镇乱成一团
糟。我回到四叔的书房里时，瓦楞上已
经雪白，房里也映得较光明，极分明的
显出壁上挂着的朱拓的大"壽"字，陈
抟老祖写的，一边的对联已经脱落，松
松的卷了放在长桌上，一边的还在，道
是"事理通达心气和平"。我又无聊赖
的到窗下的案头去一翻，只见一堆似乎
未必完全的《康熙字典》，一部《近思
录集注》和一部《四书衬》。⑥ 无论如
何，我明天决计要走了。

　况且，一想到昨天遇见祥林嫂的
事，也就使我不能安住。那是下午，我
到镇的东头访过一个朋友，走出来，就
在河边遇见她；而且见她瞪着的眼睛的
视线，就知道明明是向我走来的。我这
回在鲁镇所见的人们中，改变之大，可
以说无过于她的了：⑦ 五年前的花白
的头发，即今已经全白，全不像四十上
下的人；脸上瘦削不堪，黄中带黑，而

⑥ 陈抟老祖、对联和那些
书，并非闲笔，需要你去
花点功夫了解，这也等于
是去了解鲁四老爷的背景。
而对于当时的读者来说，
则可能是一望即知的。

⑦ "我明天决计要走了"，
是因为"遇见祥林嫂"，主
要人物出场时，仿佛就带
了点悬念，她是"鲁镇所
见的人们中"变化最大的。

且消尽了先前悲哀的神色，仿佛是木刻似的；只有那眼珠间或一轮，还可以表示她是一个活物。她一手提着竹篮，内中一个破碗，空的；⑧一手拄着一支比她更长的竹竿，下端开了裂：她分明已经纯乎是一个乞丐了。

⑧ 著名的肖像描写段落，尤其是"画眼睛"，成了中国特色的语文知识；"间或一轮""她一手提着竹篮。内中一个破碗，空的。"这些，都需要细品。

我就站住，豫备她来讨钱。

"你回来了？"她先这样问。

"是的。"

"这正好。你是识字的，又是出门人，见识得多。我正要问你一件事——"她那没有精采的眼睛忽然发光了。⑨

⑨ "忽然发光了"，这件事对她来说是那么地重要！

我万料不到她却说出这样的话来，诧异的站着。

"就是——"她走近两步，放低了声音，极秘密似的切切的说，"一个人死了之后，究竟有没有魂灵的？"⑩

⑩ 第一问："一个人死了之后，究竟有没有魂灵的？"

我很悚然，一见她的眼盯着我的，背上也就遭了芒刺一般，比在学校里遇到不及豫防的临时考，教师又偏是站在身旁的时候，惶急得多了。对于魂灵的有无，我自己是向来毫不介意的；⑪ 但在此刻，怎样回答她好呢？我在极短期的踌躇中，想，这里的人照例相信鬼，然而她，却疑惑了，——或者不如说希望：希望其有，又希望其无……。人何必增添末路的人的苦恼，为她起见，不如说有罢。

"也许有罢，——我想。"我于是吞吞吐吐的说。⑫

"那么，也就有地狱了？"⑬

"啊！地狱？"我很吃惊，只得支梧者，"地狱？——论理，就该也有。——然而也未必，……谁来管这等事……。"⑭

"那么，死掉的一家的人，都能见面的？"⑮

"唉唉，见面不见面呢？……"这时我已知道自己也还是完全一个愚人，什么踌躇，什么计画，都挡不住三句问，我即刻胆怯起来了，便想全翻过先前的话来，"那是，……实在，我说不清……。其实，究竟有没有魂灵，我也说不清。"⑯

⑪ "我自己是向来毫不介意的"，可以有哪几种理解？试着说说看。

⑫ 请深入理解"我"回答"也许有罢"之前的心理活动。

⑬ 紧接着第二问："也就有地狱了？"

⑭ "我"猝不及防。——这又该怎么理解？

⑮ 祥林嫂灵魂之问第三问："死掉的一家的人，都能见面的？"有一种可能，这是她所以关心灵魂问题的出发点。

⑯ 这个场面是否已经让你惴惴不安？"究竟有没有魂灵，我也说不清"，对此你怎么看？

⑰"我"该负多大责任？——
这是深读《祝福》的一个
关键，请查阅相关研究资
料，看那些不同的解读，
分别基于怎样的阐释框架
和问题意识，又择取了哪
些对其有利的文本依据？

⑱ 这里算不算是鲁迅的杂
文笔法呢？

我乘她不再紧接的问，迈开步便
走，匆匆的逃回四叔的家中，心里很
觉得不安逸。自己想，我这答话怕于
她有些危险。她大约因为在别人的祝
福时候，感到自身的寂寞了，然而会
不会含有别的什么意思的呢？——或
者是有了什么豫感了？倘有别的意思，
又因此发生别的事，则我的答话委实该
负若干的责任……。⑰但随后也就自
笑，觉得偶尔的事，本没有什么深意
义，而我偏要细细推敲，正无怪教育家
要说是生着神经病；而况明明说过"说
不清"，已经推翻了答话的全局，即使
发生什么事，于我也毫无关系了。

"说不清"是一句极有用的话。不
更事的勇敢的少年，往往敢于给人解决
疑问，选定医生，万一结果不佳，大抵
反成了怨府，然而一用这说不清来作结
束，便事事逍遥自在了。我在这时，更
感到这一句话的必要，即使和讨饭的女
人说话，也是万不可省的。⑱

但是我总觉得不安，过了一夜，

也仍然时时记忆起来，仿佛怀着什么不祥的豫感；在阴沉的雪天里，在无聊的书房里，这不安愈加强烈了。⑲不如走罢，明天进城去。福兴楼的清燉鱼翅，一元一大盘，价廉物美，现在不知增价了否？往日同游的朋友，虽然已经云散，然而鱼翅是不可不吃的，⑳即使只有我一个……。无论如何，我明天决计要走了。㉑

　　我因为常见些但愿不如所料，以为未毕竟如所料的事，却每每恰如所料的起来，㉒所以很恐怕这事也一律。果然，特别的情形开始了。傍晚，我竟听到有些人聚在内室里谈话，仿佛议论什么事似的，但不一会，说话声也就止了，只有四叔且走而且高声的说：

　　"不早不迟，偏偏要在这时候，——这就可见是一个谬种！"㉓

　　我先是诧异，接着是很不安，似乎这话于我有关系。试望门外，谁也没有。好容易待到晚饭前他们的短工来冲茶，我才得了打听消息的机会。

⑲ "我"的"不安"你怎么看？是否感人？

⑳ "然而鱼翅是不可不吃的"，这对你来说是否突兀？

㉑ "决计要走了"，这重复里有什么新内容吗？

㉒ 唯鲁迅才有的句子。

㉓ "谬种！"鲁四老爷话不多，却极重，"偏偏要在这时候。"

㉔ 虽有预感，但祥林嫂的"死"，还是让"我""几乎跳起来"。

㉕ "还不是穷死的?"，"淡然的回答"说明了什么?——对"祥林嫂之死"的追问，是《祝福》解读的又一大关键，已经有了不少经典研究，需要你去梳理综合，也进行批判性阅读。

㉖ "我的惶恐却不过暂时的事"，"不过偶然之间，还似乎有些负疚"。

"刚才，四老爷和谁生气呢?"我问。

"还不是和祥林嫂?"那短工简捷的说。

"祥林嫂? 怎么了?"我又赶紧的问。

"老了。"

"死了?"我的心突然紧缩，几乎跳起来，㉔ 脸上大约也变了色，但他始终没有抬头，所以全不觉。我也就镇定了自己，接着问:

"什么时候死的?"

"什么时候? ——昨天夜里，或者就是今天罢。——我说不清。"

"怎么死的?"

"怎 么 死 的? —— 还 不 是 穷 死的?"他淡然的回答，仍然没有抬头向我看，出去了。㉕

然而我的惊惶却不过暂时的事，随着就觉得要来的事，已经过去，并不必仰仗我自己的"说不清"和他之所谓"穷死的"的宽慰，心地已经渐渐轻松; 不过偶然之间，还似乎有些负疚。㉖ 晚饭摆出来了，四叔俨然的陪着。我也还想打听些关于祥林嫂的消息，但知道他虽然读过"鬼神者二气之良能也"，而忌讳仍然极多，当临近祝福时候，是万不可提起死亡疾病之类的话的，倘不得已，就该用一种替代的隐语，可惜我又不知道，因此屡次想问，而终于中止了。我从他俨然的脸色上，又忽而疑他正以为我不早不迟，偏要在这时候来打搅他，也是一个谬种，㉗便立刻告诉他明天要离开鲁镇，进城去，趁早放宽了他的心。他也不很留。这佯闷闷的吃完了一餐饭。

㉗ "也是一个谬种"，这是"我"与祥林嫂的共通之处，都属于鲁镇社会不容的异己。这个"我"与《故乡》里的"我"一样，都有一个"离乡—返乡—再离乡"的故事，值得比较。

　　冬季日短，又是雪天，夜色早已笼罩了全市镇。人们都在灯下匆忙，但窗外很寂静。雪花落在积得厚厚的雪褥上面，听去似乎瑟瑟有声，使人更加感得沉寂。我独坐在发出黄光的菜油灯下，想，这百无聊赖的祥林嫂，被人们弃在尘芥堆中的，看得厌倦了的陈旧的玩物，先前还将形骸露在尘芥里，从活得有趣的人们看来，恐怕要怪讶她何以还要存在，现在总算被无常打扫得干干净净了。魂灵的有无，我不知道；然而在现世，则无聊生者不生，即使厌见者不见，为人为己，也还都不错。我静听着窗外似乎瑟瑟作响的雪花声，一面想，反而渐渐的舒畅起来。㉘

然而先前所见所闻的她的半生事迹的断片，至此也联成一片了。㉙

她不是鲁镇人。有一年的冬初，四叔家里要换女工，做中人的卫老婆子带她进来了，头上扎着白头绳，乌裙，蓝夹袄，月白背心，年纪大约二十六七，脸色青黄，但两颊却还是红的。㉚卫老婆子叫她祥林嫂，说是自己母家的邻舍，死了当家人，所以出来做工了。四叔皱了皱眉，四婶已经知道了他的意思，是在讨厌她是一个寡妇。㉛但是她模样还周正，手脚都壮大，又只是顺着眼，不开一句口，很像一个安分耐劳的人，便不管四叔的皱眉，将她留下了。试工期内，她

㉘ 怎么理解"反而渐渐的舒畅起来"？前面那些心理活动，都是反语？

㉙《祝福》有意将祥林嫂的故事嵌套进"我"的返乡故事，如何理解小说选择这种叙事结构？——这个问题，既关涉艺术形式，又关涉小说解读的全局，请认真思考。

㉚ 一以贯之、可资对比的肖像描写。

㉛ 鲁四老爷是真的相信封建伦理那一套吗？请接下去好好读。

整天的做，似乎闲着就无聊，又有力，简直抵得过一个男子，所以第三天就定局，每月工钱五百文。

大家都叫她祥林嫂；没问她姓什么，但中人是卫家山人，既说是邻居，那大概也就姓卫了。她不很爱说话，别人问了才回答，答的也不多。直到十几天之后，这才陆续的知道她家里还有严厉的婆婆，一个小叔子，十多岁，能打柴了；她是春天没了丈夫的；他本来也打柴为生，比她小十岁：大家所知道的就只是这一点。㉜

㉜ 补叙。

日子很快的过去了，她的做工却丝毫没有懈，食物不论，力气是不惜的。人们都说鲁四老爷家里雇着了女工，实在比勤快的男人还勤快。到年底，扫尘，洗地，杀鸡，宰鹅，彻夜的煮福礼，全是一人担当，竟没有添短工。然而她反满足，口角边渐渐的有了笑影，脸上也白胖了。㉝

㉝ "比勤快的男人还勤快"，"然而她反满足"，祥林嫂这样的底层人民，愿望就是这么卑微。

新年才过，她从河边掏米回来时，忽而失了色，说刚才远远地看见几个

㉞ 皱眉，是鲁四老爷的标准动作。这也体现了鲁迅用笔的俭省。

㉟ 有人计算后发现，鲁迅自己是先算过账的。小说是虚构的，而写实作品在细节上也还是需经得起推敲。

男人在对岸徘徊，很像夫家的堂伯，恐怕是正在寻她而来的。四婶很惊疑，打听底细，她又不说。四叔一知道，就皱一皱眉，㉞ 道：

"这不好。恐怕她是逃出来的。"

她诚然是逃出来的，不多久，这推想就证实了。

此后大约十几天，大家正已渐渐忘却了先前的事，卫老婆子忽而带了一个三十多岁的女人进来了，说那是祥林嫂的婆婆。那女人虽是山里人模样，然而应酬很从容，说话也能干，寒暄之后，就赔罪，说她特来叫她的儿媳回家去，因为开春事务忙，而家中只有老的和小的，人手不够了。

"既是她的婆婆要她回去，那有什么话可说呢。"四叔说。

于是算清了工钱，一共一千七百五十文，她全存在主人家，一文也还没有用，便都交给她的婆婆。㉟ 那女人又取了衣服，道过谢，出去了。其时已经是正午。

"阿呀，米呢？祥林嫂不是去淘米的么？……"好一会，四婶这才惊叫起来。她大约有些饿，记得午饭了。

于是大家分头寻淘箩。她先到厨下，次到堂前，后到卧房，全不见掏箩的影子。四叔踱出门外，也不见，直到河边，才见平平正正的放在岸上，旁边还有一株菜。

看见的人报告说，河里面上午就泊了一只白篷船，篷是全盖起来的，不知道什么人在里面，但事前也没有人去理会他。待到祥林嫂出来淘米，刚刚要跪下去，那船里便突然跳出两个男人来，像是山里人，一个抱住她，一个帮着，拖进船去了。祥林嫂还哭喊了几声，此后便再没有什么声息，大约给用什么堵住了罢。接着就走上两个女人来，一个不认识，一个就是卫婆子。窥探舱里，不很分明，她像是捆了躺在船板上。

"可恶！然而……。"四叔说。㊱

这一天是四婶自己煮中饭；他们的儿子阿牛烧火。

㊱ 请补足"可恶！然而……"里的心理内容。封建宗法社会末期，旧伦理其有效性大打折扣了，甚至早已经被鲁四老爷们"为我所用"得面目全非了。

午饭之后，卫老婆子又来了。

"可恶！"四叔说。

"你是什么意思？亏你还会再来见我们。"四婶洗着碗，一见面就愤愤的说，"你自己荐她来，又合伙劫她去，闹得沸反盈天的，大家看了成个什么样子？你拿我们家里开玩笑么？"

"阿呀阿呀，我真上当。我这回，就是为此特地来说说清楚的。她来求我荐地方，我那里料得到是瞒着她的婆婆的呢。对不起，四老爷，四太太。总是我老发昏不小心，对不起主顾。幸而府上是向来宽洪大量，不肯和小人计较的。这回我一定荐一个好的来折罪……。"

㊲ 以简驭繁！探究一下，全文里类似这样的有多少处？

"然而……。"四叔说。㊲

于是祥林嫂事件便告终结，不久也就忘却了。

只有四嫂，因为后来雇用的女工，大抵非懒即馋，或者馋而且懒，左右不如意，所以也还提起祥林嫂。每当这些时候，她往往自言自语的说，"她现在不知道怎么样了?"意思是希望她再来。但到第二年的新正,她也就绝了望。

新正将尽,卫老婆子来拜年了,已经喝得醉醺醺的,自说因为回了一趟卫家山的娘家,住下几天,所以来得迟了。她们问答之间,自然就谈到祥林嫂。㊲

㊲ 卫老婆子的转述。

"她么?"卫若婆子高兴的说,"现在是交了好运了。她婆婆来抓她回去的时候,是早已许给了贺家墺的贺老六的,所以回家之后不几天,也就装在花轿里抬去了。"

"阿呀,这样的婆婆!……"四婶惊奇的说。

"阿呀,我的太太!你真是大户人家的太太的话。我们山里人,小户人家,这算得什么?㊳她有小叔子,也得娶老婆。不嫁了她,那有这一注钱来做聘礼?他的婆婆倒是精明强干的女人呵,很有打算,所以就将她嫁到里山去。倘许给本村人,财礼就不多;惟独肯嫁进深山野墺里去的女人少,

㊳ "小户人家"和鲁四老爷这样的大户人家,是不一样的,经济是基础。

所以她就到手了八十千。现在第二个儿子的媳妇也娶进了，财礼只花了五十，除去办喜事的费用，还剩十多千。吓，你看，这多么好打算？……"

"祥林嫂竟肯依？……"

"这有什么依不依。——闹是谁也总要闹一闹的，只要用绳子一捆，塞在花轿里，抬到男家，捺上花冠，拜堂，关上房门，就完事了。可是祥林嫂真出格，听说那时实在闹得利害，大家还都说大约因为在念书人家做过事，所以与众不同呢。⑩ 太太，我们见得多了：回头人出嫁，哭喊的也有，说要寻死觅活的也有，抬到男家闹得拜不成天地的也有，连花烛都砸了的也有。祥林嫂可是异乎寻常，他们说她一路只是嚎，骂，抬到贺家墺，喉咙已经全哑了。拉出轿来，两个男人和她的小叔子使劲的擒住她也还拜不成天地。他们一不小心，一松手，阿呀，阿弥陀佛，她就一头撞在香案角上，头上碰了一个大窟窿，鲜血直流，

⑩ 封建伦理，在祥林嫂这里是以死相拼，在旁观者那里是恶趣味。鲁迅是带着极大同情来写祥林嫂的，想想看，那常用的八个字"哀其不幸，怒其不争"，对祥林嫂还适用吗？

用了两把香灰，包上两块红布还止不
住血呢。直到七手八脚的将她和男人
反关在新房里，还是骂，阿呀呀，这
真是……。"她摇一摇头，顺下眼睛，
不说了。

"后来怎么样呢？"四婶还问。

"听说第二天也没有起来。"她抬
起眼来说。

"后来呢？"㊶

"后来？——起来了。她到年底就
生了一个孩子，男的，新年就两岁了。
我在娘家这几天，就有人到贺家墺去，
回来说看见他们娘儿俩，母亲也胖，
儿子也胖；上头又没有婆婆，男人所
有的是力气，会做活；房子是自家
的。——唉唉，她真是交了好运了。"

从此之后，四婶也就不再提起祥
林嫂。㊷

但有一年的秋季，大约是得到祥
林嫂好运的消息之后的又过了两个新
年，她竟又站在四叔家的堂前了。㊸

㊶ 这重复的"后来"让你
有什么样的情绪反应？诚
实地自测一下。

㊷ "交了好运"的祥林嫂，
就不值得"再提起"。

㊸ "竟又"！唉。

桌上放着一个荸荠式的圆篮，檐下一个小铺盖。她仍然头上扎着白头绳，乌裙，蓝夹袄，月白背心，脸色青黄，只是两颊上已经消失了血色，顺着眼，眼角上带些泪痕，眼光也没有先前那样精神了。㊹而且仍然是卫老婆子领着，显出慈悲模样，絮絮的对四婶说：

㊹"画眼睛"！

"……这实在是叫作'天有不测风云'，她的男人是坚实人，谁知道年纪青青，就会断送在伤寒上？本来已经好了的，吃了一碗冷饭，复发了。幸亏有儿子；她又能做，打柴摘茶养蚕都来得，本来还可以守着，谁知道那孩子又会给狼衔去的呢？春天快完了，村上倒反来了狼，谁料到？现在她只剩了一个光身了。大伯来收屋，又赶她。她真是走投无路了，只好来求老主人。㊺好在她现在已经再没有什么牵挂，太太家里又凄巧要换人，所以我就领她来。——我想，熟门熟路，比生手实在好得多……。"

㊺祥林嫂被逼得"只剩下一个光身了"，她是早就无名、无姓（八九成从小就是童养媳）；而"大伯来收屋"表明了，封建家族伦理规矩在基层乡土社会已经完全失灵。

　　"我真傻，真的，"祥林嫂抬起她没有神采的眼睛来，接着说。"我单知道下雪的时候野兽在山墺里没有食吃，会到村里来；我不知道春天也会有。我一清早起来就开了门，拿小篮盛了一篮豆，叫我们的阿毛坐在门槛上剥豆去。他是很听话的，我的话句句听；他出去了。我就在屋后劈柴，淘米，米下了锅，要蒸豆。我叫阿毛，没有应，出去一看，只见豆撒得一地，没有我们的阿毛了。他是不到别家去玩的；各处去一问，果然没有。我急了，央人出去寻。直到下半天，寻来寻去寻到山墺里，看见刺柴上挂着一只他的小鞋。大家都说，糟了，怕是遭了狼了。再进去；他果然躺在草窠里，肚里的五脏已经都给吃空了，手上还紧紧的捏着那只小篮呢。……"她接着但是呜咽，说不出成句的话来。

　　四婶起初还踌躇，待到听完她自己的话，眼圈就有些红了。⑯她想了一想，便教拿圆篮和铺盖到下房去。

⑯"眼圈就有些红了"，鲁迅的写作很不概念化。这句话一般很少有人提起。

卫老婆子仿佛卸了一肩重担似的嘘一口气，祥林嫂比初来时候神气舒畅些，不待指引，自己驯熟的安放了铺盖。她从此又在鲁镇做女工了。

大家仍然叫她祥林嫂。

然而这一回，她的境遇却改变得非常大。[47] 上工之后的两三天，主人们就觉得她手脚已没有先前一样灵活，记性也坏得多，死尸似的脸上又整日没有笑影，四婶的口气上，已颇有些不满了。当她初到的时候，四叔虽然照例皱过眉，但鉴于向来雇用女工之难，也就并不大反对，只是暗暗地告诫四婶说，这种人虽然似乎很可怜，但是败坏风俗的，用她帮忙还可以，祭祀时候可用不着她沾手，一切饭菜，只好自己做，否则，不干不净，祖宗是不吃的。[48]

四叔家里最重大的事件是祭祀，祥林嫂先前最忙的时候也就是祭祀，这回她却清闲了。桌子放在堂中央，系上桌帏，她还记得照旧的去分配酒

⑰ 祥林嫂"却改变得非常大"，这是怎样的人生啊。

⑱ 鲁四老爷的言行很值得分析。应该是社会精英、中坚阶层吧，却无力也无心于起领导作用，内里只有一己之私、一家之私，但又做着表面文章。

杯和筷子。

"祥林嫂，你放着罢！我来摆。"四婶慌忙的说。

她讪讪的缩了手，又去取烛台。

"祥林嫂，你放着罢！我来拿。"四婶又慌忙的说。⑭

她转了几个圆圈，终于没有事情做，只得疑惑的走开。她在这一天可做的事是不过坐在灶下烧火。

镇上的人们也仍然叫她祥林嫂，但音调和先前很不同；也还和她讲话，但笑容却冷冷的了。她全不理会那些事，只是直着眼睛，和大家讲她自己日夜不忘的故事：⑮

"我真傻，真的，"她说。"我单知道雪天是野兽在深山里没有食吃，会到村里来；我不知道春天也会有。我一大早起来就开了门，拿小篮盛了一篮豆，叫我们的阿毛坐在门槛上剥豆去。他是很听话的孩子，我的话句句听；他就出去了。我就在屋后劈柴，淘米，米下了锅，打算蒸豆。我叫，

⑭ "祥林嫂，你放着罢"，重复，是《祝福》中重要的艺术手法。

⑮ 下面一大段几乎都是重复，请根据文中的描写想象相关场景，体会祥林嫂心里说不出的苦楚。作为一名女性，祥林嫂无父、无夫又无子，唉唉。

'阿毛!'没有应。出去一看，只见豆撒得满地，没有我们的阿毛了。各处去一向，都没有。我急了，央人去寻去。直到下半天，几个人寻到山墺里，看见刺柴上挂着一只他的小鞋。大家都说，完了，怕是遭了狼了。再进去；果然，他躺在草窠里，肚里的五脏已经都给吃空了，可怜他手里还紧紧的捏着那只小篮呢。……"她于是淌下眼泪来，声音也呜咽了。

这故事倒颇有效，男人听到这里，往往敛起笑容，没趣的走了开去；女人们却不独宽恕了她似的，脸上立刻改换了鄙薄的神气，还要陪出许多眼泪来。有些老女人没有在街头听到她的话，便特意寻来，要听她这一段悲惨的故事。直到她说到呜咽，她们也就一齐流下那停在眼角上的眼泪，叹息一番，满足的去了，一面还纷纷的评论着。⑤

她就只是反复的向人说她悲惨的故事，常常引住了三五个人来听她。但不久，大家也都听得纯熟了，便是

⑤"她们也就一齐流下那停在眼角的眼泪，叹息一番，满足的去了，一面还纷纷的评论着"，鲁迅描写看客、批判看客，是非常著名的，那你怎么理解这一段描写？

最慈悲的念佛的老太太们，眼里也再不见有一点泪的痕迹。后来全镇的人们几乎都能背诵她的话，一听到就烦厌得头痛。㊾

"我真傻，真的，"她开首说。

"是的，你是单知道雪天野兽在深山里没有食吃，才会到村里来的。"他们立即打断她的话，走开去了。

她张着口怔怔的站着，直着眼睛看他们，接着也就走了，似乎自己也觉得没趣。但她还妄想，希图从别的事，如小篮，豆，别人的孩子上，引出她的阿毛的故事来。倘一看见两三岁的小孩子，她就说：

"唉唉，我们的阿毛如果还在，也就有这么大了。……"㊿

孩子看见她的眼光就吃惊，牵着母亲的衣襟催她走。于是又只剩下她一个，终于没趣的也走了。后来大家又都知道了她的脾气，只要有孩子在眼前，便似笑非笑的先问她，道：

"祥林嫂，你们的阿毛如果还在，

㊾ 后来，有人把絮絮叨叨重复啰嗦者称为"祥林嫂"，这一现象关乎文学的接受、艺术的品位以及阅读的伦理，你对此是如何看待的？答案，也许并非唯一。

㊿ 阿毛是祥林嫂最后的、也是最大的心理依靠，阿毛的死，构成了祥林嫂最大的创伤。

不是也就有这么大了么?"

她未必知道她的悲哀经大家咀嚼赏鉴了许多天,早已成为渣滓,只值得烦厌和唾弃;但从人们的笑影上,也仿佛觉得这又冷又尖,自己再没有开口的必要了。⑤ 她单是一瞥他们,并不回答一句话。

鲁镇永远是过新年,腊月二十以后就忙起来了。四叔家里这回须雇男短工,还是忙不过来,另叫柳妈做帮手,杀鸡,宰鹅;然而柳妈是善女人,吃素,不杀生的,只肯洗器皿。⑤ 祥林嫂除烧火之外,没有别的事,却闲着了,坐着只看柳妈洗器皿。微雪点点的下来了。

"唉唉,我真傻,"祥林嫂看了天空,叹息着,独语似的说。

"祥林嫂,你又来了。"柳妈不耐烦的看着她的脸,说。"我问你:你额角上的伤疤,不就是那时撞坏的么?"

"唔唔。"她含胡的回答。

"我问你:你那时怎么后来竟依

⑤ 鲁镇"人们的笑影""又冷又尖",祥林嫂再怎么迟钝也还是知道的。唉!恨!

⑤ 柳妈这个人物,在鲁迅塑造的女性形象里,有其值得注意的内容。

了呢？"

"我么？……"，

"你呀。我想：这总是你自己愿意了，不然……。"

"阿阿，你不知道他力气多么大呀。"

"我不信。我不信你这么大的力气，真会拗他不过。你后来一定是自己肯了，倒推说他力气大。"

"阿阿，你……你倒自己试试看。"她笑了。㊶

柳妈的打皱的脸也笑起来，使她蹙缩得像一个核桃；干枯的小眼睛一看祥林嫂的额角，又钉住她的眼。㊷祥林嫂似乎很局促了，立刻敛了笑容，旋转眼光，自去看雪花。

"祥林嫂，你实在不合算。"柳妈诡秘的说。"再一强，或者索性撞一个死，就好了。现在呢，你和你的第二个男人过活不到两年，倒落了一件大罪名。你想，你将来到阴司去，那两个死鬼的男人还要争，你给了谁好呢？阎罗大王只好把你锯开来，分给

㊶ 祥林嫂的这一笑，很少被谈到，你怎么看？

㊷ 这描写，简约得好。

⑧ 柳妈"诡秘"的说法让祥林嫂感到"恐怖","在山村里所未曾知道的"。所以有人说,《祝福》是儒道释吃人的寓言"。

⑨ 捐门槛,一笔巨款!封建迷信思想统治人,又还转化为经济压迫。

他们。我想,这真是……"

她脸上就显出恐怖的神色来,这是在山村里所未曾知道的。 ⑧

"我想,你不如及早抵当。你到土地庙里去捐一条门槛,当作你的替身,给千人踏,万人跨,赎了这一世的罪名,免得死了去受苦。"

她当时并不回答什么话,但大约非常苦闷了,第二天早上起来的时候,两眼上便都围着大黑圈。早饭之后,她便到镇的西头的土地庙里去求捐门槛,庙祝起初执意不允许,直到她急得流泪,才勉强答应了。价目是大钱十二千。 ⑨

她久已不和人们交口,因为阿毛的故事是早被大家厌弃了的;但自从和柳妈谈了天,似乎又即传扬开去,许多人都发生了新趣味,又来逗她说话了。至于题目,那自然是换了一个新样,专在她额上的伤疤。

"祥林嫂,我问你:你那时怎么竟肯了?"一个说。

"唉，可惜，白撞了这一下。"一个看着她的疤，应和道。⑥

她大约从他们的笑容和声调上，也知道是在嘲笑她，所以总是瞪着眼睛，不说一句话，后来连头也不回了。她整日紧闭了嘴唇，头上带着大家以为耻辱的记号的那伤痕，默默的跑街，扫地，洗菜，淘米。快够一年，她才从四婶手里支取了历来积存的工钱，换算了十二元鹰洋，请假到镇的西头去。但不到一顿饭时候，她便回来，神气很舒畅，眼光也分外有神，⑥高兴似的对四婶说，自己已经在土地庙捐了门槛了。

冬至的祭祖时节，她做得更出力，看四婶装好祭品，和阿牛将桌子抬到堂屋中央，她便坦然的去拿酒杯和筷子。

"你放着罢，祥林嫂！"四婶慌忙大声说。

她像是受了炮烙似的缩手，⑥脸色同时变作灰黑，也不再去取烛台，

⑥ 无耻的看客们，"无主名的杀人团"！我们不禁要跟着鲁迅一起骂。

⑥ 一年的艰辛劳动，换来了这一刻的"舒畅"，大悲！"眼光也分外有神"，还是"画眼睛"。

⑥ "你放着罢，祥林嫂！"，祥林嫂"像是受了炮烙似的缩手"，这巨大无比的打击！太悲！

只是失神的站着。直到四叔上香的时候，教她走开，她才走开。这一回她的变化非常大，第二天，不但眼睛窈陷下去，连精神也更不济了。而且很胆怯，不独怕暗夜，怕黑影，即使看见人，虽是自己的主人，也总惴惴的，有如在白天出穴游行的小鼠；否则呆坐着，直是一个木偶人。不半年，头发也花白起来了，记性尤其坏，甚而至于常常忘却了去淘米。㊾

㊾ 祥林嫂垮了。谁能不垮？

"祥林嫂怎么这样了？倒不如那时不留她。"四婶有时当面就这样说，似乎是警告她。

㊿ "他们于是想打发她走了"，鲁四老爷他们，是杀死祥林嫂的罪魁祸首。致祥林嫂于死地的，还有哪些黑手？请根据文中的描写进行概括和分析。

然而她总如此，全不见有伶俐起来的希望。他们于是想打发她走了，教她回到卫老婆子那里去。㊿ 但当我还在鲁镇的时候，不过单是这样说；看现在的情状，可见后来终于实行了。然而她是从四叔家出去就成了乞丐的呢，还是先到卫老婆子家然后再成乞丐的呢？那我可不知道。⑥⑤

⑥⑤ "那我可不知道"，你如何理解这句话？

我给那些因为在近旁而极响的爆竹声惊醒，看见豆一般大的黄色的灯火光，接着又听得毕毕剥剥的鞭炮，是四叔家正在"祝福"了；知道已是五更将近时候。⑥⑥我在蒙胧中，又隐约听到远处的爆竹声联绵不断，似乎合成一天音响的浓云，夹着团团飞舞的雪花，拥抱了全市镇。我在这繁响的拥抱中，也懒散而且舒适，从白天以至初夜的疑虑，全给祝福的空气一扫而空了，只觉得天地圣众歆享了牲醴和香烟，都醉醺醺的在空中蹒跚，豫备给鲁镇的人们以无限的幸福。⑥⑥

一九二四年二月七日 ⑥⑦

⑥⑥ 这是个首尾呼应的结尾，祥林嫂死在鲁镇的祝福声中，显然是一种沉重的反衬；另一方面，怎么理解从"我在这繁响的拥抱中，也懒散而且舒适"到结尾的文字呢？读成反话、反语当然是成立的；但是否还有其他可能？比如，"我"在回溯祥林嫂的故事、反思自己的角色之后，"竦身一摇"，希望"给鲁镇的人们以无限的幸福"，确非虚言。

⑥⑦ 农历是正月初三，这对《祝福》的创作有无影响？关注写作时间和创作背景，是深化阅读的有效路径之一。

223

　　总评：读《祝福》首先要读祥林嫂，祥林嫂是个什么样的形象？鲁迅对她投注了怎样的感情？烂熟的那八个字"哀其不幸，怒其不争"管用吗？这都需要在字里行间细细品。旁批有自己的读法，也有自己的看法。无论你是否觉得合理，是否想进行批判性阅读，都请深入到文字和文字背后的情感中去。

　　《祝福》也不只是"祥林嫂的故事"，小说中的"我"，不仅是讲故事的人，而且还深刻参与到了故事中。"我"与祥林嫂相遇的场景震撼到你了吧，你如何理解祥林嫂的"灵魂三问"以及"我"的回应？如何理解"我"在"祥林嫂之死"中的责任？如何理解"我"在祥林嫂死后的那些心理活动和行为表现？——这是深入理解《祝福》所不能回避的，也是《祝福》研读史上有争议的话题。

　　所以，《祝福》需要不断重读，需要你在小说的内容之外，还读到小说的形式，而且这形式，主要还不是"画眼睛""重复""以简驭繁"这些微观的技法，而更是指小说叙述者的选择、小说的叙述结构等宏观的形式。因为这种形式，是与《祝福》的主题内容密切相关的，是鲁迅高度自觉的艺术创造。

　　这样的阅读，是文学性阅读，是文本为本的阅读，是研究《祝福》和鲁迅的基础。

故都的秋*

郁达夫

秋天，无论在什么地方的秋天，总是好的；可是啊，北国的秋，却特别地来得清，来得静，来得悲凉。① 我的不远千里，要从杭州赶上青岛，更要从青岛赶上北平来的理由，也不过想饱尝一尝这"秋"，这故都的秋味。

江南，秋当然也是有的；但草木凋得慢，空气来得润，天的颜色显得淡，并且又时常多雨而少风；一个人夹在苏州上海杭州，或厦门香港广州的市民中间，浑浑沌沌地过去，只能感到一点点清凉，秋的味，秋的色，秋的意境

① 这是文眼。清、静、悲凉，是北国秋的特点。该如何理解这"悲凉"？

---

* 选自《郁达夫全集》第三卷，浙江大学出版社2007年版。郁达夫（1896—1945），原名郁文，浙江宿阳人，小说家、散文家、诗人，代表作有《沉沦》《迟桂花》等。《故都的秋》收于统编版普通高中教科书语文必修上册。

② 拿江南的秋对比。"来得……来得……显得","秋的味,秋的色,秋的意境与姿态","看不饱,尝不透,赏玩不到十足",请读出声音来,读出文章的节奏来。

③ 谁说名花美酒一定要"半开,半醉"才能领略呢?

④ 作者《故都日记》1934年8月16日有云:"晨起上厕所,从槐树阴中看见了半角云天,竟悠然感到了秋意,确实北平的新秋。……王余杞来信,都系为催稿的事情,王并且还约定于明日来坐索",此为本文的由来。请关注作者在"急就章"里进行的审美置换。

⑤ 这是第一幅秋景图,请充分打开感官,细品秋色、秋声、秋味,想象自己假如身处其间,会是什么样的感觉。

与姿态,总看不饱,尝不透,赏玩不到十足。② 秋并不是名花,也并不是美酒,那一种半开,半醉的状态,在领略秋的过程上,是不合适的。③

不逢北国之秋,已将近十余年了。在南方每年到了秋天,总要想起陶然亭的芦花,钓鱼台的柳影,西山的虫唱,玉泉的夜月,潭柘寺的钟声。在北平即使不出门去罢,就是在皇城人海之中,租人家一椽破屋来住着,早晨起来,泡一碗浓茶、向院子一坐,你也能看得到很高很高的碧绿的天色,听得到青天下驯鸽的飞声。从槐树叶底,朝东细数着一丝一丝漏下来的日光,或在破壁腰中,静对着像喇叭似的牵牛花(朝荣)的蓝朵,自然而然地也能够感觉到十分的秋意。④ 说到了牵牛花,我以为以蓝色或白色者为佳,紫黑色次之,淡红者最下。最好,还要在牵牛花底,教长着几根疏疏落落的尖细且长的秋草,使作陪衬。⑤

北国的槐树,也是一种能使人联

想起秋来的点缀。像花而又不是花的那一种落蕊，⑥早晨起来，会铺得满地。脚踏上去，声音也没有，气味也没有，只能感出一点点极微细极柔软的触觉。扫街的在树影下一阵扫后，灰土上留下来的一条条扫帚的丝纹，看起来既觉得细腻，又觉得清闲，潜意识下并且还觉得有点儿落寞，⑦古人所说的梧桐一叶而天下知秋的遥想，大约也就在这些深沉的地方。

秋蝉的衰弱的残声，更是北国的特产；⑧因为北平处处全长着树，屋子又低，所以无论在什么地方，都听得见它们的啼唱。在南方是非要上郊外或山上去才听得到的。这秋蝉的嘶叫，在北平可和蟋蟀耗子一样，简直像是家家户户都养在家里的家虫。

还有秋雨哩，北方的秋雨，也似乎比南方的下得奇，下得有味，下得更像样。⑨

在灰沉沉的天底下，忽而来一阵凉风，便息列索落地下起雨来了。一

⑥ 接着，写秋槐，不如说是写落蕊。请研究一下是怎么写的，是不是写得很主观？是不是依然那节奏？

⑦ "落寞"，还有后文的"萧索"，在词义上算是最近乎"悲凉"了，可看上下文，"细腻"与"清闲"这些，"凉"是有的，但"悲"却难找。

⑧ 第三幅秋景图是"秋蝉残声"。请研究一下，文中几幅秋景图之间是怎么连接起来的？

⑨ "比南方"贯穿了全文；"下得奇怪，下得有味，下得更像样"，"慢三"的节奏这下很明白了吧，请重读文章前两段体会其"慢"。

⑩ 前有"清闲",这有"都市闲人",马上又有"缓慢悠闲"——说明,这文章即便有所谓"悲秋情怀",也属一种审美情调,文章不是悲秋,是乐秋、颂秋。

⑪ 对话分段来呈现,多少增加了些篇幅,而在排版的视觉效果上,又带来了松散、慢悠悠之感;"平平仄仄"的"歧韵"则表明,文章的韵律节奏,始终为作者所在意。

⑫ "像……又像",请体会这描摹的感觉;与前文"像花而又不是花"一起品味的话,你是否对本文"急就章"的特点更有感觉了?

层雨过,云渐渐地卷向了西去,天又青了,太阳又露出脸来了;著着很厚的青布单衣或夹袄的都市闲人,⑩ 咬着烟管,在雨后的斜桥影里,上桥头树底去一立,遇见熟人,便会用了缓慢悠闲的声调,微叹着互答着的说:

"唉,天可真凉了——"(这了字念得很高,拖得很长。)

"可不是么?一层秋雨一层凉啦!"

北方人念阵字,总老像是层字,平平仄仄起来,这念错的歧韵,倒来得正好。⑪

北方的果树,到秋来,也是一种奇景。第一是枣子树;屋角,墙头,茅房边上,灶房门口,它都会一株株地长大起来。像橄榄又像鸽蛋似的这枣子颗儿,⑫ 在小椭圆形的细叶中间,显出淡绿微黄的颜色的时候,正是秋的全盛时期;等枣树叶落,枣子红完,西北风就要起来了,北方便是尘沙灰土的世界,只有这枣子、柿子、葡萄,成熟到八九分的七八月之交，是北国的清秋的佳日，是一年之中最好也没有的 Golden Days。⑬

有些批评家说，中国的文人学士，尤其是诗人，都带着很浓厚的颓废色彩，所以中国的诗文里，颂赞秋的文字特别的多。⑭但外国的诗人，又何尝不然？我虽则外国诗文念得不多，也不想开出账来，做一篇秋的诗歌散文钞，但你若去一翻英德法意等诗人的集子，或各国的诗文的 Anthology 来，总能够看到许多关于秋的歌颂与悲啼。各著名的大诗人的长篇田园诗或四季诗里，也总以关于秋的部分，写得最出色而最有味。足见有感觉的动物，有情趣的人类，对于秋，总是一样的能特别引起深沉，幽远，严厉，萧索的感触来的。不单是诗人，就是被关闭在牢狱里的囚犯，到了秋天，我想也一定会感到一种不能自已的深情；秋之于人，何尝有国别，更何尝有人种阶级的区别呢？不过在中国，

⑬ 第五幅秋景图是"清秋胜果"，请总结一下，文中所写的故都风物大多具有什么特点？

⑭ "颓废……所以……颂赞秋"，文章及其旁批读到这里，你很能体会这其中的逻辑了吧。

文字里有一个"秋士"的成语，读本里又有着很普遍的欧阳子的《秋声》与苏东坡的《赤壁赋》等，就觉得中国的文人，与秋的关系特别深了。⑮可是这秋的深味，尤其是中国的秋的深味，非要在北方，才感受得到底。

⑮ 你喜欢发议论的这一段吗？赞同这一段中的议论吗？无论如何，这个段落增添了文人气，属于文人散文的标配。

南国之秋，当然是也有它的特异的地方的，譬如廿四桥的明月，钱塘江的秋潮，普陀山的凉雾，荔枝湾的残荷等等，可是色彩不浓，回味不永。比起北国的秋来，正像是黄酒之与白干，稀饭之与馍馍，鲈鱼之与大蟹，黄犬之与骆驼。⑯

⑯ 首尾呼应，又南北比较。句式也很有特点，值得探究。

秋天，这北国的秋天，若留得住的话，我愿把寿命的三分之二折去，换得一个三分之一的零头。⑰

⑰ 文章收尾处，表达得态度很坚决，句子很绵长。

1934 年 8 月，在北平

总评：读《故都的秋》，首先要打开各种感官，从视、听、触觉等方面充分领受文章情景交融的意境，细心体味郁达夫对凄寂情调和衰飒气氛的偏爱，以及意在笔先、唯心造境的文字功力。因为《故都的秋》的魅力首先就在其表面，在文字组织出来的文章韵味。为此你要出声地读，自然而然地慢慢读，把贯穿全文的舒缓语气读出来，把体现在文章前半篇幅的"慢三"节奏读出来。

事实上，郁达夫这篇"急就章"所以能成为经典美文，从大处说，靠的就是他古典的气质与情怀、旧诗文的积淀和修养，而落实到具体而言，靠的就是动笔之前酝酿出来的一股"气"，靠的就是写作中的一种内在的节律感。固然文章写的是北平的秋天，《故都的秋》里固然有五幅秋景图，但是，这秋天，主要不是写实，这图景，其实是虚境，是源远流长的中国文人情调的现代传承，是古代诗文"悲秋"母题的白话文变奏。

那么更进一步说，《故都的秋》究竟是哪一种"悲秋"呢？我在旁批里已经对此做了很细致的摘引和说明，你可以参考。甚至你也无须参考，只要你出声地再读一读作品，你就一定能读出一个正确的结论来。

荷塘月色[*]

朱自清

这几天心里颇不宁静。① 今晚在院子里坐着乘凉，忽然想起日日走过的荷塘，在这满月的光里，总该另有一番样子吧。② 月亮渐渐地升高了，墙外马路上孩子们的欢笑，已经听不见了；妻在屋里拍着闰儿，迷迷糊糊地哼着眠歌。我悄悄地披了大衫，带上门出去。

沿着荷塘，是一条曲折的小煤屑路。③ 这是一条幽僻的路；白天也少人走，夜晚更加寂寞。荷塘四面，长着许多树，蓊蓊郁郁的。路的一旁，是些杨柳，和一些不知道名字的树。没有月光的晚上，这路上阴森森的，

① 这句话向来被看成文眼，这是说"颇不宁静"是文章的由头吗？那"不宁静"后文中排解了没有呢？

② "忽然"多属文章惯技，但朱自清确实是带着对荷塘"另有一番样子"的期待而出门的。

③ 这条"煤屑路"也出现在作者同期的《哪里走》一文中，请找来互文阅读。看懂这一互文，更看重1927年这一创作时间点，那么，社会政治角度的解读有理由加入本文主题思想的竞争。

---

* 选自《朱自清全集》第一卷散文编，江苏教育出版社1996年版。朱自清（1898—1948），原名自华，字佩弦，作家、学者，代表作有《背影》《诗言志辨》等。《荷塘月色》收于统编版普通高中教科书语文必修上册。

有些怕人。今晚却很好，虽然月光也还是淡淡的。④

路上只我一个人，背着手踱着。这一片天地好像是我的；我也像超出了平常的自己，到了另一个世界里。我爱热闹，也爱冷静；爱群居，也爱独处。像今晚上，一个人在这苍茫的月下，什么都可以想，什么都可以不想，便觉是个自由的人。白天里一定要做的事，一定要说的话，现在都可不理。⑤这是独处的妙处，我且受用这无边的荷香月色好了。⑥

曲曲折折的荷塘上面，弥望的是田田的叶子。叶子出水很高，像亭亭的舞女的裙。层层的叶子中间，零星地点缀着些白花，有袅娜地开着的，有羞涩地打着朵儿的；正如一粒粒的明珠，又如碧天里的星星，又如刚出浴的美人。⑦微风过处，送来缕缕清香，仿佛远处高楼上渺茫的歌声似的。⑧这时候叶子与花也有一丝的颤动，像闪电般，霎时传过荷塘的那边

④ 从写景来说，是先写"四面"先写"月光"，也就是先写外围和大局；而"淡淡"二字，给全文定了调。

⑤ 这一段夫子自道里，有诸多二元矛盾，确乎提示着"颇不宁静"的来由，特别是对"超出平常的自己"的"自由"向往。可惜其内涵并不清晰；但荷塘月色算是"另一个世界"，还是可以肯定的。

⑥ "我且受用这无边的荷香月色好了"，就领起下文的景物描写而言，其重要性超过了开头第一句。"一切景语皆情语"，四五六段的写景文字是在排解"不宁静"呢，还是把"不宁静"悬置了而专心于观景、写景？请研读。

⑦ "曲曲折折""田田""亭亭"，数数吧，文中共用了多少叠词；吃惊之后当可断定，这是作者刻意为之；而连续的比喻句，乃博喻，显然也是有意为之。

⑧ 通感。这是嗅觉与听觉相通。

⑨ 观景心无旁骛，仿佛还有种写范文的自觉，那你学到写景要注意顺序、要动静结合这些方法了吧？当然首先，是得充分地打开感官，无论欣赏还是创作写景文章。

⑩ 又写回到了月光。请细读精研这一段如何写月光，你能从哪几个角度进行赏析？

⑪ 又是通感！文章确实做得精心啊，是仿写佳句美文的好范文。当然你也可以问，是不是用力太猛了？接编《小说月报》之初创设"小品"专栏而刊发此文的叶圣陶，就认为本文"有点儿着意为文""有点儿做作"。

去了。叶子本是肩并肩密密地挨着，这便宛然有了一道凝碧的波痕。叶子底下是脉脉的流水，遮住了，不能见一些颜色；而叶子却更见风致了。⑨

月光如流水一般，静静地泻在这一片叶子和花上。⑩薄薄的青雾浮起在荷塘里。叶子和花仿佛在牛乳中洗过一样；又像笼着轻纱的梦。虽然是满月，天上却有一层淡淡的云，所以不能朗照；但我以为这恰是到了好处——酣眠固不可少，小睡也别有风味的。月光是隔了树照过来的，高处丛生的灌木，落下参差的斑驳的黑影，峭楞楞如鬼一般；弯弯的杨柳的稀疏的倩影，却又像是画在荷叶上。塘中的月色并不均匀；但光与影有着和谐的旋律，如梵婀玲上奏着的名曲。⑪

荷塘的四面，远远近近，高高低低都是树，而杨柳最多。这些树将一片荷塘重重围住；只在小路一旁，漏着几段空隙，像是特为月光留下的。树色一例是阴阴的，乍看像一团烟雾；

但杨柳的丰姿，便在烟雾里也辨得出。树梢上隐隐约约的是一带远山，只有些大意罢了。树缝里也漏着一两点路灯光，没精打采的，是渴睡人的眼。⑫这时候最热闹的，要数树上的蝉声与水里的蛙声；但热闹是它们的，我什么也没有。⑬

忽然想起采莲的事情来了。⑭采莲是江南的旧俗，似乎很早就有，而六朝时为盛；从诗歌里可以约略知道。采莲的是少年的女子，她们是荡着小船，唱着艳歌去的。采莲人不用说很多，还有看采莲的人。那是一个热闹的季节，也是一个风流的季节。⑮梁元帝《采莲赋》里说得好：

> 于是妖童媛女，荡舟心许；鹢首徐回，兼传羽杯；棹将移而藻挂，船欲动而萍开。尔其纤腰束素，迁延顾步；夏始春余，叶嫩花初，恐沾裳而浅笑，畏倾船而敛裾。

⑫ 作者移步换景，又由近及远，而情绪，即便是想悬置，也确乎总要泄漏一些下来；从色调、韵律及喻体的些微变动里，你是否读出了作者情绪的微妙波痕？

⑬ 从写景来说，这时需要声响；从过渡来说，需要"热闹是它们的"；而从情绪来说，又确实是"我什么也没有"。

⑭ 又是"忽然"，不是偶然，文章这里需宕开一笔，而有纵深感、有文人气。

⑮ "艳歌""风流"及多处以女性设喻，加上头尾都谈及妻儿，围绕"家庭""夫妻"乃至动用弗洛伊德的种种解读也就难免了；其实证据也并不充分。

可见当时嬉游的光景了。这真是有趣的事，可惜我们现在早已无福消受了。

于是又记起，⑯《西洲曲》里的句子：

⑯ 又来"于是"，更非偶然，是起承转合的精巧，是作者所下的功夫。

> 采莲南塘秋，莲花过人头；低头弄莲子，莲子清如水。

⑰ "江南"重复出现，确乎也是文本的一个关键，而解读则多元：既可说"文化江南"，也可联系作者履历说他想念江南的友人，还可以结合1927年的时代背景强化社会政治说。

今晚若有采莲人，这儿的莲花也算得"过人头"了；只不见一些流水的影子，是不行的。这令我到底惦着江南了。⑰——这样想着，猛一抬头，不觉已是自己的门前；轻轻地推门进去，什么声息也没有，妻已睡熟好久了。⑱

⑱ 文章收得太圆，完成了美文；也留下了缺口，四五六段写景文字和其他段落究竟如何关联？更留下了谜团，"这几天心里颇不宁静"，这是为什么呀？

一九二七年七月，北京清华园。

总评:《荷塘月色》是太著名的美文了。作为经典的语文名篇,在课堂上也往往是这么教的,聚焦于文本的 4、5、6 三个自然段,逐字逐句赏析作者如何写荷塘、写月色,用了哪些修辞手法,是怎样的写景顺序,又怎么做到动静相宜,进而将之作为范文来学习写景抒情散文的写作。可《荷塘月色》究竟抒的什么情呢?这问题,却并非那么一目了然。历来看重文本的第一句话,"这几天心里颇不宁静",甚至视之为文眼,甚至跑到文外去追索"不宁静"的原由,而形成了作品主题思想上的争议,迄今难见分晓。

事实上,落实到文本内,一个最基本的问题是,4、5、6 三段和全文的关系是怎样的?历来的多数意见是,朱自清的观景写景是为了排解心中的不宁静,那么问题紧接着又来了,从文中的叙述与描写看,这排解成功了没有呢?而这问题上又是一个众说纷纭的局面,哪儿成功了,哪儿功亏一篑了,哪儿又柳暗花明了,等等,各种说法各有"脑补",又谁也难以说服谁。

我的旁批力图呈现这谜一般的《荷塘月色》,当然,也不无倾向性,甚至还提出了一个釜底抽薪的观点:那三段写景文字,与其说是为排解宣泄"不宁静"而写,不如说是把"不宁静"悬置了而专注于观景写景做文章。对,《荷塘月色》是一篇做出来的文章,作者的更多心力是花在了把文章如何写成美文、写成范文上了。

你当然可以不赞成,我当然还需要从文本内外把道理讲得更充分。无论如何,我们几乎熟读成诵的《荷塘月色》,其实还得平心静气地一读再读。

桥·花红山*

废　名

花红山简直没有她们的座位。一棵树也没有，一块石头也没有。琴子很想坐一坐。① 只有那两山阴处，壁上，有一棵松树。过去又都是松林。她站的位置高些。细竹在她的眼下，那么的蹲着看，好像小孩子捉到了一个虫，——她很有做一个科学家的可能。琴子微笑道：

"火烧眉毛。"

细竹听见了，然而没有答。确乎对了花而看眉毛一看，实验室里对显微镜的模样。② 慢慢的又站起身，伸腰——看到山下去了。

① 开头就奇崛。偌大一座山，怎么会没有人坐的地方呢？哦，原来这是在小说人物琴子的眼里。

② 越发看不懂了吧，不要紧。起码你看明白了，还有一个人物叫细竹，她和琴子看花红山的眼光还不大一样。而待重读，你会发现，"火烧眉毛"，妙不可言。

---

* 选自王风编《废名集》第一卷，北京大学出版社2009年版。废名（1901—1967），原名冯文炳，湖北黄梅人，作家、学者，代表作有《桥》《莫须有先生传》等。

"你喜得没有骑马来，——看你把马拴到什么地方？这个山上没有草你的马吃！"

她虽是望着山下而说，背琴子，琴子一个一个的字都听见了，觉得这几句话真说得好，说尽了花红山的花，而且说尽了花红山的叶子！③

"不但我不让我的马来踏山的青，马也决不到这个山上来开口。"

话没有说，只是笑，——她真笑尽了花红山。同时，那一棵松树记住了她的马！玩了一半天，休憩于上不去的树。以后，坐在家里，常是为这松荫所遮，也永远有一匹白马，鹤那样的白。最足惜者，松下草，打起小小的菌伞，一定是她所爱的东西，一山之上又不可以道里计，不与同世界。它在那里——青青向樵人罢。④

细竹掉过身来，踏上去，指上拿着一瓣花。两人不能站到一个位置，俨然如隔水。⑤

"坐一坐罢。"

③ 果然，叙述者，也不妨说是作者本人，自鸣得意极了：不靠一点景物描写，就已写透了花红山的意境。但你不必气馁，是"喜得"（即"幸亏"）这种方言之类阻遏了理解。接下来，我们努力贴着人物和作者就是了。

④ 这马通灵！也是"环保主义者"啊。这段人物心理活动中想象的景物描写，很有古诗文的意境吧。

⑤ "俨然如隔水"，妙极！请闭目想象此时此地的情景。

⑥ 原来如此，是她俩舍不得坐在花红山的花和叶子上！

⑦ 用语言来沟通是这么难啊！废名明知故犯，显然大有深意。也确实，"有女怀春"假如依文中的理解，那端的是绘出了一幅美极了的"花红山春景图"。

．

说坐其实还是蹲，⑥黑发高出于红花，看姐姐，姐姐手插荷包。

"春女思。"

琴子也低眼看她，微笑而这一句。

"你这是那里来的一句话？我不晓得。我只晓得有女怀春。"

"你总是乱七八糟的！"

"不是的，——我是一口把说出来了，这句话我总是照我自己的注解。"

"你的注解怎么样？"

"我总是断章取义，把春字当了这个春天，与秋天冬天相对，怀是所以怀抱之。"⑦

只顾嘴里说，指上的花瓣儿捻得不见了。

琴子一望望到那边山上去了，听见是松林风声，无言望风来。细竹又站起来，道：

"要日头阴了它才好，再走回去怕真有点热。"

"我说打伞来你不肯。"

"我不喜欢那样的伞，不好看。"⑧

"一阵风——花落知多少？"琴子还是手插荷包说。

"这个花落什么呢？没有落地。"

细竹居然就低了头又看一看花红山的非树的花。

"是呵——姑娘聪明得很。"

说着从荷包里拿出了手来。她刚才的话，是因为站在花当中，而且，今天一天，她们随便一个意思都染了花的色彩，所以不知不觉的那么问了一问，高兴就在于问，并不真是想到花落。细竹的话又格外的使得她喜欢。

"这个花，如果落，不是落地，⑨是飞上天。"

她也就看花而这么说。立刻又记起绿的花红山，她那一次来花红山，是五月天气，花红山是绿的。

"细竹，目下我倒起了一个诗思。看你记不记得，这个山上我来过一次，同我的姨母一路，那时山上都是绿的，姨母告诉我花红山映山红开的时候很

⑧ 伞能遮阳，科学家看重的是伞的实用功能；而废名及其笔下的人物，则看重伞好看与否的审美功能。

⑨ 为什么不是"落地"？现在知道了吧！"是因为站在花当中，而且，今天一天，她们随便一个意思都染了花的色彩。"

⑩ 这里说得很明白了:"花红山映山红开的时候很好看","这么红"!

⑪ "诗思笑跑了"吗?没有,作家笔下的人物都是参禅悟道的废名先生。人物对话的功能,因而也有异于一般小说。

⑫ 此乃佛学所谓"差别心"有无的问题,而且如此极端,"昨天来见山红,今天来见山绿,不留一点余地",可是,"事实上红花终于是青山"。

⑬ 废名终于忍不住出场,且又调侃了"科学家"。这下该明白了,开头那所谓"实验室里对显微镜的模样",所谓"很有做一个科学家的可能"。

好看,但我总想不起这么红, ⑩ 今天不来——"

细竹抢着道:

"你不用说,今天你不来,君处绿山,寡人处红山,两个山上,风马牛各不相及。"

这一说把琴子的诗思笑跑了。 ⑪

"跟你一路,真要笑死人,——不要笑,我真不知道那样将作如何感想,倘若相隔是一天,昨天来见山红,今天来见山绿,不留一点余地。事实上红花终于是青山,然而不让我们那么的记住,欣红而又悦绿。" ⑫

花又从细竹的手上落了一瓣。同科学家这么讲,真是风马牛不相及!——哈哈,看官不要笑,这是执笔人的一句笑话, ⑬ 她悔之而不及,花一响仰首一面笑——

"嗳呀!"

怕姐姐又来打她一下,此一摘无心而是用了力了。

于是两人开步走。

走到一处，夥颐，映山红围了她们笑，挡住她们的脚。两个古怪字样冲上琴子的唇边——下雨！大概是关于花上太阳之盛没有动词。⑭ 不容思索之间未造成功而已忘记了。细竹道：

"这上面翻一个筋斗好玩。"

"我记得一篇文章，很有趣，题目好像叫作《花炮》？ 一个小姑娘，另外一个放牛的孩子——两人大概总是一块儿放牛，一天那孩子不见那小姑娘，他以为他得罪了她，丢了牛四处找她去。走到山上，满山的映山红，——大概也同我们这个山上一样，头上也是太阳。孩子就在山上坐下，看花，那知一望就望见是她，——山凹里的水泉旁边。这一点描写得很好。孩子自然喜欢得很，道：'那不是我的——？'恕我记不得姑娘的名字。"

同时一笑。

"'她在那里洗澡哩，像一个鹭鸶。'他就喊她，问她为什么丢了牛一个人跑到这里来玩呢？以下都写得

⑭ 明确补齐了"花红山春景图"的所有元素："花上太阳之盛"！"下雨"和"火烧眉毛""俨然如隔水"一样，都是从主观感觉来写。这是一幅多有意境的图景啊：仲春时节，阳光灿烂，花红山上映山红盛开，漫山遍野一片红里有两位妙龄少女，她们在看花赏景，言笑晏晏，她们更是风景……

好，通篇本来是孩子的独白，叙出小姑娘——涧边大概有一株棕榈树，小姑娘连忙撷它一叶，坐在草上，蒙起脸来。你想，棕榈树的叶子，遮了脸，多美。⑮ 最后好像是这一句：'你看你看她把眼闭着迷迷的笑哩。'我想咱们中国很难找这样的文章。"

⑮ 多美的意境，多美的文章！其实是废名怕你还不曾领略好、领略够，这又来了一次相同意境的复奏。

"你又没有到北京，怎么晓得咱们？"

琴子益发的想到题外去了——

"我见过北方的骆驼。"⑯

⑯ 再一次地，通过这番对话，请你体会语言、沟通和理解的难题，或者说是废名此文中的核心参悟。

她有一回在自己庄上河边树下见一人牵骆驼过河。

快要到家的时候，琴子忽然想起她们今天看的也就是杜鹃花，她们只是看花，同桃花一样的看了。何以从来的人是另眼相看？这么一想，花红山似乎换了颜色，从来的诗思做了太阳照杜鹃花。——花红山是在那里夕阳西下了。⑰

⑰ 废名用语言构筑的花红山意境，却让你我久久回味。

　　总评：废名是用绝句的方式写小说，本文是突出的例子。初读，云山雾罩，在所难免，上世纪二三十年代，废名就已经是著名的"难懂"了。但是，只要你静下心来读，你就会知道废名的语言有多好；多读几遍读懂了，或者借助旁批读懂了，你一定会对废名佩服极了。这意境写得！这花红山的意境！

　　原来，文学真是语言的艺术，原来意境全靠语言创造啊。

　　这时候倒也要提醒你：废名，也只是好文学之一种吧，就像《花红山》的意境，无论多么妙，毕竟太难懂。而你更熟悉的沈从文就扬其长，也弃其短，从而写出了更脍炙人口的《边城》。

夜*

丁　玲

一

羊群已经赶进了院子，赵家的大姑娘还坐在她自己的窑门口纳鞋帮，不时扭转着她的头，垂在两边肩上的银丝耳环，便很厉害的摇晃。羊群拥挤着朝栏里冲去，几只没有出外的小羊跳蹦着，被撞在一边，叫起来了。①

① 环境是陕北农村，人物赵家的大姑娘出场。

攒聚在这边窑里炕上的几个选举委员会的委员，陆续从窗口跳了出来。②他们刚结束了会议，然而却还在叮咛些什么，纳着鞋帮的清子便又

② 选举委员会""委员"等，显然是与本土的"羊群""窑门口"等很不一样的"外来"词语。

---

[1] 选自《丁玲短篇小说选》（上），人民文学出版社1981年版。丁玲（1904—1986），原名蒋伟，字冰之，湖南临澧人，作家，代表作有《莎菲女士的日记》《太阳照在桑干河上》等。

扭过头来，③ 露出一掬粘腻的、又分不清是否含着轻蔑的笑容。

被很多问题弄得疲乏了的委员们，④ 望了望天色，蓝色的炊烟已经从窑顶上的烟囱里吐出来，又为风吹往四方；他们决定赶到前边的庄子去吃饭，因为这晚上还要布置第二天的选举大会。然而已经三四天没有回家的指导员却意外地被准许回家。区委委员曾为他向大家说了一阵牧畜是很重要的等等的话，说他的惟一的牛就在这两天要产仔，而他的老婆是一个只能烧烧三顿饭，四十多岁了的女人。

招待员从扫着石磨的老婆身边赶了出来："已经派好了饭呢。怎的又走了呢？家里婆姨烧的饭香些么？"他抓住年轻的代理乡长的手，乡长在年下刚娶了一个才十六岁、⑤ 长得很漂亮的妻子，因此，常常会被别人善意的拿来取笑。

③ 明明说的同一个人，称谓为啥不一样？看来这小说从一开头就对阅读提出了挑战。

④ "被很多问题弄得疲乏了的委员们"，"粘腻的、又分不清是否含着轻蔑的笑容"，总显得别扭的表达。是有深意吧？尤其这"被"字，数数后文还出现了多少次。

⑤ "十六岁"和"四十岁"确实相差得远。下文马上还提及赵清子也是"十六岁"，这小说为什么要屡次点明人物的年龄呢？

⑥ 为什么"又"是赵清子，而且"发育得很好"？

⑦ 这是叙述者所言，还是小说人物的心理活动呢？

⑧ 原来何华明就是上文说的指导员，是他"惟一的牛就在这两天要产仔"，而"而他的老婆是一个只能烧烧三顿饭，四十多岁了的女人"。称谓也用了俩。

⑨ 原来是何华明一直在盯着赵清子看！原来，小说一直都是以他的视点展开。谁在说？叙述者。谁在看？何华明。作家为什么要采取这样的方式？

站在大门口看对山盛开的桃花的又是那发育得很好的清子。⑥长而黑的发辫上扎着粉红的绒绳，从黑坎肩的两边伸出条纹花布袖子的臂膀，高高的举着，撑在门柱上边，十六岁的姑娘，长得这样高大，什么不够法定的年龄，是应该嫁人了的啊！⑦

在桥头上分了手，大家都朝南走，只有何华明独自往北向着回家的路上。⑧他还看见那倚在门边的粗大姑娘，无言的眺望着辽远的地方。⑨一个很奇异的感觉，来到他心上，把他适才在会议上弄得很糊涂了的许多问题全赶走了。他似乎很高兴，跨着轻快的步子，吹起口哨来；然而却又忽然停住，他几乎说出声音来的那么自语了：

"这妇女就是落后，连一个多月的冬学都动员不去的，活该是地主的女儿，他妈的，他赵培基有钱，把女儿

248

当宝贝养到这样大还不嫁人……"⑩

他有意的摇了一下头，让那留着的短发拂着他的耳壳，接着便把它抹到后脑去，像抹着一层看不见的烦人的思绪，于是他也眺望起四周来。天已经快黑了。在远远的两山之间，停着厚重的靛青色的云块，那上边有几缕淡黄色的水波似的光，很迅速的又是在看不见的情形中变幻着，山的颜色和轮廓也都模糊成一片，只给人一种沉郁之感，而人又会多想起一些什么来的。⑪明亮的西边山上，人还跟在牛的后边，在松软的田地里走来走去；也有背着犁，把牛从山坡上赶回家去的。只有这作为指导员的他已让土地荒芜。二十天来，为着这乡下的什么选举，回家的次数就更少，简直没有上过一次山。相反的，就是当他每次回家之后听到的抱怨和唠叨也就更多。

其实每当他看见别人在田地里

⑩ 这段话有意思：前半段"落后""冬学""动员""地主"等和"选举"一样是"外来"的，多么明显地区别于后半段"他妈的，他赵培基有钱，把女儿当宝贝养到这样大还不嫁人"，但是，又被如此组织在了一起。

⑪"一切景语皆情语"，请由此想象何华明此时的内心世界。"烦人""沉郁"，还有什么？又是因为什么？

⑫ 这是一个全知全能的叙述者，评述之中让读者知道了事情的端倪：为了选举之类"不能离开的工作"，何华明"已让土地荒芜"，而且"每次回家之后听到的抱怨和唠叨也就更多"，这让他"总是说不出的一种痛楚"。

⑬ 这几句排比，小说的语言顿然明亮起来，这是小说人物的感觉，但也是叙述者的态度吗？在"工作"和"土地"之间，在"外来"和"本土"之间。

至此，可说是小说起始部分。虽然不是情节化的小说，也不很容易读懂，但主要人物和核心事件以及矛盾冲突还是呈现了出来。下一段人物心理描写，"意识流"似的，非常重要，需要特别关注。

辛劳着的时候，他就要想着自己那几块等着他去耕种的土地，而且意识到在最近无论怎样都还不能离开的工作，总是说不出的一种痛楚。⑫假如有什么人关切的问着他，他便把话拉开去，他在人面前说笑，谈问题，做报告，而且在村民选举大会的时候，还被人拉出来跳秧歌舞，唱郿鄠，他有被全乡的人所最熟稔的和欢迎的嗓子，然而他不愿同人说到他的荒着的田地，他只盼望着这选举工作一结束，他便好上山去。那土地，那泥土的气息，那强烈的阳光，那伴他的牛在呼唤着他，同他的生命都不能分离开来的。⑬

转到后沟的时候，已经全黑下来了，靠着几十年的来来去去和习惯了在黑处的视觉，他仍旧走得很快；思绪也很快地转着，他是有很久的历史，很多可纪念的事同这条凶险、幽僻的深沟一道写着的。当他还小的时候，他在这里为了追一条麂子跑到有丛林的地带去而遇见过豹。他也曾离开过这里，挟着一个小包卷去入赘在老婆的家中，⑭那时他才二十岁，她虽说已经三十二岁了，可是即使现在他也不能在回忆中搜出一个难看的印象，⑮不久，他又牵了驮着老婆的小驴回来了。什么地方埋葬过他的一岁的儿子，和什么地方安睡着他四岁女儿的尸体，无论在怎样的深夜他都能看见；⑯而且有一年多他们在这沟里简直只能在夜晚才能动作，那个小队长不就是被打死在那棵大榆树边的么？⑰那时他正在赤卫队。他自从做了指导员以来常常弄得很晚才回家，而这些过去的印象带着一些甜蜜、辛酸和兴奋来抚慰他。他实在被很多艰深的政治问题弄得很辛苦，而村乡上的工作也的确繁难，因此他对于这孤独的夜行，虽不能说养成为一种爱好，但实在是并不讨厌。⑱

两边全是很高的山，越走树林越

⑭ 家境太穷，需要"入赘"才能成家。

⑮ "二十"和"三十二"，年龄相差那么多，更谈不上"爱情"吧，但是却没有"难看的印象"。

⑯ 一儿一女都养不活！这是怎样的"本土"啊，"种的繁衍"都难以为继。

⑰ 难怪要有革命与斗争，甚至已经遭遇外族入侵。总之，"本土"再有自己的逻辑，也都无法自足，更别说圆满了。所以紧接着，是"甜蜜、辛酸和兴奋"的并置，这也应该说是对前一段貌似"本土"倾向的某种纠偏。

⑱ "实在……也的确……因此……虽不能……但实在是并不"，注意到这样的表达、也理解了叙述者最终所表达的意思了吗，"对于这孤独的夜行"。

多，汩汩的响着的水流，有时在左，有时在右。在被山遮成很窄的一条天上，有些冷静的星星眨着眼来望他。微微的南风，在身后斜吹过来，带着一些熟悉的却也分不清是什么的香味。⑲ 远远的狗在叫了，有两颗黄色的灯光在暗处。他的小村是贫穷的，几乎是这乡里最穷的小村，然而他爱它，只要他看见那堆在张家窑外边的柴堆，也就是村子最外边的一堆柴，他就格外有一种亲切的感觉。他并且常常以为骄傲，那就是在这只有二十家人家的村子里，却有二十八个共产党员。⑳

　　当他走上那宽坦的斜坡路，就走得更快了，他奇怪为什么这半天他几乎完全把他的牛忘记了。㉑ 他焦急的要立刻明白这个问题：生过了呢，还是没有？平安无事呢，还是坏了？他平日闲空时也曾幻想过一条小牛，同它母亲一模一样，喜欢跳跃。他急急地跑到家，走向关牛的地方。

⑲ 又一段景色描写，确实比较宜人，但最终，"熟悉的"香味依然"却也分不清是什么。"

⑳ 自己的小村最"亲切"，"本土"再穷也要"爱"！而且还"以为骄傲"，因为，有了"共产党"来带领大家改造"本土"。

㉑ 牛"要产仔"，何华明"意外地被准许回家"，是叙事的缘起，但与其说它构成小说的情节主干，不如说小说只是以此作为叙事的框架罢了。

二

第二次从牛的住处回来后，^㉒ 老婆已经把炕收拾好，而她自己并不打算睡，仍坐在灶门前。她凝视着他，忍着什么，不说话。但他却看出，在她脸上的每条皱纹里都埋伏得有风暴。习惯使他明白，除了披上衣，赶快出门是不能避免的。然而时间已经很晚了，加上他的牛……他不能出去，他嫌恶的看着她已开始露顶的前脑，但他希望省去一场风波，只好不理她，而且在他躺下去时，说："唉，实在熬!"他这样说，为的表示他不愿意吵架，让女人会因为他疲乏而饶了他。^㉓

然而有一滴什么东西落在地下了，女人在哭，先是一颗两颗的，后来眼泪便在脸上开了许多条河流不断的流着。微弱的麻油灯，照在那满是灰尘的黄发上，那托着腮颊的一只瘦手在灯下也就显出怕人的苍白，她轻轻的

㉒ 这才是好的短篇小说! 两节之间，无话则短。

㉓ 一场"风暴"，蓄势待发。看起来何华明是处于弱势和守势，其实呢? 你怎么看?

埋怨着自己，而且诅咒：

"你是应该死的了，你的命就是这样坏的呀！活该有这么一个老汉，吃不上穿不上是你的命嘛⋯⋯" ㉔

他不愿说什么，心里又惦着牛，便把身子朝窑外躺着。他心里想："这老怪物，简直不是个'物质基础'，牛还会养仔，她是个什么东西，一个不会下蛋了的母鸡。"㉕ 什么是"物质基础"呢，他不懂，但他明白那意思就是说那老东西已经不会再生娃的了，这是从副书记那里听来的新名词。

他们两人都极希望再有个孩子。他需要一个帮手，她一想到她没有一个靠山就伤心，可是他们却更不和气；她骂他不挣钱，不顾家，他骂她落后，拖尾巴。自从他做了这乡的指导员以后，他们便更难以和好，像有着解不开的仇恨。㉖

以前他们也吵架的，但最近她更觉得难过了，因为他越来越沉默得厉害。好像他的脾气变得好了，而她的

㉔ 前文中，叙述者是很体贴何华明的，也多半站在他的立场上。那么何华明老婆出场之后呢，叙述者则更多站在她这边，你读出来了吗？文本的依据是？

㉕ 请重读旁批⑩，如出一辙。叙述者的态度呢？"外来"的名词竟然被如此理解、如此利用了。

㉖ "不挣钱，不顾家"，是一套逻辑，听起来也比较好理解，"落后，拖尾巴"，是另一套逻辑，确乎不容易理解。怎么"外来"介入"本土"之后，"他们便更难以和好，像有着解不开的仇恨"了呢？

更坏，其实是他离去的更远，她毫不
能把握住他。她要的是安适的生活，
而他到底要什么呢？她不懂，这简直
是荒唐。㉗更其令她伤心的，是她明
白她老了，而他年轻，她不能满足他，
引不起他丝毫的兴趣。

　　她哭得更厉害，捶打着什么，大
声咒骂；她希望能激怒他。而他却平
静的躺着，用着最大的力量压住自己
的嫌厌，一个坏念头便不觉的又来了：

　　"把几块地给了她，咱也不要人烧
饭，做个光身汉，这窑，这锅灶，这
碗碗盏盏全给她，我拿一副铺盖、三
两件衣服，横竖没娃，她有土地、家
具，她可以抚养个儿子，咱就……"㉘
仿佛感觉到一种独身的轻松，翻了一
个身，一只暖烘烘的猫正睡在他侧边，
被他一打，弓着身子走了一步又躺下
了。这猫已养了三年，是只灰色的猫，
他并不喜欢别的猫，然而却很喜欢这
只灰猫，每当他受苦回家后，它便偎
在他身边，他躺在热炕上摸着它，等
老婆把饭烧好了拿上来。

㉗ 同样，"她要的是安适的
生活"，貌似也容易理解。
但是，怎么才能有"安适
的生活"呢？是等天上掉
下来吗？！"而他到底要什
么呢？""她不懂"，这确实
有点"荒唐"，但这绝不等
于"他到底要的"那什么
也荒唐吧！哪怕连他自己
也未必说得清楚。

㉘ 事实上，哪怕是何华明
的"坏念头"，所以能够成
立，"她有土地、家具"，
也正是因为他所参与的事
业，因为有了"外来"的
共产党。

㉙ 回到何华明夫妻俩的关系问题，这里，叙述者是再次以其"残忍"，表明了对何华明老婆的无限同情。

㉚ "难活"，生病的意思。文中这种陕北方言，基本不妨碍理解，甚至还特别具有表现力。

㉛ 小说多处写到猫啊狗的，小说需要生活气息。

㉜ 对何华明纵有诸种不满，但叙述者还是提醒你注意，"明天的会"之类，确实已经在他心里扎下了根。而这种集体性的品格，也极其不容易，尤其是对何华明这样爱土地的农民来说。

老婆还在生气，他担心她失错把她旁边孵豆芽的缸打破，他是很欢喜吃豆芽的。㉙ 但他却不愿说话，他又翻过身去，脚又触到炕角上的篓子，那里边罩了一窝新生的小鸡，因为被惊，便啾啾的叫了起来。

"知道我身体不成，总是难活，㉚连一点忙都不帮，草也是我铡的，牛要生仔，也不管……"她好像已经站了起来。他怕她跑过来，便一溜下炕，往院子里去了，他心里却还在赌气地说："牛，小牛都给你。"

半个月亮倒挂在那面山顶上边，照得院子有半边亮。一只狗躺在院当中，看见他便站起来走过一边去。㉛他信脚又到了牛栏边，槽里还剩下很多的草。牛躺在暗处，轻轻的喷着鼻子。"妈的，为什么还不生呢!"便焦急地想起明天的会。㉜

他刚要离开牛栏的时候，一个人影横过来，轻声的问着："你的牛生仔了没有?"这人一手托着草筐，一手撑在牛栏的门上，挡住他出来的路。

"是你，侯桂英。"他嘎声的说了，心不觉的跳得快了起来。

侯桂英是他间壁的青联主任的妻子，丈夫才十八岁，而二十三岁了的她却总不欢喜，她曾提出过离婚。㉝她是妇联会的委员，现在被提为参议会的候选人。

这是第三次还是第四次了，当他晚上起来喂牲口时，她也跟着来喂，而且总跟过来说几句话，即使白天见了，她也总是眯着她那单眼皮的长眼笑。他讨厌她，恨她，有时就恨不得抓过来把她撕开，把她压碎。㉞

月亮光落在她剪了的发上，落在敞开的脖子上，牙齿轻轻的咬着嘴唇，她望着他，他也呆立在那里。

"你……"

他感到一个可怕的东西在自己身上生长出来了，他几乎要去做一件吓人的事，他可以什么都不怕的，但忽然㉟另一个东西压住了他，他截断了

㉝ 侯桂英是小说里出现的第三名、也是第三类女性，她和何华明一样，深刻卷进了"外来"的工作。这当然是为群众谋福利，事实上却也是为自己谋解放。

㉞ 原来，何华明一开始就满脑子欲望，是因为这段时间他一直在考虑这样的问题：是否与老婆离婚，好和他俩互相"欢喜"的侯桂英在一起。

㉟ 小说摊开了许多矛盾，怎么收场呢？"忽然"是办法，——又往往是让人诟病的。

㊱ 貌似也未必全然不合逻辑：如果说侯桂英是因"外来"而"妇女解放"，那么何华明则更复杂，既也拿"外来"为己所用，又被初步塑造成了新的主体，而最终服膺于"外来"的纪律。

㊲ 这是令人悲喜交加的一笔：一方面何华明自觉服从"外来"大局，这就使得何华明老婆这类女性在结果上，成了"外来"的最终获益者；另一方面你注意到了没，这是小说里何华明跟他老婆说的第一句话。由此可见这是"何华明"们的恩赐吗？

㊳ 请注意老婆的反应。很可能，叙述者又在仰天长叹了，"他"一开口，"她"便"停止了哭泣"！老话是"哀其不幸，怒其不争"，或更复杂地说，叙述者也的确太复杂了：并非不理解侯桂英们的"欢喜"，但当女性内部也有利益冲突时，又最终站在最弱势的"老婆"们这边，但还是忍不住批评她们在男性面前的屈从乃至屈辱。

她说道：

"不行的，侯桂英，你快要做议员了，咱们都是干部，要受批评的。"㊱于是推开了她，头也不回地走进自己的窑里去。老婆已经坐到炕上，好像还在流眼泪。

"唉！"他长长的抽了一口气，躺在炕上。

像经过了一件大事后那样有着应有的镇静，像想着别人的事件似的想着适才的事，他觉得很满意。于是他喊他的老婆："睡吧，牛还没有养仔呢，怕要到明天。"㊲

老婆看见他在说话了，便停止了哭泣，吹熄了灯。㊳

"这老家伙终是不成的，好，就让她烧烧饭吧，闹离婚影响不好。"

然而院子里的鸡叫了。老婆已脱了衣服，躺在他侧边，她唠叨地问着："明天还要出去么？什么开不完的会……"

"牛又要侍候了……"但他已经

没有很多时间来想牛的事，他需要睡眠，他阖着眼，努力去找瞌睡，却只见一些会场，一些群众，而且听到什么"宣传工作不够啰，农村落后呀，妇女工作等于零……"等等的话。他一想到这里，就免不了烦躁，如何能把农村弄好呢，这里没有做工作的人呀。他自己是个什么呢？他什么也不懂，他没有住过学，不识字，他连儿子都没有一个，而现在他做了乡指导员，他明天还要报告开会意义…… ㉟

窗户纸在慢慢变白，隔壁已经有人起身了；而何华明却刚刚沉入在半睡眠状态中；黄瘦的老婆已经睡熟了，有一颗眼泪嵌在那凹下去了的眼角上。猫又睡在更侧边沉沉的打着鼾。映在曙光里的这窑洞倒也显得很温暖很恬适。㊵

天渐渐的大亮了。

1941 年

㉟ 又像是一段意识流，又像是老矛盾一个也没有解决；但也不妨说，经过这小说里的过程之后，何华明还是有了更强的自我意识，哪怕是半梦半醒之间。这又何尝不是推进？

㊵ 叙述者的态度最终是落在了"很温暖很恬适"，即便还有"倒也显得"的保留。那么你对小说收束在"天渐渐的大亮了"，有怎样的看法？你如何想像何华明和他的老婆、侯桂英以及赵清子们的未来？

　　总评：这篇《夜》，不简单！所以旁批，做得特别细。只要对着原文多读几遍，同时认真对待旁批里的提问，你应该能读懂小说的复杂性和旁批的倾向性。

　　一，何华明的欲望以及他最终对自己欲望的克服，何华明对土地的爱、对共产党员身份的骄傲以及他对"如何能把农村弄好呢"的责任心与烦躁感：多么有深度的"过渡期"人物。

　　二，赵清子、何华明老婆、侯桂英，同为女性，但年龄、身份不同，利益诉求就大不相同：丁玲对女性问题的认识，在了解中国实际后，有了妇女解放的总体视野，变得如此深刻，一言难尽。

　　三，从语言和话语入手，看小说对"本土"与"外来"的呈现与思索：多么复杂而多元！而其根源还是一个现实问题，革命的合法性如何深化？乡土中国如何走向现代？现代又如何面对传统、面向未来？

何其芳诗文二则[*]

何其芳

独　语

设想独步在荒凉的夜街上，一种枯寂的声响固执地追随着你，如昏黄的灯光下的黑色影子，你不知该对它珍爱抑是不能忍耐了：那是你脚步的独语。①

人在孤寂时常发出奇异的语言，或是动作。动作也是语言的一种。

决绝地离开了绿蒂的维特，独步在阳光与垂柳的堤岸上，如在梦里，诱惑的彩色又激动了他作画家的欲望，遂决心试卜他自己的命运了：②从衣

① 开篇第一句也是第一段，就让你感到文章"文绉绉"的吧？请静下心来细读细想，是什么样的语言表达形式（类似"抑是"而非"还是"）让你有了这样的感觉。

② "遂""试卜"，也都特别地书面化，有文言色彩。

* 选自《何其芳全集》，河北人民出版社 2001 年版。何其芳（1912—1977），重庆万州人，作家、学者，代表作有散文集《画梦录》、理论著作《关于现实主义》等。

袋里摸出一把小刀子，从垂柳里掷入河水中，若是能看见它的落下他就将成功一个画家，否则不。——那寂寞的一挥手使你感动吗？你了解吗？

我又想起了一个西晋人物，他爱驱车独游，到车辙不通之处就痛哭而返。③

绝顶登高，谁不悲慨地一长啸呢？是想以他的声音填满宇宙的寥阔吗？等到追问时怕又只有沉默的低首了。我曾经走进一个古代的建筑物，画檐巨柱都争着向我有所诉说，低小的石栏也发出声息，像一些坚忍的深思的手指在上面呻吟；而我自己倒成了一个化石了。

或是昏黄的灯光下，放在你面前的是一册杰出的书，你将听见里面各个人物的独语。温柔的独语，悲哀的独语，或者狂暴的独语。黑色的门紧闭着：一个永远期待的灵魂死在门内，一个永远找寻的灵魂死在门外。每一个灵魂是一个世界，没有窗户。而可

③ 说的是阮籍，上一段说的是歌德笔下的少年维特。得懂那么多知识典故才能明白，岂不"文"乎？

爱的灵魂都是倔强的独语者。④

　　我的思想倒不是在荒野上奔驰。有一所落寞的古颓的屋子，画壁漫漶，⑤阶石上铺着白藓，像期待着最后的脚步：当我独自时我就神往了。

　　真有这样一个所在，或者是在梦里吗？或者不过是两章宿昔嗜爱的诗篇的揉合，没有关联的奇异的揉合⑥。幔子半掩，地板已扫，死者的床榻上常春藤影在爬；死者的魂灵回到他熟悉的屋子里，朋友伙在聚餐，嬉笑，都说着"明天明天"，无人记起"昨天"。

　　这是颓废吗？我能很美丽的想着"死"，反不能美丽的想着"生"吗？

　　冥冥之手牵张着一个网，"人"如一粒蜘蛛蹲伏在中央。憎固愈令彼此疏离，爱亦徒增错误的挂系。谁曾在自己的网里顾盼、跳跃，感到因冥冥之丝不足一割遂甘愿受缚的怅忪吗？⑦

　　而我何以又太息："去者日以疏，

④ 几乎每一句每一段都很精致，但段与段乃至句与句之间的关联，又总是相当弱。难怪会让你既觉得美，又觉得不那么容易读懂。所谓"不明觉厉"哈。

⑤ "古颓""漫漶"这样书面乃至生僻的用词，全文中还真是不少。

⑥ "在梦里""没有关联的奇异的揉合"，这不像是在说这篇文章吗？

⑦ 这里简直是晦涩了。虽然，那种孤独、那种怅忪，还是可以感受到。

生者日以亲?"是慨叹着我被人忘记了,抑是我忘记了人呢?

"这里是你的帽子",或者"这里是你的纱巾,我们出去走走吧!",我还能说这些惯口的句子。而我那温和的沉默的朋友,我更记起他:他屋里有一个古怪的抽屉,精致的小信封,函着丁香花,或是不知名的扇形的叶子:像为着分我的寂寞而展示他温柔的记忆。墙上是一张小画片,翻过背面来,写着"月的渔女"。

唉。我尝自忖度:那使人类温暖的,我不是过分的缺乏了它就是充溢了它。两者都足以致病的。

印度王子出游,看见生老病死,遂发自度度人的宏愿。⑧我也倒想有一树菩提之阴,坐在下面思索一会儿。虽然我要思索的是另外一个题目。

⑧ 于是他成了释迦牟尼佛。

于是,我的目光在窗上徘徊了。天色像一张阴晦的脸压在窗前,发出令人窒息的呼吸。这就是我抑郁的缘故吗？⑨ 而又，在窗格的左角，我发现一个我的独语的窃听者了：像一个鸣蝉蜕弃的躯壳，向上蹲伏着，噤默的。噤默的，和着它一对长长的触须，三对屈曲的瘦腿。我记起了它是我用自己的手笔描画成的一个昆虫的影子，当它迟徐的爬到我窗纸上，发出孤独的银样的鸣声，在一个过逝的有阳光的秋天里。

一九三四年三月二日成。

⑨ 这是第几次自我怀疑、自我反思？文中有许多问号，有许多愁肠、许多幻想、许多期许。

我为少男少女们歌唱 ⑩

我为少男少女们歌唱。

我歌唱早晨，

我歌唱希望，

我歌唱那些属于未来的事物，

⑩ 从"独语"到"歌唱"，作者仿佛换了一个人。

⑪ 多么流畅，多么朗朗上
口！排比很有力量，"早
晨""希望"这些意象或词
语也很直白。

⑫ 诗句之间，语义关联度
一般是比较弱的，但这首
诗不然，所以真的是明白
如话。

⑬ 言为心声。孤寂抑郁时，
说不清道不明，欲说还休
理还乱。告别了忧伤，神
清气爽，语言畅达。

⑭ 依然有梦，但不是在孤
独的"我"里面，而是在
沸腾的"生活"中。

我歌唱那些正在生长的力量。⑪

我的歌呵，
你飞吧，
飞到那些年轻人的心中
去找你停留的地方。⑫

所有使我像草一样颤抖过的
快乐或者好的思想，
都变成声音
飞到四方八面去吧，
不管它像一阵微风
或者一片阳光。

轻轻地从我琴弦上
失掉了成年的忧伤，⑬
我重新变得年轻了，
我的血流得很快，
对于生活我又充满了梦想，⑭充
满了渴望。

一九四一年

　　总评:《独语》那种考究、精致、典雅的语言,哪怕并不容易读懂,也很能吸引人流连其中乃至乐而忘返,这是"文"的魅力,也是"独语体"散文的魅力。——这类风格的散文后来以"独语"名之,亦可见这篇《独语》的影响力。而何其芳自己后来告别了"独语",不再低徊不再轻唱,而是大声说话放声歌唱,"我为少男少女们歌唱",心境全然不同,文风也全然不同。——又体现出了"白"的力量。

　　你更喜欢哪一篇哪一类,这并不那么要紧;要紧的是,就像好的文学语言需要保持"文与白"的必要张力一样,你的阅读趣味也不要过于偏执。

荷花淀——白洋淀纪事之二[*]

孙 犁

月亮升起来，院子里凉爽得很，干净得很，白天破好的苇眉子潮润润的，正好编席。女人坐在小院当中，手指上缠绞着柔滑修长的苇眉子。苇眉子又薄又细，在她怀里跳跃着。①

要问白洋淀有多少苇地？不知道。每年出多少苇子？也不知道。只晓得，每年芦花飘飞苇叶黄的时候，全淀的芦苇收割，垛起垛来，在白洋淀周围的广场上，就成了一条苇子的长城。女人们，在场里院里编着席。编成了多少席？六月里，淀水涨满，有无数的船只运输银白雪亮的席子出口。不

① 好一幅恬静和美的月下编席图！"女人"作为主语，可以不定指，也可能定指。

---

* 孙犁（1913—2002），原名孙振海，后更名孙树勋，作家、散文家，"荷花淀派"创始人，代表作有《荷花淀》《芦花荡》等。《荷花淀》收于统编版普通高中教科书语文选择性必修中册。

久，各地的城市村庄就全有了花纹又密又精致的席子用了。大家争着买："好席子，白洋淀席！"②

这女人编着席。③ 不久在她的身子下面，就编成了一大片。她像坐在一片洁白的雪地上，也像坐在一片洁白的云彩上。她有时望望淀里，淀里也是一片银白世界。水面笼起一层薄薄透明的雾，风吹过来，带着新鲜的荷叶荷花香。④

但是大门还没关，丈夫还没回来。

很晚丈夫才回来了。这年轻人不过二十五六岁，头戴一顶大草帽，上身穿一件洁白的小褂，黑单裤卷过了膝盖，光着脚。他叫水生，小苇庄的游击组长，党的负责人。⑤ 今天领着游击组到区上开会去来。

女人抬头笑着问："今天怎么回来得这么晚？"站起来要去端饭。

水生坐在台阶上说："吃过饭了，你不要去拿。"

女人就又坐在席子上。她望着

② 请与《边城》的开头比较阅读："风俗画"和"抒情性"是如何实现的？手法上有哪些异同？有兴趣的话，去了解"叙述频率"的概念以深入探究。

③ "这"——定指了，进入具体的故事了。

④ 与其说在叙事，不如说在描写，更在抒情。这小说语言也特别干净、淡雅，很容易就当散文来读了。

⑤ 人物也很干净，"他叫水生"，"这女人"则是"水生的女人"。"游击队长""党的负责人"，人物的身份带出了时代的背景。

⑥ 既很有生活的气息，又显然是战争年代的生活。

⑦ 对话也写得很简洁，但其实不简单，尤其是女人被很细腻地写出了其敏感。

⑧ 这是中国现代小说里最著名的细节描写之一！请从人物心理和写作技法两方面细加品赏。

⑨ 非常关键的故事背景，通过对话描写很简洁地就交代清楚了：一切都是为了与"敌人""斗争"。

⑩ "总是"二字的韵味，你读出来了吧。

丈夫的脸，她看出他的脸有些红胀，说话也有些气喘。⑥ 她问："他们几个哩？"

水生说："还在区上。爹哩？"

"睡了。"

"小华哩？"

"和他爷爷去收了半天虾篓，早就睡了。他们几个为什么还不回来？"⑦

水生笑了一下。女人看出他笑得不像平常。"怎么了，你？"

水生小声说："明天我就到大部队上去了。"

女人的手指震动了一下，想是叫苇眉子划破了手。她把一个手指放在嘴里吮了一下。⑧

水生说："今天县委召集我们开会。假若敌人再在同口安上据点，那和端村就成了一条线，淀里的斗争形势就变了。会上决定成立一个地区队。我第一个举手报了名的。"⑨

女人低着头说："你总是很积极的。"⑩

水生说："我是村里的游击组长，是干部，自然要站在头里，他们几个也报了名。他们不敢回来，怕家里的人拖尾巴。公推我代表，回来和家里人们说一说。他们全觉得你还开明一些。"⑪

女人没有说话。过了一会，她才说："你走，我不拦你。家里怎么办？"

水生指着父亲的小房，叫她小声一些。说："家里，自然有别人照顾。可是咱的庄子小，这一次参军的就有七个。庄上青年人少了，也不能全靠别人，家里的事，你就多做些，爹老了，小华还不顶事。"

女人鼻子里有些酸，但她并没有哭。只说："你明白家里的难处就好了。"⑫

水生想安慰她。因为要考虑准备的事情还太多，他只说了两句："千斤的担子你先担吧，打走了鬼子，我回来谢你。"

⑪ 干部带头，优良作风，也因此能服众。"你还开明一些"的话语策略或潜台词是什么？

⑫ 这段对话，既谈家常，更说国事，而家国又是一体的。小说至此塑造了水生夫妻俩什么样的形象？

⑬ "女人还是呆呆地坐在院子里等他"。

说罢，他就到别人家里去了，他说回来再和父亲谈。

鸡叫的时候，水生才回来。女人还是呆呆地坐在院子里等他，⑬ 她说："你有什么话嘱咐嘱咐我吧！"

"没有什么话了，我走了，你要不断进步，识字，生产。"

"嗯。"

"什么事也不要落在别人后面！"

"嗯，还有什么？"

⑭ 为什么是比"进步，识字，生产"还"最重要的一句"？请评价，也可以批判性阅读。

"不要叫敌人汉奸捉活的。捉住了要和他拼命。"⑭ 这才是那最重要的一句，女人流着眼泪答应了他。

第二天，女人给他打点好一个小小的包裹，里面包了一身新单衣，一条新毛巾，一双新鞋子。那几家也是这些东西，交水生带去。一家人送他出了门。父亲一手拉着小华，对他说：

⑮ "父亲"的话不用多，但他和乡亲们都是很重要的陪衬。

"水生，你干的是光荣事情，我不拦你，你放心走吧。大人孩子我给你照顾，什么也不要惦记。"⑮

全庄的男女老少也送他出来，水

生对大家笑一笑，上船走了。

女人们到底有些藕断丝连。⑯过了两天，四个青年妇女集在水生家里来，大家商量。

"听说他们还在这里没走。我不拖尾巴，可是忘下了一件衣裳。"

"我有句要紧的话，得和他说说。"

"听他说鬼子要在同口安据点……"水生的女人说。

"哪里就碰得那么巧，我们快去快回来。"

"我本来不想去，可是俺婆婆非叫我再去看看他——有什么看头啊！"⑰

于是这几个女人偷偷坐在一只小船上，划到对面马庄去了。

到了马庄，她们不敢到街上去找，来到村头一个亲戚家里。亲戚说："你们来的不巧，昨天晚上他们还在这里，半夜里走了，谁也不知开到哪里去。你们不用惦记他们，听说水生一来就当了副排长，大家都是欢天喜

⑯ 请由"到底有些藕断丝连"这个表述推想小说叙述者的形象。

⑰ 这几句对话写得妙啊，一，塑造了群像，二，推进了情节，小说由此进入了第二部分。

地的……

几个女人羞红着脸告辞出来，摇开靠在岸边上的小船。现在已经快到晌午了，万里无云，可是因为在水上，还有些凉风。这风从南面吹过来，从稻秧上苇尖吹过来。水面没有一只船，水像无边的跳荡的水银。⑱

几个女人有点失望，也有些伤心，各人在心里骂着自己的狠心贼。可是青年人，永远朝着愉快的事情想，女人们尤其容易忘记那些不痛快。不久，她们就又说笑起来了。

"你看，说走就走了。"

"可慌哩！比什么也慌，比过新年，娶新——也没见他这么慌过！"

"拴马桩也不顶事了。"

"不行了，脱了缰了！"

"一到军队里，他一准得忘了家里的人。"⑲

"那是真的，我们家里住过一些年轻的队伍，一天到晚仰着脖子，出来唱，进去唱，我们一辈子也没那么

⑱ 简短的风景描写。与其说小说把战争写得很诗意，不如说，没有侵略者，生活原本多么诗意。

⑲ 无论叙述者还是人物的语言，都非常清通、畅达而生活化，好的白话文有利于表达生活的诗意。这段对话还有什么功能？

乐过。等他们闲下来没有事了，我就傻想：该低下头了吧。你猜人家干什么？用白粉子在我家影壁上画上许多圆圈圈，一个一个蹲在院子里，托着枪瞄那个，又唱起来了！"[20]

她们轻轻划着船，船两边的水哗，哗，哗。[21]顺手从水里捞上一棵菱角来，菱角还很嫩很小，乳白色。顺手又丢到水里去。那棵菱角就又安安稳稳浮在水面上生长去了。

"现在你知道他们到了哪里？"

"管他哩，也许跑到天边上去了！"

她们都抬起头往远处看了看。

"唉呀！那边过来一只船。"

"唉呀！日本！你看那衣裳！"[22]

"快摇！"

小船拼命往前摇。她们心里也许有些后悔，不该这么冒冒失失走来；也许有些怨恨那些走远了的人。但是立刻就想，什么也别想了，快摇，大船紧紧追过来了！

大船追的很紧。

[20] 火热的部队生活改造人，提高人。

[21] "哗，哗，哗"，悠闲，"安安稳稳"。

[22] 突变！

幸亏是这些青年妇女，白洋淀长大的，她们摇得小船飞快。小船活像离开了水皮的一条打跳的梭鱼。她们从小跟这小船打交道，驶起来，就像织布穿梭，缝衣透针一般快。

假如敌人追上了，就跳到水里去死吧！

后面大船来得飞快。那明明白白是鬼子！这几个青年妇女咬紧牙，制止住心跳，摇橹的手并没有慌，水在两旁大声哗哗，哗哗，哗哗哗！㉓

"往荷花淀里摇！那里水浅，大船过不去。"

她们奔着那不知道有几亩大小的荷花淀去，那一望无边际的密密层层的大荷叶，迎着阳光舒展开，就像铜墙铁壁一样。粉色荷花箭高高地挺出来，是监视白洋淀的哨兵吧！㉔

她们向荷花淀里摇，最后，努力地一摇，小船窜进了荷花淀。几只野鸭扑棱棱飞起，尖声惊叫，掠着水面飞走

㉓ "哗哗，哗哗，哗哗哗！"，标点是非常重要的书面表达手段，这是特别著名的例子。

㉔ 点睛之笔，点题之笔！

276

了。就在她们的耳边响起一排枪！

整个荷花淀全震荡起来。她们想，陷在敌人的埋伏里了，一准要死了，一齐翻身跳到水里去。㉕渐渐听清楚枪声只是向着外面，她们才又扒着船帮露出头来。她们看见不远的地方，那宽厚肥大的荷叶下面，有一个人的脸，下半截身子长在水里。荷花变成人了？那不是我们的水生吗？又往左右看去，不久各人就找到了各人丈夫的脸，啊！原来是他们！㉖

但是那些隐蔽在大荷叶下面的战士们，正在聚精会神瞄着敌人射击，半眼也没有看她们。枪声清脆，三五排枪过后，他们投出了手榴弹，冲出了荷花淀。

手榴弹把敌人那只大船击沉，一切都沉下去了。㉗水面上只剩下一团烟硝火药气味。战士们就在那里大声欢笑着，打捞战利品。他们又开始了沉到水底捞出大鱼来的拿手戏。他们争着捞出敌人的枪支、子弹带，然后

㉕ 完蛋了。

㉖ 惊喜！

㉗ 这可不是"抗战神剧"，这是革命浪漫主义。这篇小说中就该这么写！

是一袋子一袋子叫水浸透了的面粉和大米。水生拍打着水去追赶一个在水波上滚动的东西——是一盒用精致纸盒装着的饼干。㉘

妇女们带着浑身水，又坐到她们的小船上去了。

水生追回那个纸盒，一只手高高举起，一只手用力拍打着水，好使自己不沉下去。对着荷花淀吆喝：

"出来吧，你们！"

好像带着很大的气。㉙

她们只好摇着船出来。忽然从她们的船底下冒出一个人来，只有水生的女人认得那是区小队的队长。这个人抹一把脸上的水问她们："你们干什么去来呀？"

水生的女人说："又给他们送了一些衣裳来！"㉚

小队长回头对水生说："都是你村的？"

"不是她们是谁，一群落后分子！"㉛ 说完，把纸盒顺手丢在女人

㉘ "精致"，谁都喜欢。闲笔不闲。

㉙ 为什么"带着很大的气"，为什么又是"好像"？

㉚ 欲盖弥彰哈。

㉛ 革命年代，最听不得的就是"落后"二字，这话刺激人。

278

们船上，一泅，又沉到水底下去了，到很远的地方才钻出来。

小队长开了个玩笑，他说："你们也没有白来，不是你们，我们的伏击不会这么彻底。可是，任务已经完成，该回去晒晒衣裳了。情况还紧的很！"

战士们已经把打捞出来的战利品，全装在他们的小船上，准备转移。一人摘了一片大荷叶顶在头上，抵挡正午的太阳。几个青年妇女把掉在水里又捞出来的小包裹丢给了他们，战士们的三只小船就奔着东南方向，箭一样飞去了。不久就消失在中午水面上的烟波里。㉜

几个青年妇女划着她们的小船赶紧回家，一个个像落水鸡似的。一路走着，因过于刺激和兴奋，她们又说笑起来。

坐在船头脸朝后的一个噘着嘴说："你看他们那个横样子，见了我们爱搭理不搭理的！"

"啊，好像我们给他们丢了什么人似的。"㉝

她们自己也笑了，今天的事情不

㉜ 战争岁月，有儿女情长，也是在心里。——其实谁又能说，这小说写的不正是儿女情长吗？

㉝ 显然受了刺激。

算光彩，可是——

"我们没枪，有枪就不往荷花淀里跑，在大淀里就和鬼子干起来！"

"我今天也算看见打仗了。打仗有什么出奇，只要你不着慌，谁还不会趴在那里放枪呀！"

③④ 荷花淀的女人们太可爱了。

"打沉了，我也会凫水捞东西，我管保比他们水式好，再深点儿我也不怕！"③④

③⑤ 小说的高潮说来就来了。

"水生嫂，回去我们也成立队伍，不然以后还能出门吗！"③⑤

③⑥ 典型的详前略后写法。整篇都写得简约而有蕴味，小说不重情节重氛围，一些细节、对话和场景，精彩至极，真是不可多得的战争小说精品。

"刚当上兵就小看我们，过二年，更把我们看得一钱不值了，谁比谁落后多少呢！"

这一年秋季，她们学会了射击。冬天，打冰夹鱼的时候，她们一个个登在流星一样的冰船上，来回警戒。敌人"围剿"那百顷大苇塘的时候，她们配合子弟兵作战，出入在那芦苇的海里。③⑥

③⑦ 是具体的写作时间地点，也好像有某种象征性。今后有可能的话，不妨在文学内外的大历史里重读作品，深入探究。

1945年于延安 ③⑦

　　总评：《荷花淀》的好是处处好。开头好，白洋淀月下编席图，和《边城》开头的风俗画完全可以媲美，而描写又更简约、含蓄。中间好，水生的女人和荷花淀的女人们，有个体有群像，有家事更有国事，有儿女情长也有大局观，交融在一起写，写得依然很节制。结尾好，要看高潮，那是说来就来，要讲蕴味，那通篇都属于冰山一角，还不仅仅是详前略后，也由此可见整篇小说在构思布局、叙事写人、遣词造句上的功夫。

　　事实上，《荷花淀》几乎可以说，每个字乃至标点符号都好，在细节描写、对话描写、场面描写、环境描写等方面，都是教科书级的，都值得细细品赏，好好琢磨，认认真真学习借鉴，因而无怪乎，《荷花淀》是我们中国语文教科书里缺不了、也缺不得的经典篇目。

　　这是篇战争题材的作品，这又是篇现代诗化抒情小说中的精品，仅就此而言，便已经是个奇迹。当然奇迹也不意味着不能反思，比如精致，是不是也可能过犹不及，乃至制约其博大？

公寓生活记趣*

张爱玲

① 写现代公寓，为什么要从古典诗词破题？

② 许多大词小用，语带夸张，而其中又有许多琐碎的个人经验。典型的张爱玲笔法。

读到"我欲乘风归去，又恐琼楼玉宇，高处不胜寒" ① 的两句词，公寓房子上层的居民多半要感到毛骨悚然。屋子越高越冷。自从煤贵了之后，热水汀早成了纯粹的装饰品。构成浴室的图案美，热水龙头上的 H 字样自然是不可少的一部分；实际上呢，如果你放冷水而开错了热水龙头，立刻便有一种空洞而凄怆的轰隆轰隆之声从九泉之下发出来， ② 那是公寓里特别复杂，特别多心的热水管系统在那里发脾气了。即使你不去太岁头上动土，那雷神也随时地要显灵。无缘无

---

* 选自《张爱玲散文全编》，浙江文艺出版社 1992 年版。张爱玲（1920—1995），
原名张煐，出生于上海，作家，代表作有《倾城之恋》《金锁记》等。

故，只听见不怀好意的"嗡……"拉长了半晌之后接着"訇訇"两声，活像飞机在顶上盘旋了一会，掷了两枚炸弹。在战时香港吓细了胆子的我，初回上海的时候，每每为之魂飞魄散。若是当初它认真工作的时候，艰辛地将热水运到六层楼上来，便是咕噜两声，也还情有可原。现在可是雷声大，雨点小，③ 难得滴下两滴生锈的黄浆……然而也说不得了，失业的人向来是肝火旺的。④

　　梅雨时节，高房子因为压力过重，地基陷落的原故，门前积水最深。街道上完全干了，我们还得花钱雇黄包车渡过那白茫茫的护城河。雨下得太大的时候，屋子里便闹了水灾。我们轮流抢救，把旧毛巾、麻袋、褥单堵住了窗户缝；障碍物湿濡了，绞干，换上，污水折在脸盆里，脸盆里的水倒在抽水马桶里。⑤ 忙了两昼夜，手心磨去了一层皮，墙根还是汪着水，糊墙的花纸还是染了斑斑点点的水痕

③ 前有"雷神"带出"雷声"，而后连带了好几节"雨"的描写。值得注意的是，"雷声大，雨点小"本身只一俗语，有"雨"字，却并没有真的"雨"。

④ 文题为"记趣"，文章却似乎从公寓生活之"苦"写起，包括下面一节。但这只是表象！想想为什么，或索性出声地读一读，看能否自己琢磨出来。

⑤ "水灾"之类肯定不是好事，但事情却如前文一样写得非常琐细，也好像是乐此不疲。你读出来了吧：表达的内容和表达的形式之间，很有张力。

与霉迹子。

风如果不朝这边吹的话，高楼上的雨倒是可爱的。⑥有一天，下了一黄昏的雨，出去的时候忘了关窗户，回来一开门，一房的风声雨味，放眼望出去，是碧蓝的潇潇的夜，远处略有淡灯摇曳，多数的人家还没点灯。

常常觉得不可解，街道上的喧声，⑦六楼上听得分外清楚，仿佛就在耳根底下，正如一个人年纪越高，距离童年渐渐远了，小时的琐屑的回忆反而渐渐亲切明晰起来。⑧

我喜欢听市声。比我较有诗意的人在枕上听松涛，听海啸，我是非得听见电车响才睡得着觉的。在香港山上，只有冬季里，北风彻夜吹着常青树，还有一点电车的韵味。长年住在闹市里的人大约非得出了城之后才知道他离不了一些什么。⑨城里人的思想，背景是条纹布的幔子，淡淡的白条子便是行驶着的电车——平行的，匀净的，声响的河流，汩汩流入下意

⑥ 果然，"可爱"出现。请边读边想象这可爱的都市雨景，并且拿乡村雨景来做比较。

⑦ 由"风声雨味"自然滑到了街道上的"喧声"。

⑧ 张爱玲的比喻句，经常反着来，请找出喻体和本体，好好体会。

⑨ 简直是以城市体验挑战乡土美感。是从个体经验出发的，却不能不承认其普遍性，尤其是在此文发现、凝聚、表现城市生活的美感七八十年之后。

识里去。

我们的公寓近电车厂邻，可是我始终没弄清楚电车是几点钟回家。"电车回家"这句子仿佛不很合适——大家公认电车为没有灵魂的机械，而"回家"两个字有着无数的情感洋溢的联系。⑩但是你没看见过电车进厂的特殊情形吧？一辆衔接一辆，像排了队的小孩，嘈杂，叫嚣，愉快地打着哑嗓子的铃："克林，克赖，克赖，克赖！"吵闹之中又带着一点由疲乏而生的驯服，是快上床的孩子，等着母亲来刷洗他们。车里的灯点得雪亮。专做下班的售票员的生意的小贩们曼声兜售着面包。有时候，电车全进了厂了，单剩下一辆，神秘地，像被遗弃了似的，停在街心。从上面望下去，只见它在半夜的月光中袒露着白肚皮。

这里的小贩所卖的吃食没有多少典雅的名色。⑪我们也从来没缒下篮子去买过东西，（想起《侬本痴

⑩ 写作状态极放松，运笔极轻松。"回家"似是心底、笔下自然流出来；随即自我监控，再度确认，并带出了电车进厂的精彩描写，拟人手法确实是"无数的情感洋溢"啊。

⑪"电车"怎么来的？"小贩"又怎么来的？请把文脉或曰"文气"品味出来。

⑫ 括号和"想起"都是明显标记，表明这散文是在写作中形成，有诸多的随机性。请从文中尽量多地找出这样的标记。

⑬ 开电梯的绝对是个人物，要浓墨重彩写这个上海人的代表，想必构思时就确定了吧；但请注意，他是如何出场、又如何退场的。

情》里的顾兰君了。她用丝袜结了绳子，缚住了纸盒，吊下窗去买汤面。袜子如果不破，也不是丝袜了！在节省物资的现在，这是使人心惊肉跳的奢侈。）⑫ 也许我们也该试着吊下篮子去。无论如何，听见门口卖臭豆腐干的过来了，便抓起一只碗来，噔噔奔下六层楼梯，跟踪前往。在远远的一条街上访到了臭豆腐干担子的下落，买到了之后，再乘电梯上来，似乎总有点可笑。

我们的开电梯的是个人物，⑬ 知书达理，有涵养，对于公寓里每一家的起居他都是一本清帐。他不赞成他儿子去做电车售票员——嫌那职业不很上等。再热的天，任凭人家将铃揿得震天响，他也得在汗衫背心上加上一件熨得溜平的纺绸小褂，方肯出现。他拒绝替不修边幅的客人开电梯。他的思想也许缙绅气太重，然而他究竟是个有思想的人。可是他离了自己那间小屋，就踏进了电梯的小屋——只怕这一辈子是跑不出这两间小屋了。电梯上升，人字图案的铜栅栏外面，一重重的黑暗往下移，棕色的黑暗，红棕色的黑暗，黑色的黑暗……衬着交替的黑暗，你看见司机人的花白的头。⑭

没事的时候他在后天井烧个小风炉炒菜烙饼吃。他教我们怎样煮红米饭；烧开了，熄了火，停个十分钟再煮，又松，又透，又不塌皮烂骨，没有筋道。⑮

托他买豆腐浆，交给他一只旧的牛奶瓶，陆续买了两个礼拜，他很简单地报告道："瓶没有了。"是砸了还是失窃了，也不得而知。再隔了些时，他拿了一只小一号的牛奶瓶装了豆腐浆来。我们问道："咦？瓶又有了？"他答道："有了。"新的瓶是赔给我们的呢还是借给我们的，也不得而知。这一类的举动是颇有点社会主义风的。

我们的《新闻报》每天早上他要循例过目一下方才给我们送来。小报他读得更为仔细些，因此要到十一二点钟

⑭ 这里有张爱玲一贯的对待小人物的态度，请结合下文读出几个关键词来。

⑮ 前文有许多带"电"的东西，非常现代乃至西化；而这里的日常生活又很中国，很传统，并行不悖。

才轮得到我们看。英文、日文、德文、俄文的报他是不看的，因此大清早便卷成一卷插在人家弯曲的门钮里。⑯

⑯ 那么多种外文报纸，无意中写出当时的上海，国际化程度实在不低。

报纸没有人偷，电铃上的铜板却被撬去了。看门的巡警倒有两个，虽不是双生子，一样都是翻领里面竖起了木渣渣的黄脸，短裤与长统袜之间露出木渣渣的黄膝盖；上班的时候，一般都是横在一张藤椅上睡觉，挡住了信箱。每次你去看看信箱的时候总得殷勤地凑到他面颊前面，仿佛要询问："酒刺好了些罢？"⑰

⑰ "第一口气"很长，行云流水，也总难免终有一断。而换了口气之后，行文就变得逻辑多了。

恐怕只有女人能够充分了解公寓生活的特殊优点：佣人问题不那么严重。生活程度这么高，即使雇得起人，也得准备着受气。在公寓里"居家过日子"是比较简单的事。⑱找个清洁公司每隔两星期来大扫除一下，⑲也就用不着打杂的了。没有佣人，也是人生一快。抛开一切平等的原则不讲，吃饭的时候如果有个还没吃过饭的人立在一边眼睁睁望着，等着为你添饭，

⑱ 简单吗？得有钱！

⑲ 又是无意中写出，上海那时就有"清洁公司"。热水系统、公交系统、牛奶公司、电力系统、煤气公司……社会化、大分工，确实是城市的特点；而要充分享受这样的生活，有钱却是前提。

虽不至于使人食不下咽，多少有些讨厌。许多身边杂事自有它们的愉快性质。⑳看不到田园里的茄子，到菜场上去看看也好——那么复杂的，油润的紫色；新绿的豌豆，熟艳的辣椒，金黄的面筋，像太阳里的肥皂泡。把菠菜洗过了，倒在油锅里，每每有一两片碎叶子粘在篾篓底上，抖也抖不下来；迎着亮，翠生生的枝叶在竹片编成的方格子上招展着，使人联想到篱上的扁豆花。㉑其实又何必"联想"呢？篾篓子的本身的美不就够了么？我这并不是效忠于国社党，劝诱女人回到厨房里去。不劝便罢，若是劝，一样的得劝男人到厨房里去走一遭。当然，㉒家里有厨子而主人不时的下厨房，是会引起厨子最强烈的反感的。这些地方我们得寸步留心，不能太不识眉眼高低。

有时候也感到没有佣人的苦处。㉓米缸里出虫，所以掺了些胡椒在米里——据说米虫不大喜欢那刺激性

⑳ 张爱玲就是这样，出挑的"愉快性质"的句子说来就来了。

㉑ 和前文那段描写一样，精彩之极！熟视无睹的都市生活的家常一幕化出了无限美感。这就是张爱玲在中国现代文学中几乎独家的本事。这个本事不容易学，需要感觉敏锐、文字细腻……

㉒ 如此"当然"一下，就"前功尽弃"了，这于张爱玲是家常便饭。

㉓ 靠段首主题句连接上下文了，果然是与前文大不相同。

的气味，淘米之前先得把胡椒拣出来。我捏了一只肥白的肉虫的头当做胡椒，发现了这错误之后，不禁大叫起来，丢下饭锅便走。在香港遇到了蛇，也不过如此罢了。那条蛇我只见到它的上半截，它钻出洞来矗立着，约有二尺来长。我抱了一叠书匆匆忙忙下山来。正和它打了个照面。它静静地望着我，我也静静地望着它，望了半晌，方才哇呀呀叫出声来，翻身便跑。㉔

㉔ 是有不少闲笔，却又写得活灵活现，让人愿意看。

提起虫豸之类，六楼上苍蝇几乎绝迹，蚊子少许有两个。如果它们富于想象力的话，飞到窗口往下一看，便会晕倒了罢？不幸它们是像英国人一般地淡漠与自足——英国人住在非洲的森林里也照常穿上了燕尾服进晚餐。

公寓是最合理想的逃世的地方。厌倦了大都会的人们往往记挂着和平幽静的乡村，心心念念盼望着有一天能够告老归田，养蜂种菜，享点清福。㉕

㉕ 城与乡的对比一直隐伏在文中呢。

殊不知在乡下多买半斤腊肉便要引起许多闲言闲语，而在公寓房子的最上层你就是站在窗前换衣服也不妨事！㉖

㉖ 张爱玲一般不用感叹号，而这感叹号用得好。

然而一年一度，日常生活的秘密总得公布一下。夏天家家户户都大敞着门，搬一把藤椅坐在风口里。这边的人在打电话，对过一家的仆欧一面熨衣裳，一面便将电话上的对白译成了德文说给他的小主人听。楼底下有个俄国人在那里响亮地教日文。二楼的那位女太太和贝多芬有着不共戴天的仇恨，一捶十八敲，咬牙切齿打了他一上午；钢琴上倚着一辆脚踏车。不知道哪一家在煨牛肉汤，又有哪一家泡了焦三仙。㉗

㉗ 又是一段精彩的描写，不如说是，一段电影长镜头，信息量极大。古今中外，五方杂处。

人类天生的是爱管闲事。㉘ 为什么我们不向彼此的私生活里偷偷的看一眼呢，既然被看者没有多大损失而看的人显然得到了片刻的愉悦？凡事牵涉到快乐的授受上，就犯不着斤斤计较了。较量些什么呢？——长的是

㉘ 突然就说起了"人类"。

㉙ 张爱玲的金句，总是来无影去无踪，简直暴殄天物！换做谁，那还不把它做成"文眼"啊。而这恰恰形成了张爱玲的风格。

㉚ 如闻如嗅，牙龈发酸，好作家才有的本事。

㉛ 两个"而且"，绝了！

㉜ 谁说文章非豹尾不可？"不甚彻底"倒又确实是张爱玲看人看事看世界的一贯立场。

磨难，短的是人生。㉙

屋顶花园里常常有孩子们溜冰，兴致高的时候，从早到晚在我们头上咕滋咕滋锉过来又锉过去，像瓷器的摩擦，又像睡熟的人在那里磨牙，听得我们一粒粒牙齿在牙龈里发酸，如同青石榴的子，剔一剔便会掉下来。㉚ 隔壁一个异国绅士声势汹汹上楼去干涉。他的太太提醒他道，"人家不懂你的话，去也是白去。"他揎拳撸袖道："不要紧，我会使他们懂得的！"隔了几分钟他偃旗息鼓嗒然下来了。上面的孩子年纪都不小了，而且是女性，而且是美丽的。㉛

谈到公德心，我们也不见得比人强。阳台上的灰尘我们直截了当地扫到楼下的阳台上去。"啊，人家栏干上晾着地毯呢——怪不过意的，等他们把地毯收了进去再扫罢！"一念之慈，顶上生出了灿烂圆光。这就是我们的不甚彻底的道德观念。㉜

总评:《公寓生活记趣》是中国现代文学中不可多得的表现城市生活及其乐趣的作品。

内容看起来是有一点凌乱的,其中又有许多琐碎的个人经验,乃至不少貌似可有可无的闲笔。然而,散落文中的有关上海城与人的信息量极其惊人。上海在张爱玲生活的那个年代,物质上很西化也很现代,但传统中国的生活元素一点也不少,东西方、现代与传统相安无事。再比如那时的上海,外文报纸就有英文、日文、德文、俄文等,国际化程度相当之高,还有热水系统、公交系统、电力系统、牛奶公司、煤气公司乃至清洁公司等,社会化分工的程度也非常之高。再比如那个开电梯的人,也敬业也贪小,也乐于帮人也爱管闲事,看似信手拈来,却又颇能代表上海人的习气和价值观。总之,这篇《公寓生活记趣》很经得起信息性阅读,是很好的上海史、物质文化史的研究材料。

当然,《公寓生活记趣》是更经得起文学性阅读的。比如,张爱玲很有把城市生活的寻常一幕提炼转化成情感洋溢的现代美感的功夫,最典型的是“电车回家”的场景和“到菜场上去看看也好……使人联想到篱上的扁豆花”的描写。比如,张爱玲的写作状态放松也轻松得出奇,尤其是文中的“第一口气”非常之长,许多文字的起承转合都如行云流水,像是在写作中由意识的自由滑动而形成。比如,张爱玲的名言金句,总是在文中闪现出没,又来无影去无踪,而作家自己也好像没太当一回事儿。比如,张爱玲经常大词小用,比如张爱玲的比喻句,经常反着来,喻体部分反而往往更抽象。

以上这些内容和表达上的特点构成了张爱玲散文的风格,也当然地成了我的旁批重点关注的内容。有请认真阅读与批评!

哦，香雪 *

① 假拟的语气，哦，小说的题目其实就已经确立了小说的抒情性。"火车""发现"了"台儿沟"，"大山任意给予"，"温存""粗暴"并置。

② 请注意开头两段的形容词，体会作者微妙平衡而又有些倾向性的情感态度。小说发表四十年后，今天我们也许已经到了"神秘的远方"吧。

如果不是有人发明了火车，如果不是有人把铁轨铺进深山，你怎么也不会发现台儿沟这个小村。它和它的十几户乡亲，一心一意掩藏在大山那深深的皱褶里，从春到夏，从秋到冬，默默的接受着大山任意给予的温存和粗暴。①

然而，两根纤细、闪亮地铁轨延伸过来了。它勇敢地盘旋在山腰，又悄悄的试探着前进，弯弯曲曲，曲曲弯弯，终于绕到台儿沟脚下，然后钻进幽暗的隧道，冲向又一道山梁，朝着神秘的远方奔去。②

不久，这条线正式营运，人们挤在村口，看见那绿色的长龙一路呼啸，

---

*　铁凝（1957—　），作家，代表作有《玫瑰门》《大浴女》《哦，香雪》等。《哦，香雪》收入统编版普通高中教科书语文必修上册。

294

挟带着来自山外的陌生、新鲜的清风，擦着台儿沟贫弱的脊背匆匆而过。它走的那样急忙，连车轮碾轧钢轨时发出的声音好像都在说：不停不停，不停不停！是啊，它有什么理由在台儿沟站脚呢，台儿沟有人要出远门吗？山外有人来台儿沟探亲访友吗？还是这里有石油储存，有金矿埋藏？台儿沟，无论从哪方面讲，都不具备挽住火车在它身边留步的力量。③

可是，记不清从什么时候起，列车的时刻表上，还是多了"台儿沟"这一站。也许乘车的旅客提出过要求，他们中有哪位说话算数的人和台儿沟沾亲；也许是那个快乐的男乘务员发现台儿沟有一群十七八岁的漂亮姑娘，每逢列车疾驰而过，她们就成帮搭伙地站在村口，翘起下巴，贪婪、专注地仰望着火车。④ 有人朝车厢指点，不时能听见她们由于互相捶打而发出的一两声娇嗔的尖叫。也许什么都不为，就因为台儿沟太小了，小得叫人

③ 山外"陌生、新鲜"，台儿沟"贫弱"，"不具备挽住火车在它身边留步的力量"。

④ 火车真的来了，台儿沟的故事开始了。是"男乘务员""发现"了一群"姑娘"，"贪婪、专注地仰望着火车"。

心疼，就是钢筋铁骨的巨龙在它面前也不能昂首阔步，也不能不停下来。总之，台儿沟上了列车时刻表，每晚七点钟，由首都方向开往山西的这列火车在这里停留一分钟。

这短暂的一分钟，搅乱了台儿沟以往的宁静。从前，台儿沟人历来是吃过晚饭就钻被窝，他们仿佛是在同一时刻听到大山无声的命令。于是，台儿沟那一小片石头房子在同一时刻忽然完全静止了，静得那样深沉、真切，好像在默默地向大山诉说着自己的虔诚。如今，台儿沟的姑娘们刚把晚饭端上桌就慌了神，她们心不在焉地胡乱吃几口，扔下碗就开始梳妆打扮。⑤她们洗净蒙受了一天的黄土、风尘，露出粗糙、红润的面色，把头发梳得乌亮，然后就比赛着穿出最好的衣裳。有人换上过年时才穿的新鞋，有人还悄悄往脸上涂点胭脂。尽管火车到站时已经天黑，她们还是按照自己的心思，刻意斟酌着服饰和容貌。然后，

⑤ 火车停留的这"短暂的一分钟"，"搅乱了台儿沟以往的宁静"，更让姑娘们"慌了神"。

她们就朝村口，朝火车经过的地方跑去。⑥ 香雪总是第一个出门，隔壁的凤娇第二个就跟了出来。⑦

七点钟，火车喘息着向台儿沟滑过来，接着一阵空咔乱响，车身震颤一下，才停住不动了。姑娘们心跳着涌上前去，像看电影一样，挨着窗口观望。只有香雪躲在后面，双手紧紧捂着耳朵。看火车，她跑在最前边，火车来了，她却缩到最后去了。她有点害怕它那巨大的车头，车头那么雄壮地吐着白雾，仿佛一口气就能把台儿沟吸进肚里。它那撼天动地的轰鸣也叫她感到恐惧。在它跟前，她简直像一棵没根的小草。⑧

"香雪，过来呀，看！"凤娇拉过香雪向一个妇女头上指，她指的是那个妇女头上别着的那一排金圈圈。

"怎么我看不见？"香雪微微眯着眼睛。

"就是靠里边那个，那个大圆脸。看，还有手表哪，比指甲盖还小哩！"

⑥ 姑娘们为什么会这样啊？对此你怎么看？

⑦ 主角香雪终于出场了，同时还有平行人物凤娇。人物出场得不算早，看起来，前文充分铺叙的"台儿沟"和"火车"，是读这小说不可忽视的。

⑧ 姑娘们"看火车"，香雪"跑在最前面，火车来了，她却缩到最后面"，人物个性的最初呈现。在火车"撼天动地的轰鸣"跟前，"她简直像一棵没根的小草"。

⑨ 凤娇发现的是金圈圈、手表，她是姑娘们的代表。这体现了火车所代表的现代化具有的物质上的魅力乃至诱惑力。

⑩ 香雪看到的却是"皮书包"——"连小城市都随处可见的学生书包"，可是"台儿沟"穷啊，没有。香雪的特别，再次突出了。

⑪ "北京话"算是个典型人物吗？也算也不算。

凤娇又有了新发现。⑨

香雪不言不语地点着头，她终于看见了妇女头上的金圈圈和她腕上比指甲盖还要小的手表。但她也很快就发现了别的。"皮书包！"她指着行李架上一只普通的棕色人造革学生书包。就是那种连小城市都随处可见的学生书包。⑩

尽管姑娘们对香雪的发现总是不感兴趣，但她们还是围了上来。

"呦，我的妈呀！你踩着我的脚啦！"凤娇一声尖叫，埋怨着挤上的一位姑娘。她老是爱一惊一乍的。

"你咋呼什么呀，是想叫那个小白脸和你答话了吧？"被埋怨的姑娘也不示弱。

"我撕了你的嘴！"凤娇骂着，眼睛却不由自主地朝第三节车厢的车门望去。

那个白白净净的年轻乘务员真下车来了。他身材高大，头发乌黑，说一口漂亮的北京话。⑪ 也许因为这点，姑娘们私下里都叫他"北京话"。"北

京话"双手抱住胳膊肘，和她们站得
不远不近地说："喂，我说小姑娘们，
别扒窗户，危险！"

"呦，我们小，你就老了吗？"大
胆的凤娇回敬了一句。姑娘们一阵大
笑，不知谁还把凤娇往前一搡，弄得
她差点撞在他身上，这一来反倒更壮
了凤娇的胆，"喂，你们老待在车上不
头晕？"她又问。

"房顶子上那个大刀片似的，那是
干什么用的？"又一个姑娘问。她指的
是车厢里的电扇。⑫

"烧水在哪儿？"

"开到没路的地方怎么办？"

"你们城里人一天吃几顿饭？"⑬
香雪也紧跟在姑娘们后面小声问了
一句。

"真没治！""北京话"陷在姑娘们
的包围圈里，不知所措地嘟囔着。

快开车了，她们才让出一条路，
放他走。他一边看表，一边朝车门跑
去，跑到门口，又扭头对她们说："下

⑫ "她指的是车厢里的电
扇"，你读出了小说预设的
读者是哪里人吗？

⑬ "你们城里人一天吃几
顿饭？"香雪这问题是小说
的伏笔。虽不按情节来写，
但伏笔还是很有必要。

次吧，下次一定告诉你们！"他的两条长腿灵巧地向上一跨就上了车，接着一阵叽里咣啷，绿色的车门就在姑娘们面前沉重地合上了。列车一头扎进黑暗，把她们撇在冰冷的铁轨旁边。很久，她们还能感觉到它那越来越轻的震颤。

一切又恢复了寂静，静得叫人惆怅。⑭ 姑娘们走回家去，路上还要为一点小事争论不休：

"谁知道别在头上的金圈圈是几个？"

"八个。"

"九个。"

"不是！"

"就是！" ⑮

"凤娇你说呢？"

"她呀，还在想'北京话'哪！"有人开起了凤娇的玩笑。

"去你的，谁说谁就想。"凤娇说着捏了一下香雪的手，意思是叫香雪帮腔。

香雪没说话，慌得脸都红了。她

⑭ "一切又恢复了寂静"，台儿沟能恢复到火车停靠一分钟之前的寂静吗？"静得叫人惆怅"，请想象姑娘们的心理活动。

⑮ 这段争论很生活。

300

才十七岁，还没学会怎样在这种事上
给人家帮腔。⑯

"他的脸多白呀！"那个姑娘还在
逗凤娇。

"白？还不是在那大绿屋里捂的。
叫他到咱台儿沟住几天试试。"有人在
黑影里说。

"可不，城里人就靠捂。要论白，
叫他们和咱们香雪比比。咱们香雪，天
生一副好皮子，再照火车上那些闺女
的样儿，把头发烫成弯弯绕，啧啧！⑰
'真没治'！凤娇姐，你说是不是？"

凤娇不接茬儿，松开了香雪的手。
好像姑娘们真的在贬低她的什么人一
样，她心里真有点替他抱不平呢。不
知怎么的，她认定他的脸绝不是捂白
的，那是天生。

香雪又悄悄把手送到凤娇手心里，
她示意凤娇握住她的手，仿佛请求凤娇
的宽恕，仿佛是她使凤娇受了委屈。⑱

"凤娇，你哑巴啦？"还是那个
姑娘。

⑯ 香雪的纯真又被突出了，
看得出叙述者对她特别
偏爱。

⑰ "照火车上那些闺女的样
儿"，啧啧！

⑱ 这个细节有味道，哪怕
无关乎小说解读的大局。

301

"谁哑巴啦！谁像你们，专看人家脸黑脸白。你们喜欢，你们可跟上人家走啊！"凤娇的嘴很硬。

"我们不配！"⑲

"你担保人家没有相好的？"

……

不管在路上吵得怎样厉害，分手时大家还是十分友好的，因为一个叫人兴奋的念头又在她们心中升起：明天，火车还要经过，她们还会有一个美妙的一分钟。和它相比，闹点小别扭还算回事吗？

哦，五彩缤纷的一分钟，你饱含着台儿沟的姑娘们多少喜怒哀乐！⑳

日久天长，这五彩缤纷的一分钟，竟变得更加五彩缤纷起来，就在这个一分钟里，她们开始挎上装满核桃、鸡蛋、大枣的长方形柳条篮子，站在车窗下，抓紧时间跟旅客和和气气地做买卖。㉑她们踮着脚尖，双臂伸得直直的，把整筐的鸡蛋、红枣举上窗口，换回台儿沟少见的挂面、火柴，以及

⑲ 多么令人心酸！贫穷，不仅是个物质问题，也会转化为精神负能量。

⑳ 好个"五彩缤纷的一分钟"，"多少喜怒哀乐"！独立成段的抒情句，收束了小说的第一部分，而我们仿佛是在读一篇散文。

㉑ "做买卖"，其实是以物易物，但还是让读者看到了新的萌芽。

属于姑娘们自己的发卡、香皂。有时，有人还会冒着回家挨骂的风险，换回花色繁多的纱巾和能松能紧的尼龙袜。㉒

㉒ 发卡、香皂、纱巾、尼龙袜，哪个年轻姑娘不爱美？

凤娇好像是大家有意分配给那个"北京话"的，每次都是她提着篮子去找他。她和他做买卖故意磨磨蹭蹭，车快开时才把整篮地鸡蛋塞给他。要是他先把鸡蛋拿走，下次面时再付钱，那就更够意思了。如果他给她捎回一捆挂面、两条纱巾，凤娇就一定抽出一斤挂面还给他。她觉得，只有这样才对得起和他的交往，她愿意这种交往和一般的做买卖有所区别。㉓ 有时她也想起姑娘们的话："你担保人家没有相好的？"其实，有没有相好的不关凤娇的事，她又没想过跟他走。可她愿意对他好，难道非得是相好的才能这么做吗？

㉓ 凤娇的这段描写是很好的陪衬，台儿沟人更希望的是"人与人"的关系，而不是"物与物"的交换。

香雪平时话不多，胆子又小，但做起买卖却是姑娘中最顺利的一个。㉔ 旅客们爱买她的货，因为她是那么信任地瞧着你，那洁如水晶的眼睛告诉你，站在车窗下的这个女孩子还不知

㉔ 香雪是无可撼动的主角。

道什么叫受骗。她还不知道怎么讲价钱，只说："你看着给吧。"你望着她那洁净得仿佛一分钟前才诞生的面孔，望着她那柔软得宛若红缎子似的嘴唇，心中会升起一种美好的感情。你不忍心跟这样的小姑娘耍滑头，在她面前，再爱计较的人也会变得慷慨大度。㉕

㉕ 多么纯真的香雪，多么美好的岁月啊！可是，是否已经一去不复返？

有时她也抓空儿向他们打听外面的事，打听北京的大学要不要台儿沟人，打听什么叫"配乐诗朗诵"（那是她偶然在同桌的一本书上看到的）。有一回她向一位戴眼镜的中年妇女打听能自动开关的铅笔盒，还问到它的价钱。㉖谁知没等人家回话，车已经开动了。她追着它跑了好远，当秋风和车轮的呼啸一同在她耳边鸣响时，她才停下脚步意识到，自己的行为是多么可笑啊。

㉖ 小说已经过了三分之一，好像还没读到什么情节波澜。终于，小说的核心物件"铅笔盒"出场了。

火车眨眼间就无影无踪了。姑娘们围住香雪，当她们知道她追火车的原因后，便觉得好笑起来。㉗

㉗ 为了塑料铅笔盒追火车，又是伏笔。

"傻丫头！"

"值不当的！"

她们像长者那样拍着她的肩膀。

"就怪我磨蹭，问慢了。"香雪可不认为这是一件值不当的事，她只是埋怨自己没抓紧时间。

"咳，你问什么不行呀！"凤娇替香雪挎起篮子说。

"谁叫咱们香雪是学生呢。"也有人替香雪分辩。

也许就因为香雪是学生吧，是台儿沟唯一考上初中的人。㉘

台儿沟没有学校，香雪每天上学要到十五里以外的公社。尽管不爱说话是她的天性，但和台儿沟的姐妹们总是有话可说的。公社中学可就没那么多姐妹了，虽然女同学不少，但她们的言谈举止，一个眼神，一声轻轻的笑，好像都是为了叫香雪意识到，她是小地方的，穷地方来的。㉙ 她们故意一遍又一遍地问她："你们那儿一天吃几顿饭？"她不明白她们的用意，每次都认真地回答："两顿。"然后又友好地瞧着她们反问道："你们呢？"

㉘ "值不当的"与否，看怎么看，而怎么看，又取决于你是什么样的人。香雪"是台儿沟唯一考上初中的人"，那是个"知识就是力量"、同时也"知识改变命运"的时代，叙述者特别偏爱香雪，是不是也根源于此呢？

㉙ "公社"，你也许很陌生吧，请查工具书。把重要的背景知识搞明白，这是读懂作品的基本方法。凭什么？！公社同学就会看不起香雪，哦，是因为"小地方，穷地方"；那为什么"北京话"等火车上的人，却没有看不起香雪她们呢？他们不是来自更大的地方吗？——这个问题有意思，请深思。

㉚ 原来如此！难怪前面香雪要问"几顿饭"的问题。

㉛ 父亲特意制作的小木盒，独一无二，放到现在可是DIY啊！在当时，那也是满满的父爱亲情。可是，为什么和同桌的塑料铅笔盒一比，就"显得那样笨拙、陈旧"呢？——这只是香雪的感觉吗？你觉得叙述者的态度如何。

"三顿！"她们每次都理直气壮地回答。之后，又对香雪在这方面的迟钝感到说不出的怜悯和气恼。㉚

"你上学怎么不带铅笔盒呀？"她们又问。

"那不是吗。"香雪指指桌角。

其实，她们早知道桌角那只小木盒就是香雪的铅笔盒，但她们还是做出吃惊的样子。每到这时，香雪的同桌就把自己那只宽大的泡沫塑料铅笔盒摆弄得嗒嗒乱响。这是一只可以自动合上的铅笔盒，很久以后，香雪才知道它所以能自动合上，是因为铅笔盒里包藏着一块不大不小的吸铁石。香雪的小木盒，尽管那是当木匠的父亲为她考上中学特意制作的，它在台儿沟还是独一无二的呢。㉛ 可在这儿，和同桌的铅笔盒一比，为什么显得那样笨拙、陈旧？它在一阵嗒嗒声中有几分羞涩地畏缩在桌角上。

香雪的心再也不能平静了，她好像忽然明白了同学对她的再三盘问，明白了台儿沟是多么贫穷。㉜她第一次意识到这是不光彩的，因为贫穷，同学才敢一遍又一遍地盘问她。㉝她盯住同桌那只铅笔盒，猜测它来自遥远的大城市，猜测它的价值肯定非同寻常。三十个鸡蛋换得来吗？还是四十个、五十个？这时她的心又忽地一沉：怎么想起这些了？娘攒下鸡蛋，不是为了叫她乱打主意啊！可是，为什么那诱人的嗒嗒声老是在耳边响个没完？㉞

深秋，山风渐渐凛冽了，天也黑得越来越早。但香雪和她的姐妹们对于七点钟的火车，是照等不误的。她们可以穿起花棉袄了，凤娇头上别起了淡粉色的有机玻璃发卡，有些姑娘的辫梢还缠上了夹丝橡皮筋。那是她们用鸡蛋、核桃从火车上换来的。她们仿照火车上那些城里姑娘的样子把自己武装起来，整齐地排列在铁路旁，像是等待欢迎远方的贵宾，又像是准备着接受检阅。㉟

火车停了，发出一阵沉重的叹息，

㉜ 贫穷，还是贫穷！

㉝ 贫穷带来了屈辱感，所以可以肯定，这绝对是个缘由：公社同学的“盘问”激发了香雪的尊严感，或者说自尊心。

㉞ 香雪既然认识到了“娘攒下的鸡蛋，不是为了叫她乱打主意啊”，“为什么那诱人的哒哒声老是在耳边响个没完”还？也许，就像公社同学们的表现为什么会那样，也可拿“年少无知”来作为一种说法，香雪这里是不是也有童心乃至虚荣心作怪呢？

㉟ 姑娘们“看火车”，更“被火车看”，也正是在这过程中，她们被赋予了一种新的主体性。读到这里，你的感受是不是亦悲亦喜？设身处地想象一下，姑娘们内心是什么感受？

像是在抱怨着台儿沟的寒冷。今天，它对台儿沟表现了少有的冷漠：车窗全部紧闭着，旅客在黄昏的灯光下喝茶、看报，没有人向窗外瞥一眼。那些眼熟的、长跑这条线的人们，似乎也忘记了台儿沟的姑娘。

凤娇照例跑到第三节车厢去找她的"北京话"，香雪系紧头上的紫红色线围巾，把臂弯里的篮子换了换手，也顺着车身不停的跑着。她尽量高高地踮起脚尖，希望车厢里的人能看见她的脸。车上一直没有人发现她，她却在一张堆满食品的小桌上，发现了渴望已久的东西。㊱它的出现，使她再也不想往前走了，她放下篮子，心跳着，双手紧紧扒住窗框，认清了那真是一只铅笔盒，一只装有吸铁石的自动铅笔盒。它和她离得那样近，如果不是隔着玻璃，她一伸手就可以摸到。

一位中年女乘务员走过来拉开了香雪。香雪挎起篮子站在远处继续观察。

㊱ "渴望已久的东西"！有了前文的铺垫，你应该感觉到，香雪的故事就要真正开启了。请想象香雪为什么"渴望已久"，请尽量考虑得周全一些。

当她断定它属于靠窗那位女学生模样的姑娘时，就果断地跑过去敲起了玻璃。女学生转过脸来，看见香雪臂弯里的篮子，抱歉地冲她摆了摆手，并没有打开车窗的意思，不知怎么的她就朝车门跑去，㊲当她在门口站定时，还一把扒住了扶手。如果说跑的时候她还有点儿犹豫，那么从车厢里送出来的一阵阵温馨的、火车特有的气息却坚定了她的信心，㊳她学着"北京话"的样子，轻巧地跃上了踏板。她打算以最快的速度跑进车厢，以最快的速度用鸡蛋换回铅笔盒。也许，她所以能够在几秒钟内就决定上车，正是因为她拥有那么多鸡蛋吧，那是四十个。㊴

香雪终于站在火车上了。她挽紧篮子，小心地朝车厢迈出了第一步。这时，车身忽然颤动了一下，接着，车门被人关上了。当她意识到眼前发生了什么事时，列车已经缓缓地向台儿沟告别了。香雪扑在车门上，看见凤娇

㊲ "不知怎么的"！

㊳ "温馨的"，"坚定了她的信心"——作家的情感态度。

㊴ "四十个"，那么多！

㊵ 香雪为换铅笔盒而上了火车，这肯定"不是梦"，但有解读说，作者倒像是在这小说里做了好几个"梦"，你读出来了什么吗?

㊶ "换铅笔盒"是在香雪下了火车后被倒叙出来的，这一叙述处理值得注意。

的脸在车下一晃。看来这不是梦，㊵一切都是真的，她确实离开姐妹们，站在这又熟悉又陌生的火车上了。她拍打着玻璃，冲凤娇叫喊："凤娇! 我怎么办呀，我可怎么办呀!"

列车无情地载着香雪一路飞奔，台儿沟刹那间就被抛在后面了。下一站叫西山口，西山口离台儿沟三十里。

三十里，对于火车，汽车真的不算什么，西山口在旅客们闲聊之中就到了。这里上车的人不少，下车的只有一位旅客，那就是香雪，她胳膊上少了那只篮子，她把它塞到那个女学生座位下面了。

在车上，当她红着脸告诉女学生，想用鸡蛋和她换铅笔盒时，女学生不知怎么的也红了脸。㊶她一定要把铅笔盒送给香雪，还说她住在学校吃食堂，鸡蛋带回去也没法吃。她怕香雪不信，又指了指胸前的校徽，上面果真有"矿冶学院"几个字。香雪却觉着她在哄她，难道除了学校她就没家吗？香雪一面摆弄着铅笔盒，一面想着主意。台儿沟再穷，她也从没白拿过别人的东西。㊷就在火车停顿前发出的几秒钟的震颤里，香雪还是猛然把篮子塞到女学生的座位下面，迅速离开了。

车上，旅客们曾劝她在西山口住上一夜再回台儿沟。热情的"北京话"还告诉她，他爱人有个亲戚就住在站上。香雪没有住，更不打算去找"北京话"的什么亲戚，他的话倒更使她感到了委屈，她替凤娇委屈，替台儿沟委屈。㊸她只是一心一意地想：赶快走回去，明天理直气壮地去上学，理直气壮地打开书包，把"它"摆在桌上。㊹车上的人既不了解火车的呼啸曾经怎样叫她像只受惊的小鹿那样不知所措，更不了解山里的女孩子在大山和黑夜面前到底有多大本事。

列车很快就从西山口车站消失了，留给她的又是一片空旷。一阵寒风扑来，吸吮着她单薄的身体。她把滑到

㊷ 台儿沟穷，但台儿沟人是有尊严的，小说对此反复强调。请小结一下，作者眼中的台儿沟和台儿沟人。

㊸ 你如何理解这里的"委屈"？

㊹ "一心一意地想"，而且重复"理直气壮"。

㊺ 有解读特别看重"换铅笔盒"的"壮举",请试着说说其大致内容。在如何评价香雪换塑料铅笔盒的问题上,又有两派针锋相对的意见,能想象他们的核心观点吗?你的倾向性是什么,理由呢?
接着思考两个问题:一,你的立场与看法,和你的阅历、生活经验乃至身份、价值观之间有什么样的关系?二,小说高潮是换铅笔盒的话,为什么还要花小半篇幅写香雪的"三十里"夜行?

㊻ 塑料铅笔盒是"闪闪发光"的,作者的情感态度一以贯之。而在你看来,香雪喜欢塑料铅笔盒和凤娇们喜欢发卡之类,这二者有多大的区别?

肩上的围巾紧裹在头上,缩起身子在铁轨上坐了下来。香雪感受过各种各样的害怕,小时候她怕头发,身上沾着一根头发择不下来,她会急得哭起来;长大了她怕晚上一个人到院子里去,怕毛毛虫,怕被人胳肢(凤娇最爱和她来这一手)。现在她害怕这陌生的西山口,害怕四周黑幽幽的大山,害怕叫人心惊肉跳的寂静,当风吹响近处的小树林时,她又害怕小树林发出的窸窸窣窣的声音。三十里,一路走回去,该路过多少大大小小的林子啊! ㊺

一轮满月升起来了,照亮了寂静的山谷、灰白的小路,照亮了秋日的败草、粗糙的树干,还有一丛丛荆棘、怪石,还有满山遍野那树的队伍,还有香雪手中那只闪闪发光的小盒子。 ㊻

她这才想到把它举起来仔细端详。它想,为什么坐了一路火车,竟没有拿出来好好看看?现在,在皎洁的月光下,她才看清了它是淡绿色的,盒盖上有两朵洁白的马蹄莲。她小心地把它打开，又学着同桌的样子轻轻一拍盒盖，"嗒"的一声，它便合得严严实实。她又打开盒盖，觉得应该立刻装点东西进去。她从兜里摸出一只盛擦脸油的小盒放进去，又合上了盖子。只有这时，她才觉得这铅笔盒真属于她了，真的。它又想到了明天，明天上学时，她多么盼望她们会再三盘问她啊！㊼

㊼ 塑料铅笔盒是有光环的，香雪是如何才拥有的呢？有了之后又会怎样？

她站了起来，忽然感到心里很满意，风也柔和了许多。她发现月亮是这样明净。群山被月光笼罩着，像母亲庄严、神圣的胸脯；那秋风吹干的一树树核桃叶，卷起来像一树树金铃铛，她第一次听清它们在夜晚，在风的怂恿下"嘁喱喱"地歌唱。她不再害怕了，㊽在枕木上跨着大步，一直朝前走去。大山原是这样的！月亮原来是这样的！核桃树原来是这样的！香雪走着，就像第一次认出养育她长大成人的山谷。㊾台儿沟呢？不知怎

㊽ 请注意香雪的心理变化，也请赏析小说的抒情笔调。

㊾ 香雪因为什么"就像第一次认出养育她长大成人的山谷"？

么的，她加快了脚步。她急着见到它，就像从来没有见过它那样觉得新奇。台儿沟一定会是“这样的”：(50)那时台儿沟的姑娘不再央求别人，也用不着回答人家的再三盘问。火车上的漂亮小伙子都会求上门来，火车也会停得久一些，也许三分、四分，也许十分、八分。它会向台儿沟打开所有的门窗，要是再碰上今晚这种情况，谁都能从从容容地下车。

(50) 请研读香雪对台儿沟未来的想象。据你了解，四十年后的今天，有哪些是实现了，又有哪些还没有？还有哪些是香雪当年没有估计到的？

今晚台儿沟发生了什么事？对了，火车拉走了香雪，为什么现在她像闹着玩儿似的去回忆呢？(51)四十个鸡蛋没有了，娘会怎么说呢？爹不是盼望每天都有人家娶媳妇、聘闺女吗？那时他才有干不完的活儿，他才能光着红铜似的脊梁，不分昼夜地打出那些躺柜、碗橱、板箱，挣回香雪的学费。想到这儿，香雪站住了，月光好像也黯淡下来，脚下的枕木变成一片模糊。(52)回去怎么说？她环视群山，群山沉默着；她又朝着近处的杨树林张望，杨树林

(51) 这小说读起来很平易，而叙述的方式，尤其是对叙事时间的处理，也还是很值得琢磨的。

(52) 是啊，“四十个鸡蛋没有了，娘会怎么说呢？”香雪换了塑料铅笔盒，对得起爹和娘吗？

窸窸窣窣地响着,并不真心告诉她应该怎么做。是哪来的流水声?她寻找着,发现离铁轨几米远的地方,有一道浅浅的小溪。她走下铁轨,在小溪旁边坐了下来。她想起小时候有一回和凤娇在河边洗衣裳,碰见一个换芝麻糖的老头。凤娇劝香雪拿一件旧汗褂换几块糖吃,还教她对娘说,那件衣裳不小心叫河水给冲走了。香雪很想吃芝麻糖,可她到底没换。㊼她还记得,那老头真心实意等了她半天呢。为什么她会想起这件小事?也许现在应该骗娘吧,因为芝麻糖怎么也不能和铅笔盒的重要性相比。她要告诉娘,这是一个宝盒子,㊺谁用上它,就能一切顺心如意,就能上大学、坐上火车到处跑,就能要什么有什么,就再也不会被人盘问她们每天吃几顿饭了。㊻娘会相信的,因为香雪从来不骗人。

小溪的歌唱高昂起来了,它欢腾着向前奔跑,撞击着水中的石块,不时溅起一朵小小的浪花。香雪也要赶

㊼ 补叙的这一笔,很要紧!你读出了叙述者的心思吗,是想区隔什么?也回应着前面哪些旁批内容?

㊺ 塑料铅笔盒是"宝盒子",是科学文化的象征,"知识就是力量""知识改变命运",值得再次强调。而你今天看,"知识"和"现代化"还有那么神奇吗?

㊻ 关键还是"几顿饭"的问题,贫穷不是社会主义!

路了，她捧起溪水洗了把脸，又用沾着水的手抿光被风吹乱的头发。水很凉，但她觉得很精神。她告别了小溪，又回到了长长的铁路上。

前边又是什么？是隧道，它愣在那里，就像大山的一只黑眼睛。香雪又站住了，但她没有返回去，她想到怀里的铅笔盒，想到同学们惊羡的目光，那些目光好像就在隧道里闪烁。她弯腰拔下一根枯草，将草茎插在小辫里。娘告诉她，这样可以"避邪"。然后她就朝隧道跑去。确切地说，是冲去。⑤⑥

香雪越走越热了，她解下围巾，把它搭在脖子上。她走出了多少里？不知道。尽管草丛里的"纺织娘""油葫芦"总在鸣叫着提醒她。台儿沟在哪儿？她向前望去，她看见迎面有一颗颗黑点在铁轨上蠕动。再近一些她才看清，那是人，是迎着她走过来的人群。第一个是凤娇，凤娇身后是台儿沟的姐妹们。⑤⑦

⑤⑥"怀里的铅笔盒"给了香雪力量，娘说的"避邪"也增添了力量？

⑤⑦"台儿沟的姐妹们""迎着她走过来"，集体的温暖多么感人、多么诱人，共同体的力量，多么伟大！今天回望，你有什么感触？

香雪想快点跑过去，但腿为什么变得异常沉重？她站在枕木上，回头望着笔直的铁轨，铁轨在月亮的照耀下泛着清淡的光，它冷静地记载着香雪的路程。她忽然觉得心头一紧，不知怎么的就哭了起来，那是欢乐的泪水，满足的泪水。⑤⑧ 面对严峻而又温厚的大山，她心中升起一种从未有过的骄傲。她用手背抹净眼泪，拿下插在辫子里的那根草茎儿，然后举起铅笔盒，迎着对面的人群跑去。⑤⑨

山谷里突然爆发了姑娘们欢乐的呐喊，她们叫着香雪的名字，声音是那样奔放、热烈；她们笑着，笑得是那样不加掩饰，无所顾忌。古老的群山终于被感动得战栗了，它发出洪亮低沉的回音，和她们共同欢呼着。⑥⑩

哦，香雪！香雪！

一九八二年六月

⑤⑧ "不知怎么的"，这说法小说里不少，你怎么理解？

⑤⑨ "面对严峻而又温厚的大山，她心中升起了一种从未有过的骄傲"，请以香雪的口吻，写一篇文章谈谈"欢乐"与"满足"。

⑥⑩ "古老的群山""和她们共同欢呼着"，由此来看这篇小说寄托了作者什么样的梦想？而小说重抒情、轻叙事的写法，对于这梦想的呈现又有什么益处？请带着类似问题重读作品。

　　总评：当年读《哦，香雪》，很少有人不被小说的抒情性吸引，清新的文字、清新的人物、清新的主题，仿佛一切都很清新，因此，一切也都很清楚，明白。而且，一切都是那么美好，台儿沟美好，火车和火车上的人美好，铅笔盒美好，"换铅笔盒"更美好，换好铅笔之后回来的一路以及小说最后，"山谷里突然爆发出姑娘们欢乐的呐喊"最美好，"哦，香雪！香雪！"

　　这是铁凝发表《哦，香雪》的那个80年代初，改革开放刚起步，"贫穷不是社会主义"，"知识就是力量"，"知识改变命运"，现代化，是憧憬着、也为之坚定奋斗着的未来。

　　后来，80年代出生的人开始读《哦，香雪》了，他们发现，香雪对塑料铅笔盒那么深的感情，其实和凤娇们对发卡、尼龙袜的喜好也没有多么大差别，是作家给铅笔盒赋予了光环，把香雪"换铅笔盒"的行为象征化了，他们还发现，香雪不再把她爹亲手做的、台儿沟独一无二的小木盒当回事，香雪拿她娘辛苦攒下来的四十个鸡蛋去换铅笔盒，这其实已经表明，香雪对现代化的追求，在事实上从一开始就是以对台儿沟传统的否弃为前提，也就是说，《哦，香雪》的"你好我好大家好"、一切都是那么美好，其实只是作家和80年代的愿景和梦想，而这个梦事实上在小说文本内部是早就爆掉了，只不过当时谁也没有发现罢了。

　　这也是二十来年前的事了。现代化，已经成了台儿沟为代表的乡土中国越来越显著的事实，也已经越来越暴露出它的负面，《哦，香雪》确实到了能读出新东西的时候。

从此，《哦，香雪》不再像其表面那样清新、美好，因此清楚明白、也简单了，相反，因为《哦，香雪》铭刻了80年代改革开放初期的时代精神和历史无意识，所以成了一部充满症候性、经得起反复重读的作品。

比如，"小说里有个重要名词，'公社'，对于今天的读者来说，这是比'塑料铅笔盒'更难吃透的，因为这背后，有香雪们更深厚的生活世界和情感世界；而在小说文本里，'公社'引发了主人公踏上'火车'去拿鸡蛋换塑料铅笔盒的英雄主义行为，又同样决定了英雄主角最后的回归，尤其是作家对这回归的最高赞美。"这是我几年前的又一轮重读，在这样的视野下，《哦，香雪》既讲了一个"现代"主体诞生的启蒙故事，又试图讲而没能（甚至也不可能？）讲好一个"社会主义新人"在改革开放起步时刻凯旋的故事。

总之，不妨套用那句俗话，《哦，香雪》，清新，但不简单。

诗二首*

秋 颂

济 慈 著 / 查良铮 译

一

① 金秋,收获的季节:诗人也从这一人所共知的常识想起,然而这思想有形状——圆的,太阳是圆的,什么也都是圆的。

雾气洋溢、果实圆熟的秋,①

　你和成熟的太阳成为友伴;

你们密谋用累累的珠球

　缀满茅屋檐下的葡萄藤蔓;

使屋前的老树背负着苹果,

　让熟味透进果实的心中,

　　使葫芦胀大,鼓起了榛子壳,

---

* 《秋颂》选自曹文轩主编《外国文学作品导读本·诗歌卷》,广西教育出版社2001年版。济慈(1795—1821),英国诗人,欧洲浪漫主义运动的重要代表人物,代表作有《希腊古瓮颂》《夜莺颂》等。查良铮(1918—1977),笔名穆旦,诗人、翻译家,译有《布莱克诗选》等。

《金黄的稻束》选自钱理群主编《20世纪中国文学名作中学生导读本·诗歌卷》,广西教育出版社1998年版。郑敏(1920—2022),北京师范大学教授,诗人,著有《诗集1942—1947》。

好塞进甜核；又为了蜜蜂 ②
一次一次开放过迟的花朵，
使它们以为日子将永远暖和，
　因为夏季早填满它们的粘巢。

② 蜜蜂，给这幅图景灌注了动感。

二

谁不经常看见你伴着谷仓？③
　在田野里也可以把你找到，
你有时随意坐在打麦场上，
　让发丝随着簸谷的风轻飘；
有时候，为罂粟花香所沉迷，
　你倒卧在收割一半的田垄，
　让镰刀歇在下一畦的花旁；
或者，像拾穗人越过小溪，
　你昂首背着谷袋，投下倒影，
或者就在榨果架下坐几点钟，
　你耐心瞧着徐徐滴下的酒浆。④

③ 问句开头，有无比的亲昵与柔情，仿佛意念中前面已经说了千言万语。而这个"你"是谁？

④ 假如第一节，诗人特写了一幅秋景图，那么第二节，诗人的排比就犹如放了一组慢镜头。尤其是最后，瞧！酒浆正在慢慢地往下滴。

三

啊，春日的歌哪里去了？⑤但不要

⑤ 遂想起了春日，还有前文的夏季。然而，此刻正是秋，此刻即永恒。此刻，你有你的音乐，此刻，音乐声响起。

想这些吧，你也有你的音乐——

当波状的云把将逝的一天映照，

以胭红抹上残梗散碎的田野，

这时啊，河柳下的一群小飞虫

就同奏哀音，它们忽而飞高，

忽而下落，随着微风的起灭；

篱下的蟋蟀在歌唱；在园中

红胸的知更鸟就群起呼哨；

而群羊在山圈里高声默默咩叫；

丛飞的燕子在天空呢喃不歇。⑥

⑥ 呢喃不歇，余音袅袅，一切都很圆满。甚至都不需要思想。

金黄的稻束

郑　敏

⑦ 这情景这诗意，仿佛来自济慈《秋颂》第二节吧。

⑧ 然而这个"我"是《秋颂》没有的。

金黄的稻束站在

割过的秋天的田里，⑦

我想起 ⑧ 无数个疲倦的母亲

黄昏路上我看见那皱了的美丽的脸

收获日的满月在

高耸的树巅上

暮色里，远山是

围着我们的心边，

没有一个雕像能 ⑨ 比这更静默。

肩荷着那伟大的疲倦，⑩ 你们

在这伸向远远的一片

秋天的田里低首沉思，

静默。静默。⑪ 历史也不过是

脚下一条流去的小河，

而你们，站在那儿，

将成为人类的一个思想。⑫

⑨ "雕像"是个关键，体现了诗的美感风格。

⑩ 伟大的疲倦，伟大的母亲：人类的象征。

⑪ "静默"！重要的事情说三遍。

⑫ "思想"才是这首诗的旨归。

总评：把这两首诗放在一起读，当然是因为"秋"，因为郑敏诗作的开头，"金黄的稻束站在／割过的秋天的田里"，仿佛是来自济慈《秋颂》第二节的诗境和诗意。或许，你还能发现别的理由？但我觉得，这二首诗的比较阅读，可能还得把差异摆在更紧要的位置。

济慈是浪漫主义的，但《秋颂》是一种成熟的浪漫，一如秋天在四季之中。这首诗由自然催生，诗人着眼于秋实、秋色、秋收与秋声，巧妙地按秋日之晨、午、晚的时间顺序，用细致生动的笔触把各有韵味的三小节整合为一幅秋天的优美长卷，也同时映照出诗人沉稳平和、优雅淡然的形象。

郑敏是现代主义的，但《金黄的稻束》与其说晦涩难解，不如说博大深邃。这首诗由灵感催生，诗人由秋日黄昏中静立田里的一个个金黄色的稻束开始触发联想，通过生动丰富的形象，写活了秋天的"收获"与"静默"以及那"母亲""伟大的疲倦"，表达出了对生命、历史与存在的感受和沉思。正如作者的诗友、批评家唐湜所说的那样，郑敏的诗，"思想的脉络与情感的肌肉能很自然和谐地相互应和"，"思想的澄澈的光耀里有着质朴的坦然的感情流荡。"

诗无达诂，每一个读者的每一次阅读都将是一次重新打开。

小玛德兰点心[*]

普鲁斯特　著 / 桂裕芳　译

多少年来，除了我临睡前的那些戏剧性场景以外，孔布雷^[1]对我已经不存在了，但有一天，那是在冬季，我回家的时候，母亲见我冷，建议我破例喝一点茶。^①我拒绝了，随后不知出于什么原因又改变了主意。母亲让人端上一块叫作小玛德兰的、圆鼓鼓的小点心，那模样，仿佛是在带凹槽的圣雅克贝壳^[2]里焙制出来的。我对着那阴郁的白天和即将来临的烦恼的明天正愁眉不展，立刻机械地舀了

① "破例"很重要，打破了常态，这次喝茶才能成为一个契机，留下深刻的印象，并不时浮现于生命的记忆。

---

*　选自袁可嘉、董衡巽、郑克鲁选编《外国现代派作品选》第二册（上），上海文艺出版社1991年版。马赛尔·普鲁斯特（Marcel Proust, 1871—1922），法国小说家，意识流小说的鼻祖之一，代表作有《追忆逝水年华》等。桂裕芳（1930—　　），北京大学法语系教授，译有普鲁斯特《追忆似水年华》、阿尔方斯·都德《小东西》等。

[1]　孔布雷：作者度过少年时代假期的小城镇。
[2]　圣雅克是西班牙朝圣的名地。朝圣者胸前或帽上佩挂一种梳形大贝壳。

一勺茶，里面有泡着的点心，一起送到唇边。当这口带着点心屑的茶一碰到我的上颚，我便猛然一惊，注意到在我身上发生了奇妙的事情。一种美妙的快感侵袭了我，使我超脱了周围的一切，而我却不知道快感由何而来。它立即使我对人世的沧桑感到淡漠，对人生的挫折泰然处之，将生命的短暂看作过眼云烟，如同爱情，它使我充满一种宝贵的本质；或者说，这种本质不是在我身上，它就是我。我不再感到自己庸庸碌碌，可有可无，生命有限。这种强烈的欢乐是从哪里来的？我感到它和茶及点心的味道有关，然而它却远远超过了味觉，② 而具有迥然不同的性质。这欢乐从何而来？它意味着什么？到哪里抓住它？我喝了第二口，感觉和头一次相似，喝了第三口，感觉较轻于前次。我该停下来，饮料的效力似乎在减退。很明显，我所寻求的真理不是在饮料中，而是在我身上。③ 饮料唤醒了我身上的真

② 这是怎样的味觉啊，当然与茶及点心有关，却是"美妙的快感""强烈的欢乐"，仿佛"真理"。

③ "真理"，"不是饮料中，而是在我身上"，这就好比，味道属于对象，而味觉属于人。

理，但它并不认识真理，它只能无限地、逐渐由强转弱地重复这一见证，我不知道如何解释这个见证，但我至少希望能再次得到它，完全占有它，然后探求出最后的说明。我放下茶杯，求助于我的智能。应该由它来找出真理。但怎样找呢？每当智能对自身茫然不解时，便产生了严重的困惑；这时，作为探索者的智能处在一片漆黑之中，而它必须去寻找，但它已知的一切将对它毫无用处。寻找？不只是寻找，而是创造。④ 智能面对着的是某些远未成形的东西，只有智能能够意识到它们，然后发掘出来。

于是，我又开始思索这种陌生的状态是怎么一回事，它没有证实任何逻辑推理，只是带来了幸福感，真实感，而在这种现实面前，其他的现实统统销声匿迹。我试图使这种状态再度出现。我的思想回到我喝第一勺茶的一刹那。我又体验到同样的状态，但未得到新的启示。我要求我的智能

④ 写的都是极其细腻的感觉，难能可贵的是，写得极细，而读来又很能有共鸣。

再作努力，再一次捕捉逃遁的感觉。为了使这种捕捉的激情不受干扰，我排除一切障碍，一切杂念，我掩耳不听隔壁房间里的声音，全神贯注。但我绞尽脑汁而一无所获，于是我便与刚才的办法相反，强迫我的智能松弛片刻，让它想些别的事，然后集中全力作最后的尝试。⑤ 我再一次为它扫清道路，让它再一次面对滞留在我嘴边的第一口茶的余味，我感到自己身上有个东西在震颤，在移动，在往上升，仿佛它在万丈深处被拔上来；我不知道这是什么，但是它慢慢地上升；我体验到阻力，我听见它在穿越途中引起的嘈杂声。⑥

无疑，在我的心灵深处跳动的，一定是形象，是视觉回忆，它和茶的味道连在一起，并试图和味觉同时来到我的意识中。⑦ 它在挣扎，然而太远，非常模糊，我隐约感到那难以捉摸的、令人眼花缭乱的五颜六色，正发出晦暗的反光；但是我看不清形状，

⑤ 欲速则不达，过犹不及，类似的经验你可曾也有过？

⑥ 与"第一口茶的余味"相关的那种"幸福感"又升腾起来了，如此真切，如此具象。

⑦ 原来，是下意识的，是味觉和视觉形象等"连在一起"的。

我无法请求这唯一可能的译员给我翻译味觉——它的孪生姊妹，寸步不离的伙伴——发出的信息，无法请求它告诉我这牵涉到哪个特殊场合，牵涉到过去的哪个时期。

相似的瞬间唤醒了深埋在我心灵深处的遥远的往日的瞬间，召唤它，摇晃它，激励它；这个回忆，这个往日的瞬间，能不能上升到我清醒的意识上来呢？我不知道。现在我什么也感觉不到，它停住了，也许又落下去了；谁知道它会不会再从黑暗里升起呢？我重复向它俯身了十次。但是，怯弱使人们在一切艰难任务、一切重大努力面前畏缩不前，怯弱每次都劝我放弃这种追求，劝我只管喝我的茶，只去想我今日的烦恼和毫不费劲地反复思索明日的欲望。

可是，突然间，回忆出现了。⑧这个味道正是那一小块玛德兰点心的味道，在孔布雷，每个礼拜天早上（礼拜天，在作弥撒的钟点以前，我是不出门

⑧ 回忆里套回忆，请费心琢磨文章的写法和作者在叙述上的发明。

的），我到莱奥妮姑姑的睡房里向她问好的时候，她总把一小块玛德兰点心在茶或药茶里浸一下给我吃。小玛德兰点心，在我没尝到它以前，并没有勾起我任何回忆；也许是因为我后来经常在糕点铺的货架上看到它，却再没有尝过，它的形象便和孔布雷的那些日子分离，而与另一些更近的时光联系起来；也许是因为在如此长久地被记忆力遗忘的往事中，什么也没有残存下来，一切都解体了；形状——包括糕点铺卖的那种外壳纹路严肃而富有虔诚的宗教意味，但内容却富于肉感的小蛤蚌——消失了，或者处于冬眠状态，丧失了使自己进入意识境界的扩张力量。然而，当人亡物丧，昔日的一切荡然无存的时候，只有气味和滋味长久存在，⑨它们比较脆弱，但却更强韧，更无形，更持久，更忠实，好比是灵魂，它们等待人们去回忆，去期待，去盼望，当其他一切都化为废墟时，它们那几乎是无形的小点滴却傲然负载着宏伟的回忆大厦。

⑨ 气味和滋味，味觉与嗅觉，脆弱却又强韧，难以形容，更难以磨灭。

总评：这是文学史上极其著名的一道"点心"。现在你也未必闻到其香气，更别说尝到其滋味了。但是你得承认，普鲁斯特确实把属于他的那一小块玛德兰点心的味道，或用他自己的话来更准确地说，"当这口带着点心屑的茶一碰到我的上颚"而触发的种种回忆，抽丝剥笋而毫发毕现地，用文字给传达出来了，让你不服不行。

这篇《小玛德兰点心》出自长篇巨制《追忆逝水年华》，四十来年前翻译到中国大陆后，让普通读者见识了什么是"意识流"，让作家们意识到小说还可以这么写。其语言、其文体，值得一品再品，因为翻译文学是中国文坛的重要组成，而且可能引领一时之文风。

后　记

　　这后记想写长的话，就需要很长。比如要感谢的人是非常多。说直接的，最初是"北大培文"的高秀芹兄，是她让我编本自己的集子。现在只好先欠着了。因为后来是，上海人民出版社光启书局的姚映然、薛羽、陈茜、张婧易诸位主导下，这书慢慢地做成了，做成了现在的样子。我要感谢他们。而且我相信，一旦读者朋友你们满意了，他们会比我更高兴。

　　我还要感谢观视频的林凌、钟晓雯、莫雨曦等一帮大小朋友，不是他们有情有理地动员和不断催促，我就不会录视频、上 B 站，也就不会有那么多网友来听我的课，也就不会有多家媒体来找我谈语文、谈文学，不会有多家出版社来找我出相关的书；"倪文尖语文"也就只能是少数朋友之间的笑谈，而不会逐渐有了更大的影响；这书也肯定是另外的模样、另外的名号了。

　　我是喜欢上课的。所以，我最要感谢的是听过我课的同学们，首先当然是线下真实课堂的学生，从上世纪末在丽娃河畔文史楼开始，后来到了"闵大荒"的文史哲楼和教学楼，嗯，也肯定还会有再后来。无论是在哪里，只要有学生在，只要有学生的目光在，我的精神和劲头就来了。上课是我的职业，上课也成了我的第一伦理，决定了我的思维方式和写作方式，始终设想对象在场，必须言之有物，尽量深入浅出，努力全身心地触动灵魂、改造认知。在这个意义上，学生和我是教学相长、相互成就的，这书也可以说是我和学生们一道写出来的。这不仅是指那些由讲稿整理改订而成的篇目，也当然包括了其他若干篇学术论文。

是的，这是我理解的"学术"，不是高头讲章，而是学以致用，不是曲高和寡，而是雅俗共赏。虽不能至，心向往之。就像我理解的"语文"，不是小儿科，而是大智慧，不该"工具性"和"人文性"一直纠缠不清，而应在"如何做一个中国人"和"如何做一个有创造性的人"相统合的高度上重新定义、重新出发。这道理显然很难在这里展开来讲完整，而恐怕只能寄希望于以后搞一本《倪文尖语文论》来做专门的阐述。好在我相信，这道理也已经在这本书里，尤其是在我的课上，较充分地体现并传导出去了。因此，我也要特别感谢视频课的观众同学们，你们的数量是如此之大，你们的弹幕和评论水准是如此之高，让我骄傲；也让我觉得，自己关于语文课的见解、关于文学与现实与人生的理解，还是接地气、有人气的；那句半是幽默、半是给自己打气的话，"我把论文写在 B 站上"，还真是有其存在的价值和力量。

需要说明的是，这书并不是我视频课的文字版，那还需要花时间去好好整理才行，而买了书的朋友可不要觉得上当了才好；这书预设的读者，很大一部分是中学生和一线教师，但要是有篇目、有内容你感觉无趣或"超纲"了，我的建议是，你可千万别把语文想小了，也更别低估了自己的潜力；唯一的可能是，我的课没讲好、文章没写好、旁批没做好。

请大家尽管批评,我一定认真倾听。学术乃天下公器,语文比天还大。

有一条我要预先检讨,语文的范畴是大于文学的,"社会运用"在我一贯的认知里,是和文化传承、精神修养、现代思维、语文才能同等重要的"语文素养五棵树"之一,然而很遗憾、也很抱歉,本书却只讲了文学作品,而没有涉猎其他。这是我力有所不逮的表现;反思起来,也该和我们的期待读者中还包括其他文学爱好者与文学研究者有关。事实上,这书上编的文章曾发表于《读书》《文学评论》等杂志,而收入本书时,从题目到内容也做了些必要而节制的修缮。在此,我也要由衷地感谢吴彬、顾卓宇、董之林等编辑老师。

算是亡羊补牢,书的上编取名为"文学课堂"而不是"语文课堂",这是恰如其分的。我个人其实更喜欢下辑"字里行间",从辑名到内容。这或许是因为前两天,当补齐了每篇作品所需要的文末总评,我有一种久违了的放松感和成就感。我喜欢那种感觉,于是爱屋及乌了。我估计有些学术中人,会觉得这部分不伦不类吧。但在我看来,假如不采用我们古已有之的旁批形式,就很难对作家作品的要津进行深入到文本肌理的细致剖析。我的旁批肯定还没有做到位,然而我借此提出来的一个问题,现代的西化的论文体写作对文学研究尤其文学性阅读的负面效应,希望能引起学界更多有识之士的重视。就此而言,我深心感谢光启书局的破格大胆作为,以及选文的原作者们的精彩创造。这部分中，统编版语文教科书里的篇目都是专门做的旁批，而其他内容则选自我主编的《新课标语文学本》2.0 版高中卷。为此我要感谢这套书的总策划王焰、李军胥，并对高中卷 5 因为这本书和视频课的劳作而迟迟不能交稿说声抱歉。

那天，当我收到吴晓东兄的序言并认真拜读了之后，我感到很惭愧，那些溢美之词只能当补药来吃了；同时我也有点窃喜，因为他对我的追求和毛病看得非常清楚，很多话我就可以偷懒而不必在后记里说了。未曾想，写论文写书我不行，写后记我竟然毫不谦虚地滔滔不绝了。这后记已经不短，而我要感谢的师友还有很多。这是真的，你看晓东的序里，其实也只点到为止了。这个名单很长，有教于我、有恩惠于我的师友太多了。所以，请允许我感铭在心、按下不表吧。

2022 年大家都不容易，我祈愿大家平安吉祥。

疫情已经两年有余，世界越来越不太平，我们的国家、我们的国人也正经历着诸多不小的考验，而我自己，也可能是处在一个重要的工作生活调整期。在这不确定成为唯一确定性的年岁里，终于还算满意地做完了一件事情，我心存感激。

是为后记。

2022 年 8 月 3 日深夜

守望思想　逐光启航

LUMINAIRE
光启

倪文尖语文课

倪文尖 著

策划编辑　薛　羽

责任编辑　张婧易

营销编辑　池　淼　赵宇迪

出版：上海光启书局有限公司

地址：上海市闵行区号景路 159 弄 C 座 2 楼 201 室　201101

发行：上海人民出版社发行中心

印刷：上海雅昌艺术印刷有限公司

制版：南京理工出版信息技术有限公司

开本：890mm × 1240mm　1/32

印张：11.25　字数：225,000　插页：2

2022 年 10 月第 1 版　　2022 年 10 月第 1 次印刷

定价：59.00 元

ISBN：978-7-5452-1943-2 / I · 4

图书在版编目(CIP)数据

倪文尖语文课 / 倪文尖著 . —上海：光启书局，
2022.7

ISBN 978-7-5452-1943-2

Ⅰ . ① 倪… 　Ⅱ . ① 倪… 　Ⅲ . ① 中国文学－现代文学－
文学欣赏　Ⅳ . ① I206.6

中国版本图书馆 CIP 数据核字（2022）第 111834 号

本书如有印装错误，请致电本社更换 021-53202430